Les confidences de Kate Fortune

« Nous voilà réunis, enfin! Ma famille m'a tant manqué pendant ces deux années d'exil! C'est pour moi un bonheur de chaque instant de me retrouver parmi eux, de partager de nouveau leurs joies et leurs peines. Ma remuante « tribu » a connu bien des bouleversements depuis mon accident d'avion. Tous mes petits-enfants sont désormais mariés et certains commencent même à avoir des enfants. Mais ma plus grande satisfaction est de voir les couples qui battaient de l'aile, de nouveau unis. Je me réjouis que certains de mes cadeaux — un peu déconcertants au premier abord — aient joué leur rôle et aidé ceux que j'aime à trouver leur voie. Ça n'a pas toujours été facile, mais pour rien au monde je n'aurais voulu manquer toutes ces aventures, et j'ai hâte de voir ce que les vingt prochaines années nous réservent! Car j'imagine que celles-ci, non plus, ne seront pas de tout repos avec la ribambelle d'arrière-petits-enfants qui s'annonce! »

À NE PAS MANQUER !

"Les Héritiers" (Amours d'Aujourd'hui n°720)

Vous qui aimez les sagas, les histoires de famille, d'héritage, vous avez vibré avec notre grande saga familiale *Les Héritiers*. Vous avez suivi, au fil des mois, l'histoire captivante des Fortune et fait de cette passionnante série un éclatant succès.

Nous vous proposons de rencontrer une nouvelle fois cette famille, le 1er mars, dans un volume spécial composé de trois histoires, où vous retrouverez les Fortune, huit ans plus tard, réunis au grand complet pour fêter les quatre-vingts ans de Kate – un volume exceptionnel qui clôturera cette magnifique saga, en attendant – qui sait – que nos auteurs se décident à ajouter une suite aux *Héritiers*.

Mais quoi qu'il en soit, n'ayez pas de regret. Dès le 1er avril, en effet, une nouvelle saga vous attend, tout aussi passionnante que la précédente. Pour en savoir plus, rendez-vous le mois prochain avec vos romans de la collection *Amours d'Aujourd'hui* !

Les Héritiers

Chères lectrices,

Quoi de plus fascinant que le roman d'une famille ? Chaque personnage y a sa place, à la fois objet et sujet de l'histoire collective. Si j'ai pris tant plaisir à écrire ce nouvel épisode de la saga des *Héritiers* c'est qu'au-delà du destin individuel des héros de ce livre, il m'a plu de réfléchir à la façon dont leur aventure personnelle pouvait s'inscrire dans l'histoire commune de la famille Fortune. Bien que celle-ci, en effet, soit à la tête d'un empire financier considérable, l'héritage qui y est transmis est une richesse avant tout intérieure. Les enfants et petits-enfants de Kate savent ce que le mot « amour » veut dire et ils font preuve d'une solidarité qui fait vraiment chaud au cœur.

Ce roman nous raconte l'histoire de Rebecca. Rebecca qui n'est pas le genre de femme à se laisser impressionner par des vins fins et des dîners aux chandelles. Ses vrais désirs sont à la fois plus simples et beaucoup plus exigeants... Elle veut des enfants. Une maison. Un vrai foyer.

Au cœur de sa propre famille, elle a appris le pouvoir de l'amour et elle sait qu'en matière de sentiments, elle ne se satisfera d'aucune médiocrité. Le héros s'arrache les cheveux en la traitant de rêveuse et d'incurable romantique. Mais, pour moi, Rebecca est une femme pleine de bon sens et d'énergie, au contraire. Il faut, en effet, beaucoup de courage et une belle force de caractère pour défendre les valeurs auxquelles on croit.

Or, elle croit à la famille.

Moi aussi.

Je vous adresse mes pensées les plus amicales, à vous ainsi qu'à toute votre famille.

Jennifer Greene

JENNIFER GREENE

Depuis 1983, date de son premier roman, Jennifer Greene a publié pas moins de quarante-neuf livres, tous dans le domaine sentimental.

Jennifer Greene est originaire du Michigan où elle vit avec son mari et ses deux enfants. Avant de se lancer dans l'écriture à plein temps, elle a travaillé comme enseignante, comme conseillère psychologique puis comme directrice des ressources humaines. Diplômée en lettres et en psychologie, elle a étudié à l'Université d'Etat du Michigan où elle fut notamment citée pour le travail remarquable accompli en faveur des femmes sur le campus.

Le mystère divulgué

Cet ouvrage a été publié en langue anglaise
sous le titre :
THE BABY CHASE

Traduction française de
JEANNE DESCHAMP

HARLEQUIN ®
est une marque déposée du Groupe Harlequin
et Amours d'Aujourd'hui ®
est une marque déposée d'Harlequin S.A.

Originally published by Silhouette Books,
division of Harlequin Enterprises Ltd.
Toronto, Canada

JENNIFER GREENE

Le mystère divulgué

HARLEQUIN

AMOURS D'AUJOURD'HUI

ON EN PARLE
CE MOIS-CI...
"Le retour des Fortune"

Qui l'eût cru? La famille Fortune opère un retour en force. Et rien, cette fois, ne semble plus pouvoir l'arrêter. Le puissant groupe de cosmétiques a récemment mis sur le marché une nouvelle gamme de produits anti-âge que les femmes s'arrachent. Un succès mondial qui hisse de nouveau Fortune Cosmetics au rang de numéro un dans sa branche.

La famille Fortune a, par ailleurs, entrepris de se développer dans le secteur des médias. Après l'achat d'une chaîne de télévision, le groupe vient maintenant d'acquérir... le journal que vous avez en ce moment entre les mains ! Toute l'équipe de rédaction a été maintenue, à l'exception de Liz Jones dont la doyenne des Fortune a personnellement exigé le départ, arguant qu'il n'y avait pas de place dans un quotidien sérieux pour une "langue de vipère colportant des ragots outranciers."

C'est donc la dernière fois que vous lisez cette rubrique qui sera désormais remplacée par "Les causeries de Kate". Vous y trouverez toutes sortes de conseils utiles : comment élever vos enfants, préparer un dîner ou décorer votre maison. Ainsi que quelques "trucs" qui devraient, selon Kate, vous permettre de rencontrer l'âme soeur et faire un heureux mariage.

Joli programme, non?

L'équipe de rédaction

1.

Décidément! Le cadre semblait avoir été créé tout exprès pour choquer la sensibilité artistique de Rebecca Fortune. Comme par hasard, la nuit était sombre, tourmentée, et les éclairs zébrant le ciel de minuit dessinaient la silhouette baroque d'une demeure hérissée de tant de pignons et de tourelles qu'on se serait cru dans le décor d'un mauvais film d'horreur.

Et voilà que pour compléter ce tableau on ne peut plus « ringard », elle se préparait à entrer par effraction dans la demeure en question!

Auteur reconnu de romans à suspense, Rebecca avait placé ses héroïnes dans toutes les situations possibles et imaginables. Mais elle aurait préféré jeter son ordinateur aux orties plutôt que de faire évoluer un de ses personnages sur une toile de fond qui sentait le cliché à ce point.

La pluie qui tombait à verse glissait sur ses longues boucles rousses pour s'infiltrer en ruisselets glacés dans son cou. Transie, Rebecca frissonna. La journée, pourtant, avait été d'une tiédeur exceptionnelle pour un mois de mars dans le Minnesota. Craignant par ailleurs que son ciré jaune vif ne soit repérable à des kilomètres à la ronde, elle était partie en jean avec un simple sweat-shirt noir — tenue standard idéale pour cambrioleur débutant

— en priant pour que l'orage annoncé ne se déchaîne pas avant son retour.

Mais, insensible à ses prières, le premier coup de tonnerre avait retenti moins d'une demi-heure après son départ, très vite suivi d'une pluie torrentielle. Secouée de frissons, Rebecca serrait les dents pour les empêcher de claquer. Elle ne se souvenait pas d'avoir jamais eu aussi froid.

Vexée, elle pesta en contemplant la maison close. Et elle qui pensait que ce serait un jeu d'enfant de s'introduire dans cette baraque ! En tant qu'écrivain de série noire, elle avait consulté tant d'ouvrages techniques qu'elle se considérait comme une des meilleures spécialistes ès cambriolages de sa profession. Cela étant, sa « formation » s'était déroulée entièrement au chaud, dans son bureau confortable, et elle avait sans doute eu tort de négliger les applications sur le terrain. Jamais elle n'aurait imaginé que le passage de la théorie à la pratique se révélerait aussi ingrat !

La première phase de son projet s'était déroulée de façon impeccable, pourtant. Elle avait garé sa voiture à bonne distance de la maison, escaladé le portail en souplesse, et traversé le jardin sans rencontrer âme qui vive. Dans les semaines qui avaient suivi le meurtre de Monica Malone, la maison avait été le théâtre d'un va-et-vient permanent de policiers, d'enquêteurs et autres journalistes. Mais toute cette agitation avait fini par retomber, et la prétentieuse demeure aux volets clos était désormais aussi silencieuse que la tombe où reposait son ancienne propriétaire.

Autant dire que Rebecca ne courait aucun risque d'être surprise. La propriété étant relativement isolée, elle pourrait l'explorer aussi longtemps qu'elle le désirerait. A condition de trouver le moyen d'y entrer ! Vu l'attirail

10

qu'elle transportait dans son sac à dos, elle avait pensé qu'aucune serrure ne lui résisterait. Mais jusqu'ici, elle avait essuyé échec sur échec. Pour commencer, son passe-partout — commandé à grands frais dans l'un de ses catalogues d'écrivains — n'avait ouvert aucune des cinq portes donnant sur l'extérieur. Du coup, Rebecca avait sorti son levier. Ses héroïnes étaient régulièrement amenées à se servir de ce type d'outil au cours de leurs enquêtes mouvementées. Mais, contrairement à celles-ci, elle n'avait pas été fichue d'utiliser le sien !

Ce n'était pas faute d'avoir essayé, pourtant. Décidée à procéder de façon systématique, elle avait fait le tour complet de la maison, en vérifiant toutes les ouvertures du premier étage. Mais les volets étaient solidement amarrés. A part écailler un peu de peinture ici et là, sa barre en fer n'avait donné aucun résultat probant.

Outre le levier, son arsenal comprenait encore une douzaine de gadgets du même acabit. Mais aucun d'entre eux n'avait fait la preuve de son utilité jusqu'à présent. Total : son sac pesait une tonne et les brides lui cisaillaient cruellement les épaules. L'orage, quant à lui, se rapprochait, et les coups de tonnerre se succédaient, si violents qu'ils semblaient ébranler la maison jusque dans ses fondations. N'importe quelle personne sensée à sa place aurait fait demi-tour sans insister et serait retournée se glisser sous sa couette.

Mais pas Rebecca Fortune.

Rebecca, elle, était incapable de « lâcher » lorsqu'un projet lui tenait à cœur. D'aucuns affirmaient qu'elle était têtue comme une mule. Elle-même se flattait plutôt d'avoir hérité du tempérament de sa mère. Or Kate Fortune, une fois lancée, ne s'arrêtait jamais à mi-parcours.

Jusqu'au bout, donc, elle irait, elle aussi. Car Rebecca en avait désormais la conviction intime : c'était à elle d'établir la preuve que son frère n'avait pas assassiné Monica Malone. Un détective privé avait bien été engagé à grands frais pour remplir cette mission. Mais la différence entre elle et lui, c'est qu'elle croyait à l'innocence de Jake ; lui non. Personne — en dehors du cercle étroit de la famille — ne partageait, il est vrai, cette opinion. Les apparences jouaient si fortement contre Jake que sa culpabilité paraissait évidente.

Claquant des dents de plus belle, Rebecca recommença à se frayer un chemin entre les grandes herbes mouillées, et refit le tour de la demeure. Il devait bien, pourtant, exister un moyen de pénétrer là-dedans, songea-t-elle, agacée.

Comme elle levait la main pour repousser les boucles folles qui lui tombaient sur le front, une série d'éclairs illumina le ciel, faisant scintiller le bracelet d'or à son poignet. Rebecca effleura le bijou fétiche qui l'avait aidée à traverser une période extrêmement difficile de sa vie. Il avait toujours appartenu à Kate, sa mère... jusqu'à ce que celle-ci disparaisse, laissant croire à tous qu'elle avait péri aux commandes de son avion dont on avait retrouvé la carcasse calcinée écrasée au cœur de la jungle.

Une vague d'émotions submergea Rebecca lorsqu'elle songea à ses récentes retrouvailles avec sa mère. La famille au grand complet avait été réunie pour la circonstance et ils avaient ri, parlé, festoyé jusque tard dans la nuit. Jamais soirée ne s'était déroulée dans une pareille atmosphère d'allégresse.

Alors que Rebecca serrait sa mère retrouvée dans ses bras, son premier réflexe avait été de lui rendre son bracelet. Mais Kate lui avait demandé de le garder, comme si elle avait conscience de l'importance qu'avait prise ce bijou pour elle.

Rebecca frotta doucement les délicats maillons en or

fin. Kate Fortune avait beau être une des *self-made women* les plus riches du pays, elle croyait par-dessus tout aux forces d'amour qui unissent une famille. Son plus grand bonheur était de voir l'arbre généalogique des Fortune pousser, se ramifier et étendre peu à peu ses branches. Cet amour des enfants et de la famille, Kate l'avait transmis tel quel à sa plus jeune fille. Rebecca aussi croyait au mariage, à la famille et aux enfants. A trente-trois ans, elle se surprenait à croire aux bébés plus encore qu'à tout le reste. Attendre un enfant était devenu un désir si ardent qu'il tournait parfois à l'obsession !

Sans doute était-ce son horloge biologique qui lui mettait ce genre de lubie en tête, sans tenir compte du fait qu'elle était toujours célibataire et qu'aucun prince charmant ne se profilait à l'horizon...

Alors que la famille Fortune comptait des bâtisseurs d'empire, des cow-boys solitaires, des mannequins au physique de rêve et des femmes audacieuses éprises d'aventure, elle-même avait toujours eu des ambitions toutes simples : rencontrer un homme solide et sûr ; fonder une famille. Mais les années avaient passé sans que le partenaire idéal ne croise sa route. Alors que même ses neveux et nièces devenaient tous parents un à un !

Rebecca soupira. Elle était davantage faite pour bercer un enfant dans ses bras que pour jouer les cambrioleurs amateurs, de toute évidence. Un frisson de peur la parcourut. Pas à cause de l'orage. Ni même de la grande demeure déserte qui avait été le témoin muet d'un crime sanglant.

Non, c'était surtout la crainte d'échouer dans sa mission qui lui pesait comme du plomb sur la poitrine. Car l'enjeu était crucial. Elle n'osait imaginer ce qui adviendrait de Jake si personne n'apportait la preuve de son innocence à temps. C'est pourquoi elle devait réussir, coûte que coûte. Mais ce n'était pas en tournant en rond dans le jardin qu'elle avancerait dans ses recherches ! Si seulement elle parvenait à entrer dans ce fichu blockhaus, elle trouverait quelque chose, c'était certain — un indice, un bout de papier, une indication qui montrerait de façon infaillible que Jake n'avait pas touché un cheveu de Monica Malone.

Des quantités de personnes — y compris dans la propre famille de Rebecca, d'ailleurs — haïssaient la vieille actrice. De son vivant, en effet, Monica avait été un modèle de cupidité et d'égoïsme. Même un enfant de deux ans aurait été capable d'aligner toute une brochette de personnes que la mort de Monica avait délivrées d'un grand poids. L'ancienne actrice avait accumulé une impressionnante collection d'ennemis au cours de sa longue existence.

De tous, cependant, Jake était celui qui avait eu le meilleur mobile : non seulement Monica Malone cherchait à nuire à sa famille, mais elle détenait sur lui une information qui pouvait lui coûter sa position sociale et elle l'avait fait chanter pendant des mois. Pis, même : il avait reconnu être venu la voir, le soir du crime, et tous les éléments réunis au cours de l'enquête semblaient le désigner comme le seul meurtrier possible. Ni la police, en effet, ni les détectives privés embauchés par la famille Fortune n'avaient pu trouver le moindre indice qui aurait conduit à un second, voire à un troisième suspect. En gros, personne ne semblait regretter la disparition de la vieille actrice, mais personne ne paraissait croire à l'innocence de Jake non plus.

Rebecca, elle, connaissait bien son frère aîné. Elle savait que, même poussé à bout, Jake n'aurait jamais été jusqu'au meurtre. Mais sa conviction intime ne constituait malheureusement pas une preuve. Et si elle ne trouvait pas quelque chose de plus convaincant à présenter au juge, son frère serait condamné à vie pour une faute qu'il n'avait pas commise.

Les poings serrés par une rage impuissante, elle inspecta de nouveau les fenêtres. Celles qui n'avaient pas de volets étaient à petits carreaux, séparés par des croisillons en plomb. Même si elle cassait une vitre, elle ne parviendrait pas à passer pour autant. Restait le treillage où s'accrochaient les rosiers grimpants. Mais elle avait beau être poids plume, les minuscules lattes de bois s'effondreraient vraisemblablement à la première tentative. Rebecca posa les yeux sur le grand érable argenté dont les branches s'étiraient au-dessus de la terrasse : aucune d'entre elles ne se prolongeait suffisamment loin pour lui permettre d'accéder au toit de l'aile est.

Résignée à essayer le treillage s'il le fallait, Rebecca fit néanmoins une dernière tournée d'inspection. Penchée vers le sol, cette fois, écartant d'une main les épais buissons qui cernaient la maison, éclairant de l'autre les fenêtres du sous-sol à l'aide de sa lampe de poche, elle entreprit de passer en revue toutes les ouvertures. Des branches hérissées d'épines s'accrochaient à ses épaules et lui égratignaient le visage, comme si des mains griffues de sorcière se tendaient sur son passage. Une épaisse couche de boue sous ses semelles ralentissait sa marche ; elle se cassa un ongle sur un cadre de fenêtre et s'enfonça une écharde dans le doigt.

Soudain, le faisceau de sa lampe de poche s'immobilisa sur une fenêtre dont le châssis paraissait craquelé et inégal. Ecartant les branches envahissantes d'un lilas, elle s'accroupit et passa la main sur le bois vermoulu : il ne tenait apparemment que par la grâce d'une épaisse couche de peinture.

« Victoire ! »

La fenêtre ouvrait sur l'extérieur et paraissait tout juste assez grande pour permettre le passage d'un enfant de dix ans, mais elle n'avait pas le choix. Il ne lui restait plus qu'à se faire la plus mince possible. Cette ouverture était un don du ciel et il ne s'en présenterait vraisemblablement pas d'autre. Cherchant à tâtons derrière elle, Rebecca réussit à mettre la main sur son sac à dos et songea que le fichu levier ferait peut-être enfin la preuve de son efficacité. Trouver une prise ne fut pas une mince affaire avec les lilas qui envahissaient tout l'espace. Mais au troisième essai, le châssis céda et la fenêtre s'ouvrit.

La jeune femme s'accroupit devant l'ouverture et se frotta le menton avec scepticisme. « Fenêtre » était décidément un bien grand mot ; « soupirail » eût été plus exact. Elle avait toujours été mince, d'accord ; mais pas au point d'être bâtie comme une jeune fille pré-pubère !

Orientant le faisceau de la lampe de poche de manière à éclairer l'intérieur du sous-sol, elle fit la grimace. Evaluer les distances n'avait jamais été son fort, mais le sol en béton paraissait éloigné d'au moins deux à trois mètres. Et rien pour amortir sa chute. A supposer qu'elle parvienne à se glisser par la minuscule ouverture, elle aurait une chance sur deux de se briser le cou à l'arrivée ! Rebecca frissonna. Il faisait tellement sombre dans ce sous-sol lugubre d'où montait une odeur humide de moisissure qu'elle en avait froid dans le dos.

Afin de refouler sa peur, elle prit une profonde inspiration. De toute façon, elle n'avait pas le choix. Alors à quoi bon peser le pour et le contre ? D'une manière ou d'une autre, elle devrait trouver le moyen de se faufiler par ce soupirail. Eteignant résolument sa lampe de poche, elle la rangea dans son sac à dos et jeta le tout dans le sous-sol.

Il atterrit par terre avec fracas après une chute qui parut

à Rebecca interminable. Sentant son courage faiblir, elle se força à agir sans attendre. Allongée sur le dos, elle passa d'abord les pieds, ensuite les jambes, puis se tortilla pour introduire les hanches dans l'espace minuscule. Elle commença à glisser puis s'arrêta : plus moyen ni d'avancer ni de reculer. Elle était coincée, avec une moitié du corps suspendue dans le vide et l'autre à l'extérieur, plaquée contre le sol boueux d'une plate-bande !

Rebecca jura tout bas. Dire qu'elle se plaignait toujours de manquer de courbes et de rondeurs féminines ! En l'occurrence, elle en était presque à regretter la part de gâteau à la crème ingurgitée avant de partir. Car il fallait se rendre à l'évidence : elle était bloquée et en très mauvaise posture.

Un instant, elle envisagea de fondre en larmes. C'était tentant mais peu productif, décida-t-elle. D'ailleurs pleurer n'était pas son principal désir. Ce qu'elle voulait vraiment, c'était retrouver son appartement confortable pour tremper dans un bain brûlant avec un verre de chablis à la main. Et s'imaginer enceinte avec un joli ventre rond...

Mais assez rêvé ! Fantasmer sur une éventuelle grossesse ne lui serait d'aucune aide dans la situation présente. Que faire, cependant ? Bouger lui broyait les hanches et rester immobile allait lui déclencher un lumbago sans tarder. Si un héros pouvait passer par là sur son cheval blanc, elle l'accueillerait à bras ouverts. Mais les héros, semblait-il, se faisaient rares — surtout après minuit dans les jardins déserts. Le contexte se prêtait plutôt à une rencontre surprise avec un ver de terre, une punaise des bois ou quelque autre asticot, réalisa-t-elle soudain avec un frisson d'horreur.

Fortement motivée par cette nouvelle perspective, Rebecca jeta les bras en arrière pour trouver un appui, réussit à s'arc-bouter en levant les jambes, et poussa de toutes ses forces.

La manœuvre porta ses fruits. Décoincée, elle se trouva propulsée dans un grand vide noir. Au terme d'une chute terrifiante, la partie postérieure de sa personne fit brutalement connaissance avec le sol en béton. Comptant trente-six chandelles, Rebecca se tâta, incrédule, et admit qu'elle était encore en vie. Pour le reste, c'était le désastre sur toute la ligne : avant cet atterrissage brutal sur le fond humide et malodorant de la cave, elle s'était fracassé le front contre le bord de la fenêtre et sa poitrine avait été plus ou moins broyée au passage. Quant à son malheureux coccyx, il n'était plus qu'un lointain souvenir. Si, par chance, elle réchappait de l'aventure, il lui faudrait six mois avant d'être de nouveau en état de s'asseoir.

Et voilà que pour ajouter encore à son humiliation, une lumière aveuglante illumina soudain le local. Clignant des yeux, elle nota avec consternation que celle-ci provenait de l'ampoule nue qui pendait au plafond. Il y avait donc quelqu'un.

Avec appréhension, elle tourna la tête et ce qu'elle vit la glaça d'horreur. Car l'homme qui se tenait en haut de l'escalier, la main sur l'interrupteur, n'était autre que...

Accablée, elle ferma les yeux au son de la voix de basse aux accents cyniques.

— Ainsi c'est vous qui faisiez ce boucan à réveiller les morts ! Pour ce qui est de la discrétion, chapeau ! J'ai cru qu'une colonie entière de mômes était en train de s'introduire dans le sous-sol. Bon sang, Rebecca, je peux savoir ce que vous faites, allongée sur le sol de cette cave ?

Les yeux toujours fermés, la jeune femme psalmodia une brève prière : « Seigneur, s'il vous plaît, faites que ce ne soit qu'un cauchemar. Faites que je me réveille pour découvrir qu'il s'agit de quelqu'un d'autre. N'importe qui. Un espion russe ; un assassin en série, même, s'il le faut. Mais pas Gabriel Devereax ! »

Mais la voix d'homme, hélas, se rapprochait, incisive, pleine d'ironie.

— Eh bien ! On peut dire que rien ne vous arrête. Une vraie James Bond en jupons, la jugeote en moins ! Avez-vous réfléchi cinq minutes avant de vous jeter la tête la première dans ce sous-sol ? Vous auriez pu vous briser les os. Et regardez de quoi vous avez l'air, un peu !

— Merci, Gabe. Ça fait toujours plaisir de se sentir soutenue dans les moments difficiles. Au cas où vous ne l'auriez pas remarqué, je suis un peu secouée par ma chute. Alors si vous pouviez avoir la gentillesse d'arrêter de hurler...

— Je hurlerais plus fort si j'avais le moindre espoir que cela vous mette du plomb dans la cervelle ! C'est incroyable, bon sang ! Si vous voyiez dans quel état vous êtes, couverte de boue et de griffures ! Et toutes ces ronces et ces brindilles dans vos cheveux ! Ce n'est plus une coiffure, c'est un jardin botanique !

Rebecca serra les lèvres, jugeant que cette charmante description se passait de commentaires.

— Mais arrêtez de vous débattre, enfin ! Je vérifie simplement qu'il n'y a pas de bobo.

— Merci. C'est très aimable à vous. Mais je me sens parfaitement bien.

A ce stade, d'ailleurs, elle souffrait bien plus dans son orgueil que de ses plaies et bosses. Gabe s'accroupit à son côté. Garder les paupières closes et pratiquer le déni de réalité lui avait plutôt bien réussi jusqu'à présent, mais lorsqu'elle sentit les grandes mains du détective sur son corps, les yeux de Rebecca s'ouvrirent en grand.

Etre caressée par un homme lorsque le lieu et les circonstances s'y prêtaient, pourquoi pas ? Fantasmer, même, en imaginant Gabriel Devereax dans le rôle, c'était envisageable, à la rigueur. Mais être manipulée comme un vulgaire sac de pommes de terre sur le sol humide d'une cave, ça jamais! Le plus fort, c'est qu'elle avait beau le foudroyer d'un regard indigné, Gabriel continuait à lui palper les chevilles, les mollets, poussant le perfectionnisme jusqu'à lui faire plier les genoux, soulever les bras, puis imprimer un mouvement de rotation à ses poignets.

— Aïe! protestait-elle vigoureusement chaque fois qu'il touchait un point sensible.

Mais l'inflexible Devereax poursuivait son examen clinique sans lui prêter la moindre attention. Rebecca se serait mise en colère si elle n'avait pas été aussi occupée à l'observer. Comment s'était-il débrouillé pour entrer dans la maison de Monica Malone, au fait? Une chose était certaine : il avait trouvé une voie plus simple et moins salissante que la sienne! On pouvait d'ailleurs faire confiance à Gabriel Devereax sur ce point : face à un problème, il avait l'art de trouver la solution la plus élégante. C'était, de loin, le meilleur détective privé de Minneapolis. Rebecca en personne l'avait fait embaucher par Jake pour enquêter sur la mystérieuse disparition de leur mère. Et même si Gabe n'avait pas réussi à résoudre l'énigme posée par la disparition de Kate, il s'était tiré brillamment des précédentes missions que lui avait confiées la famille Fortune.

Rebecca se redressa tant bien que mal sur ses coudes. Affalée sur le sol de la cave, elle devait avoir à peu près autant de sex-appeal qu'un chat écrasé aplati sur le bord de la route. Alors que Gabe, lui, était impeccable : pas une tache, pas un pli, pas même une trace de sueur sur son T-shirt bleu marine soigneusement repassé. Son menton était net, bien rasé, sans une égratignure.

Difficile de se sentir à son avantage dans un tel contexte !

Avec toute autre personne que Gabriel Devereax, elle aurait sans doute pris la situation avec humour. Mais ses rapports avec Gabe étaient tendus, pour ne pas dire explosifs. Et tout ça parce qu'elle lui avait annoncé qu'elle avait la ferme intention de trouver elle-même l'assassin de Monica Malone ! Non par manque de confiance envers lui, d'ailleurs. Elle avait le plus profond respect pour son professionnalisme et son savoir-faire. Si l'avenir de Jake n'avait pas été en jeu, elle lui aurait laissé mener son enquête exactement comme il l'entendait. Mais vu les circonstances, il était hors de question qu'elle attende passivement chez elle en laissant à un étranger le soin de laver la réputation de son frère.

L'idéal eût été qu'ils mettent leurs talents et leurs idées en commun, bien sûr. Le problème, avec Gabe, c'est qu'il ne supportait aucune suggestion, aucun conseil. Il avait horreur qu'on se mêle de ce qu'il appelait « ses affaires » et repoussait systématiquement toute proposition d'aide. N'importe qui, à sa place, aurait compris que, par loyauté envers son frère, elle éprouvait le besoin de s'associer avec lui dans cette enquête. Mais pas Gabriel Devereax. Elle avait beau essayer de lui expliquer ses motivations, rien à faire. Ce type-là avait du béton armé en guise de cervelle. Même si cela ne l'empêchait pas d'avoir — hélas — une fort belle tête.

Car Gabe et elle avaient beau s'entendre comme chien et chat, Rebecca n'en avait pas moins des yeux pour voir. D'ailleurs, même une aveugle, sourde et muette aurait sans doute perçu que cet homme-là était extrêmement séduisant... Ses trente-huit ans, il les affichait clairement, pourtant, et pas une année de moins. Les mâchoires durcies, la cicatrice sur la tempe droite, les ridules autour des yeux et les plis qui encadraient sa bouche évoquaient une existence difficile. Si certains hommes gardaient un côté « petit garçon » toute leur vie, ce n'était certainement pas le cas de Gabriel Devereax. On pressentait en lui une énergie âpre, contenue, purement masculine. Chaque trait de son visage semblait être la marque visible d'une volonté implacable.

Pour sa part, Rebecca estimait qu'il eût fallu être sacrément téméraire pour tomber amoureuse d'un homme aussi secret, aussi fermé que lui. Et elle souhaitait bien du courage aux femmes assez inconscientes pour se lancer dans pareille aventure. Personnellement, elle préférait les hommes plus accessibles, même s'il fallait reconnaître que Gabe avait les yeux les plus noirs, les plus pénétrants, les plus troublants que cette terre ait jamais portés.

Et, en ce moment, il était difficile à Rebecca de faire abstraction de ce regard, pour la bonne raison qu'il le tenait rivé sur son visage qu'il examinait d'un œil détaché.

— Bon, apparemment, il n'y a rien de bien méchant, annonça-t-il avec un soupir. Mais sous une pareille couche de boue et de crasse, on ne peut jurer de rien.

Comme il la regardait droit dans les yeux, Rebecca ne se rendit pas compte immédiatement de ce qu'il faisait par ailleurs. Or le monstre était tout bonnement en train de glisser une main sous son sweat-shirt ! Une main légère, aventureuse, dont la chaleur évocatrice suscitait sur sa peau d'irrépressibles petits frissons électriques.

— Hé ! protesta-t-elle, choquée, en tentant de le repousser.

Mais il ne semblait pas décidé à lâcher prise !

— Pas de panique, d'accord ? Si j'avais l'intention de vous sauter dessus, je vous l'aurais fait savoir. Il m'arrive — assez exceptionnellement, c'est vrai — de penser à autre chose qu'au sexe. Vous avez une très vilaine éraflure, ici... Non, rassurez-vous, je n'irai pas voir jusqu'où elle remonte. Mais je vais vous demander de tousser, en revanche.

— De tousser? hoqueta-t-elle, indignée. Et pourquoi voudriez-vous que je tousse?

— Vous avez le choix, remarquez. Nous pouvons également foncer aux urgences pour vous faire passer une radio. Si vous toussiez sans que ça vous fasse hurler de douleur, cela me rassurerait sur l'état de vos côtes. Mais si vous préférez faire un saut à l'hôpital, je vous y conduis tout droit...

Rebecca toussa. Avec application et à deux reprises.

Un imperceptible sourire joua sur les traits de Gabe.

— Vous êtes sûre que ça ne fait pas mal?

— Tout à fait. Et inutile de me regarder de cet œil sceptique. Il est hors de question que j'aille perdre mon temps aux urgences pour deux bleus et trois égratignures.

Gabe finit par retirer sa main de sous son sweat-shirt, mais il demeura assis sur les talons, le visage penché au-dessus du sien.

— Deux bleus et trois égratignures? Vous vous moquez de moi, ou quoi? La bosse qui est en train de vous pousser sur le front est déjà grosse comme un œuf. Vous ne ressentez pas une impression de vertige, au moins? Mal de tête? Vision double? Et je n'aime pas trop non plus l'aspect de ces éraflures. Vous avez de la chance que l'eau n'ait pas été coupée. Je vais tenter de nettoyer vos plaies. Mais rien ne garantit, en revanche, que nous trouverons des vêtements secs à vous mettre sur le dos. Si vous ne vous réveillez pas demain avec une double pneumonie, ce sera déjà un petit miracle en soi. Vous n'avez pas trop froid?

C'était bien beau de la bombarder de questions. Il ne

23

lui laissait même pas le temps de répondre ! Et il refusait de croire un mot de ce qu'elle affirmait, apparemment.

Déjà il avait repris son visage entre ses mains afin d'examiner de plus près la fameuse bosse qu'il venait de lui décrire si poétiquement. Avec une douceur étonnante pour un homme d'aspect aussi dur, il repoussa ses cheveux pour lui dégager le front. Puis ses yeux trouvèrent les siens. Il se passa alors quelque chose d'indéfinissable. L'échange de regards ne dura que quelques secondes, tout au plus. Mais les traits de Gabe s'adoucirent ; même les plis profonds entre ses sourcils s'effacèrent. Son visage n'exprimait plus la moindre exaspération ; il semblait fasciné, au contraire. Bien que gênée, Rebecca ne parvenait pas à échapper à ce regard. Qu'avait-elle à attendre, pourtant ? Trempée, débraillée, décoiffée, que pouvait-elle espérer provoquer chez un homme, hormis un mouvement de recul ? Néanmoins, qu'elle le veuille ou non, l'intensité de ses yeux sombres lui faisait battre le pouls en accéléré.

Elle respirait avec peine, maintenant. Gabriel Devereax n'avait rien du bon-nounours, copain-copain. C'était un homme viril, dominateur, avec une énergie vitale impressionnante. Echanger des piques avec lui l'avait amusée tant que leur relation s'était située sur un plan purement impersonnel. Mais dans un rapport d'homme à femme, elle se sentait... intimidée, mal à l'aise, terriblement consciente d'elle-même.

Certes, ce qu'elle lisait dans les yeux de Gabe n'était probablement qu'un effet de son imagination, se raisonna-t-elle. Qui sait si sa chute dans la cave n'avait pas altéré ses fonctions mentales ? Quant au léger frisson de désir qui lui courait à fleur de peau, il n'était adapté ni aux lieux ni aux circonstances, voyons ! N'était-elle pas trempée, percluse de douleurs, avec les fesses en

24

compote ? Ce qui n'empêchait pas, hélas, son cœur de battre comme un tambour sous le regard fixe de Gabe.

Cet état de grâce fut cependant de courte durée. L'humeur de Gabe bascula de nouveau et il retrouva ses sourcils froncés et son air habituel : critique, exaspéré et vaguement protecteur.

— Vous n'avez peut-être pas besoin d'aller aux urgences, admit-il en se redressant. Mais essayez de vous relever, pour voir. Ça risque de tanguer méchamment.

Vaguement mortifiée par ce qui venait de se passer, Rebecca dédaigna la main tendue de Gabe et se leva brusquement. Grossière erreur. Une douleur fulgurante lui traversa le front ; quant à son coccyx, inutile d'en parler : un martyre. Mais il aurait fallu la menace d'un peloton d'exécution pour qu'elle avoue à Gabe qu'elle tenait à peine sur ses jambes.

— Et vous ? Comment avez-vous fait pour entrer ? demanda-t-elle en luttant héroïquement pour recouvrer un semblant d'équilibre.

— Moi ? Mais par la porte d'entrée, bien sûr, comme tout un chacun. La succession n'étant pas réglée, la propriété n'a pas encore été mise en vente. J'ai appelé l'avocat de Monica Malone. Je lui ai décliné mon nom et ma profession et je lui ai expliqué que j'enquêtais sur cette affaire. Lorsque je lui ai indiqué que je souhaitais revoir les lieux, il m'a très gentiment remis la clé.

Rebecca n'en revenait pas.

— C'est tout ? Vous n'avez eu qu'à montrer votre carte de visite pour obtenir le sésame ?

— Eh oui, Rebecca... Il n'est pas donné à tout le monde d'avoir une imagination aussi riche que la vôtre. Nous sommes quelques-uns, comme ça, à observer des règles simples, en obéissant bêtement au bon sens et à la logique.

Elle ne put s'empêcher de sourire.

— Tiens, tiens... Il me semble que ce n'est pas la première fois que nous abordons ce sujet, vous et moi?

— Possible. Mais chez vous, ça entre par une oreille et ça sort par l'autre, commenta Gabe sèchement en allant fermer le soupirail. Montons dans la salle de bains que je désinfecte vos plaies. Ensuite, vous rentrerez chez vous. Dare dare.

— C'est ça, mon joli. Après le mal que je me suis donné pour entrer dans cette maison, vous croyez que je vais repartir sagement sur vos ordres?

Il y avait fort à parier — et Rebecca aurait volontiers misé les droits d'auteur de son dernier roman — que personne ne s'était jamais risqué à appeler Gabriel Devereax « mon joli ». S'il parut surpris sur le coup, son étonnement céda presque aussitôt la place à un sourire amusé, et Rebecca lui attribua mentalement un bon point. Même s'il était irrémédiablement macho et totalement irrécupérable sur bien des points, son sens de l'humour compensait bien des choses.

— A propos « d'ordres », justement, je suis ici sur ceux de votre famille, Rebecca. Aussi inconcevable que cela puisse paraître, votre mère m'accorde une pleine et entière confiance. Elle pense même que je suis capable de conduire cette enquête, tout seul, comme un grand. Et savez-vous pourquoi? Parce que c'est mon métier et que j'ai dix ans d'expérience derrière moi. Surprenant, non?

Réprimant un sourire, Rebecca se baissa pour récupérer son sac à dos. Le moins que l'on pût dire, c'est que Gabe ne mâchait pas ses mots.

— Moi aussi, je vous fais confiance, Sherlock, admit-elle. Vous faites un boulot formidable et j'ai toujours été la première à le reconnaître. Mais ce n'est pas votre frère qui croupit en détention provisoire, Gabe. Jake a toujours été mon préféré ; lui et moi, on s'adore. Alors ne me demandez pas de rester assise dans un canapé à lui tricoter des chaussettes. Et dites-moi plutôt si vous avez trouvé quelque chose en refaisant le tour des lieux.

— Encore aurait-il fallu que j'aie le temps de chercher. J'avais à peine tourné la clé dans la serrure, quand j'ai entendu ce grand fracas dans le sous-sol. J'aurais dû deviner tout de suite que ça ne pouvait être que vous...

D'un air de profonde lassitude, Gabe se passa les deux mains sur le visage.

— Maintenant, écoutez-moi, Rebecca.

— Je suis tout ouïe.

— Ce n'est pas la première fois que je viens ici. Dès le moment où votre frère a été inculpé, j'ai été investi de cette affaire. Lorsque la police a fouillé la maison de A à Z, j'étais sur leurs talons. Puis j'ai moi-même passé les lieux au peigne fin. J'en suis donc à ma troisième visite. Et jusqu'à présent, tous les indices qui ont été trouvés se révèlent accablants pour votre frère.

— Je sais, admit-elle tristement. C'est bien ce qui me désole.

— Vous êtes trop impliquée pour être objective, Rebecca. Je sais que vous souhaitez aider votre frère. Et si je vous dis que vous seriez mieux chez vous à tricoter ces fameuses chaussettes en laine, ce n'est pas pour vous rabaisser. Ce serait idiot, simplement, de vous mettre en danger en vous mêlant de trop près de cette histoire.

Les yeux rivés sur l'antique chaudière, Rebecca secoua lentement la tête. Ce qu'elle percevait dans la voix de Gabe ne servait qu'à conforter sa détermination. Il mènerait son enquête avec son sérieux habituel, elle en était persuadée. Mais sans y croire. Pour lui, comme pour la police, la culpabilité de Jake relevait de l'évidence.

Repoussant les cheveux qui lui tombaient sur le front,

Rebecca se tourna résolument vers l'escalier de bois qui menait à l'étage supérieur.

— Vous avez raison, Gabe : je ne suis pas objective. Et ça ne m'intéresse pas de l'être, d'ailleurs. C'est moi, souvenez-vous, qui ai sélectionné votre agence lorsque ma mère a disparu dans cet accident d'avion.

— Je me souviens, oui.

— J'étais la seule de toute la famille à penser qu'elle vivait encore. Tout le monde m'accusait d'avoir une imagination trop fertile. Aux yeux de mes frères et sœur, je me montais tout un scénario au lieu d'affronter lucidement la réalité et de me faire une raison. Par acquit de conscience, cependant, ils ont accepté de faire appel à vos services. Mais lorsque je suis allée vous voir pour vous expliquer de quoi il retournait, avez-vous cru un seul instant que ma mère était vivante ? Jamais de la vie. Vous pensiez comme les autres : cette pauvre Rebecca débloque, mais puisqu'elle veut à tout prix une enquête, enquêtons. Or qui avait raison, finalement, Devereax ?

— En l'occurrence, vous étiez dans le vrai. Mais ce n'est pas du tout la même chose. S'agissant du meurtre de Monica Malone, il...

Rebecca secoua vigoureusement la tête.

— C'est exactement la même chose, au contraire. Vous, vous continuez à vous appuyer sur la logique et sur les apparences, alors que moi, je fais confiance à mon intuition. C'est l'amour que je porte à mon frère qui me permet de savoir qui il est. Et sachant qui il est, je peux affirmer avec une certitude totale qu'il n'a pas tué cette vieille taupe — même si elle a été infecte avec lui ; même si elle l'a nargué et poussé à bout.

Gabe soupira profondément de la façon désabusée avec laquelle, depuis vingt siècles, les hommes saluent l'illogisme féminin.

— C'est ce que j'appelle un raisonnement tiré par les cheveux, mais passons... Admettons donc que votre frère soit innocent et que l'ensemble des preuves réunies contre lui ne soit qu'un fatras d'incohérences. Cela signifierait quoi ? Que le vrai meurtrier court toujours. Autrement dit qu'il y a danger à fourrer votre nez dans cette affaire. Vous êtes d'accord avec moi ? Si d'aventure vous mettiez le doigt sur quelque chose, vous deviendriez un témoin extrêmement encombrant.

— Et alors ? Si je suis là, c'est précisément dans le but de « mettre le doigt sur quelque chose », comme vous dites. Pas pour regarder les petits oiseaux !

Le second soupir de Gabriel exprima un découragement plus marqué encore que le précédent.

— J'ai l'impression de parler à un mur. C'est rare de trouver un interlocuteur qui soit aussi fondamentalement imperméable à la raison.

Il se passa de nouveau la main sur le visage.

— Bon... Je suppose que même si je vous faisais une démonstration mathématique brillante qui prouverait par a+b que vous devez rentrer chez vous au plus vite, mes avertissements continueraient à vous laisser de marbre. Vous vous êtes mis en tête de fouiller cette maison et rien ne vous fera changer d'avis, n'est-ce pas ?

Avec un léger sourire, Rebecca se dirigea vers l'escalier de bois et lui tapota l'épaule au passage.

— Allons, allons, ce n'est pas le moment de céder au découragement, Gabe. Je vais vous aider, vous verrez.

2.

L'aide de Rebecca? Gabe gémit intérieurement. A choisir, il aurait encore préféré s'assurer le concours d'une tornade. Même des vents soufflant à plus de deux cents kilomètres heure devaient semer moins de chaos dans leur sillage que Rebecca Fortune et ses fameuses « intuitions ».

Ouvrant le robinet, il rinça le gant de toilette à l'eau froide et l'appliqua sur le front de la jeune femme. La pluie continuait de s'acharner sur les vitres en longues rafales furieuses. Une véritable tempête en plein mois de mars. Mais à tout prendre, il s'agissait plutôt d'une aubaine. En cette saison, dans le Minnesota, ils auraient pu tout aussi bien se trouver sous vingt centimètres de neige.

A chaque éclair, les lumières dans la maison vacillaient de façon alarmante. L'électricité risquait d'être coupée d'un instant à l'autre, mais la perspective de se retrouver dans le noir ne préoccupait pas Gabe outre mesure. Grâce à l'entraînement musclé auquel il avait été soumis dans les Sections Spéciales de l'armée, il était capable d'affronter des situations autrement plus redoutables que celle-ci. Quel que soit le problème rencontré, en effet, il n'avait jamais compté que sur lui-même pour y faire face. Jamais sur le hasard ou la Providence.

Face à Rebecca Fortune, toutefois, il comprenait que la logique, l'habileté, la force ou l'intelligence ne lui seraient d'aucun secours. Tous ces habituels recours étant éliminés d'emblée, il ne restait plus qu'à prier en silence et à attendre courageusement la fin de ses épreuves...

— Aïe! protesta-t-elle en essayant de descendre du lavabo où il l'avait perchée de force. C'est sous la direction d'un bourreau officiel que vous avez pris des cours de secourisme? Soyez sympa maintenant, et laissez-moi me mettre au boulot. Je ne sais pas si vous avez l'intention de passer le concours d'infirmières, mais j'ai plus urgent à faire que de vous servir de cobaye.

Sourd à ses récriminations, il continua à nettoyer la plaie, orientant le visage de Rebecca de manière à exposer son front à la lumière au-dessus du lavabo.

— C'est votre faute, si je suis obligé de vous malmener quelque peu. L'entaille est profonde et pleine de minuscules particules. Il s'agit sans doute de la peinture que vous avez ramassée en allant donner du front contre le châssis. Notez également que ça irait beaucoup plus vite si vous cessiez de gigoter.

D'une main ferme, il lui immobilisa le visage et l'examina, sourcils froncés.

— Je me demande d'ailleurs s'il ne vous faudrait pas plutôt des points de suture...

La réponse de Rebecca fut immédiate.

— Non.

— En tout cas, un sérum antitétanique s'impose.

— Ça tombe bien, répliqua-t-elle avec un sourire ingénu. Je viens juste de me faire faire mon rappel de vaccin.

— C'est ça, bien sûr! Vous croyez me faire avaler une

couleuvre pareille ? Vous avez un réel talent pour la fiction, ma belle. C'est normal, d'ailleurs, c'est votre métier. En revanche, je ne vous conseille pas d'essayer de faire carrière dans le cambriolage.

— Oh, ça va ! Inutile d'en rajouter, Devereax. Si je suis entrée — ou plus exactement tombée — dans cette maison par effraction, c'est pour mon frère et pour mon frère seulement. Et je recommencerai, s'il le faut, même si je dois me retrouver avec les deux bras et les deux jambes dans le plâtre.

Gabe gémit intérieurement. Le plus effrayant, c'est qu'elle était sincère ! D'où l'inquiétude fondamentale que lui inspirait Rebecca. La plupart des femmes qu'il connaissait, aussi têtues qu'elles fussent, étaient soucieuses de leur sécurité, conscientes de leurs limites, naturellement portées à prendre toutes les précautions nécessaires. Mais Rebecca ne semblait pas avoir été fabriquée dans le même moule que la majorité de ses congénères. Rien chez elle ne fonctionnait de façon ordinaire.

Il reposa le gant de toilette et saisit le fin visage entre ses paumes pour le tourner de nouveau vers la lumière. La plaie paraissait enfin propre, mais la vilaine entaille barrant la peau délicate suscita en lui un mouvement de colère. Il était inexplicablement remonté contre Rebecca pour s'être mise dans cet état.

Mais ce ne fut pas tout : au contact de cette même peau blanche, crémeuse et délicate, certaine partie de son anatomie réagit par un redressement aussi triomphal que malvenu. Ce qui ne servit qu'à exacerber sa fureur.

Contre lui-même, cette fois.

Dieu sait qu'il avait des excuses, pourtant. Lorsqu'un homme est amené à se placer entre les cuisses d'une jolie femme, certains réflexes biologiques surviennent de façon plus ou moins inéluctable. Mais quand même...

Lorsqu'il s'écarta, Rebecca en conclut à tort qu'elle était libre. La voyant sur le point de se laisser tomber de son perchoir, il secoua la tête.

— Arrêtez donc un peu ! Quel âge avez-vous, bon sang ? On dirait une gamine incapable de tenir en place. Attendez au moins que j'aie fini votre pansement !

— Pfff... C'est juste une petite bosse de rien du tout. Inutile d'en faire un fromage.

— Si je ne vous soigne pas correctement, vous garderez une cicatrice toute votre vie.

— Et alors ? Vous croyez que ça m'empêchera de dormir la nuit ? Mon frère est en prison, accusé de meurtre, et vous me tenez des discours d'esthéticienne ! Vous me décevez, Rambo.

— Cessez de vitupérer et tenez-vous tranquille deux secondes, d'accord ? Je n'en ai plus pour longtemps.

Non sans appréhension, Gabe se cala de nouveau entre les cuisses fuselées de la jeune femme. La position, comme prévu, suscita un second élan de désir, aussi vigoureux et animal que le premier. C'était plutôt embarrassant, vu les circonstances, mais c'était la seule manière de l'empêcher de lui filer entre les doigts. Il découpa le bandage adhésif et le posa avec précaution de manière à joindre les deux bords de la plaie.

C'était une chance pour Rebecca que toutes les affaires de Monica Malone soient restées en l'état pour cause d'imbroglio juridique. Il avait trouvé tout ce qu'il fallait dans le placard à pharmacie, ainsi qu'une serviette, un gant de toilette et même quelques vêtements de rechange. Au passage, il avait également repéré une bouteille de whisky qui affichait ses trente ans d'âge. Un expédient auquel il risquait fort de devoir personnellement recourir, Rebecca étant Rebecca...

— Ça y est ? Vous avez fini ? demanda-t-elle d'un air d'espoir.

Il hocha la tête.

— Oui, je pense que ça devrait aller comme ça.

— Gabe... merci. J'aurais eu du mal à soigner cette coupure moi-même. Je regrette que vous ayez perdu du temps à cause de moi. Et j'apprécie votre aide.

— Je vous en prie. Ravi d'avoir pu vous aider.

Ça, c'était le mensonge du siècle, mais que lui dire d'autre ? Il n'allait tout de même pas lui jeter à la figure qu'il avait autre chose à faire qu'à soigner une fille à papa qui se prenait pour une héroïne de roman feuilleton, et encore moins lui avouer dans quel état fébrile l'avait mis cette petite séance de soins rapprochés.

Du reste, aussi exaspéré soit-il, il devait reconnaître que le souci qu'avait Rebecca d'aider son frère était des plus sympathiques. La jeune femme, en effet, ne semblait ni gâtée ni superficielle, malgré son immense fortune familiale. Et ce n'était pas vraiment sa faute si elle n'avait jamais connu autre chose qu'un environnement surprotégé. Mesurant le monde à l'aune de son minuscule microcosme doré, elle était devenue une incurable idéaliste, persuadée que les « bons » finissent toujours par l'emporter. Elle croyait aux chevaliers sans peur et sans reproche, ainsi qu'à des vertus totalement fictives telles que l'honneur et le sens du sacrifice.

Non pas que Rebecca fût stupide. Bien au contraire. Elle n'avait simplement jamais eu l'occasion de se frotter aux côtés sordides de la réalité. Ce qui ne l'empêchait pas de se prendre pour une spécialiste de la pègre, sous prétexte qu'elle avait écrit deux ou trois malheureux romans policiers !

Penser aux ennuis qu'elle risquait de lui créer en « l'aidant » dans son enquête suffisait par conséquent à lui procurer un ulcère. Quant aux réactions que suscitait en lui sa proximité physique, c'était encore un autre problème sur lequel il préférait ne pas trop se pencher...

Comme elle se laissait glisser du lavabo, le regard de Gabe tomba sur son décolleté. Pour la convaincre de retirer son sweat-shirt trempé, il avait d'abord fallu qu'il fasse une rapide incursion dans la garde-robe de l'ancienne maîtresse des lieux. Craignant un refroidissement pour Rebecca, il avait saisi au hasard un fin lainage noir sur une pile, et lui avait intimé l'ordre de se changer sur-le-champ.

Le résultat de sa transformation lui avait presque arraché un sourire. Comme nombre d'actrices hollywoodiennes de sa génération, Monica avait exhibé toute sa vie une de ces poitrines pigeonnantes que n'eût pas reniée la grande Marilyn elle-même. Vêtue du pull largement échancré de la comédienne, Rebecca avait l'air d'une orpheline sous-alimentée flottant dans une robe de deuil de seconde main. Elle avait quelque chose de presque attendrissant, avec son col en V béant qui laissait entrevoir un soupçon de dentelle blanche ainsi que deux petits globes parfaits, plus conformes aux normes esthétiques de ce début de millénaire que ne l'était le buste imposant de la pulpeuse Monica.

Il avait eu beau insister cependant, Rebecca avait refusé tout net de troquer son jean contre un caleçon ocellé, de type léopard. Mais son pantalon semblait presque sec, à présent, constata Gabe en admirant au passage une paire de jambes interminables. Elle avait des hanches très fines — un peu garçonnes côté face, avec juste ce qu'il fallait de rondeurs côté pile. Cette partie délicieusement charnue de sa personne avait dû souffrir dans sa chute, car la jeune femme semblait avoir le plus grand mal à se tenir en position assise. Mais elle était évidemment beaucoup trop fière pour se plaindre de ce genre d'inconfort...

Oui, elle était vraiment attendrissante avec son visage

en forme de cœur, sa peau trop blanche, ses yeux immenses qui lui mangeaient la figure et son petit nez insolent. Sa bouche, en revanche, était toute douceur et redoutable volupté. Sans être grande, Rebecca était bien proportionnée mais, à côté de lui, elle paraissait si petite que la tentation de l'appeler « bébé » était quasiment irrésistible.

Ses cheveux aux reflets cuivrés tombaient sur ses épaules, formant une masse indescriptible de boucles emmêlées. L'état hirsute de sa chevelure n'était pas un simple accident de parcours dû à ses acrobaties de cambrioleuse amateur. Gabe avait déjà eu l'occasion de la croiser à plusieurs reprises dans des circonstances plus conventionnelles. Or il ne l'avait jamais vue autrement qu'avec cette étonnante tignasse ébouriffée qui lui donnait l'air de sortir tout droit d'une chambre à coucher après une sieste à deux particulièrement torride...

Etant donné les moyens dont elle disposait, elle avait pourtant mille fois les moyens de s'offrir les services d'un grand coiffeur. Mais il était clair que Rebecca Fortune se souciait de son apparence comme d'une guigne. Rien ne prouvait d'ailleurs qu'une coupe plus stricte eût changé quoi que ce fût à l'affaire, songea Gabe, philosophe. Même avec les cheveux coupés au cordeau, elle aurait conservé sans doute la même allure fantaisiste, un rien débraillée et délicieusement vulnérable.

Tiens ! Pourquoi délicieusement vulnérable ? se demanda Gabe, sourcils froncés. Les femmes fragiles ne l'attiraient pas, d'ordinaire. Alors comment expliquer que Rebecca suscite en lui toutes sortes d'élans inavouables ? Mmm... Tout compte fait, il préférait ne pas le savoir. A trente-huit ans, il avait connu suffisamment de femmes pour avoir acquis certains principes élémentaires de prudence. Il aimait le risque, certes, mais pas au point d'être kamikaze. Aussi avait-il bien l'intention de maintenir une distance prudente avec la belle demoiselle Fortune.

La voyant filer à toutes jambes dans le couloir, il passa une main lasse sur son visage.

— Rebecca? Où allez-vous, au juste?

Elle s'immobilisa pour tourner vers lui un regard étonné.

— Eh bien, je pensais commencer par la pièce où Monica a été assassinée. C'était dans le salon, je crois? Ensuite, j'ai bien envie de faire un tour dans son ancienne chambre à coucher.

Gabe soupira ostensiblement.

— Si c'est le séjour que vous cherchez, miss Marple, vous feriez mieux de partir sur la droite. A gauche, vous ne trouverez que la cuisine et les quartiers des domestiques. En revanche, je compte sur vous pour tout laisser en l'état où vous le trouverez. Ne prenez rien, ne touchez à rien même, sans m'en avertir au préalable.

— Oui, oui, je connais les règles, rassurez-vous. N'oubliez pas que le meurtre est mon métier. Je sais exactement ce qu'il faut faire et ne pas faire en la circonstance.

Gabe soupira un peu plus ostensiblement encore.

— A vrai dire, vos « connaissances » dans le domaine policier m'inquiètent plus qu'elles ne me rassurent, figurez-vous.

L'avait-il vexée? La femme « vulnérable » qui n'était pas loin de l'attendrir un instant plus tôt affichait maintenant un sourire proprement diabolique.

— Je sais, Beau Brun. C'est plus fort que vous. Vous ne pouvez pas vous empêcher d'être sur-protecteur, dominateur et macho. Et rien ne vous ôtera l'idée qu'une femme est incapable par nature de prendre soin d'elle-même. Si vous avez le malheur de devenir père un jour, je plains votre fille. Vous allez la rendre folle, mon ange.

— Rassurez-vous. Je n'ai pas l'intention de laisser de descendance.

— Décidément, tout nous sépare. Si je n'avais pas le problème de mon frère à résoudre d'urgence, la maternité constituerait mon objectif numéro 1. J'ai une pile de documents sur les banques de sperme.

Gabe réussit in extremis à réprimer un mouvement de surprise.

— Les banques de sperme ! Mmm... Très drôle. Vous avez un humour assez particulier, on ne vous l'a jamais dit ?

Rebecca rit de bon cœur.

— Mon désir d'enfant n'a rien d'une plaisanterie. J'en rêve jour et nuit. Mais j'avoue que je n'ai mentionné la banque de sperme que pour le plaisir de voir votre visage se décomposer. Et ça n'a pas loupé, d'ailleurs. Mais passons aux choses sérieuses, mon cœur. Le temps presse et, ce soir, je ne suis pas branchée procréation.

Non, songea Gabe sombrement. Ce soir, sa miss Marple préférée était entièrement branchée meurtre. Il n'y avait d'ailleurs que Rebecca pour sauter ainsi du coq à l'âne et passer sans transition du crime aux banques de sperme.

Une chose était certaine, en tout cas : il ne la suivrait pas comme une ombre pour l'empêcher de récolter de nouvelles plaies et bosses. Il était bien payé pour son travail, certes, mais aucune obligation de baby-sitting ne figurait dans son contrat.

Laissant Rebecca s'éloigner en direction du séjour, il décida d'aller poursuivre ses investigations dans le bureau. Gabe fit la grimace en pénétrant dans la pièce tendue de soie claire avec ses rideaux torsadés aux fenêtres et son épaisse moquette en laine rose. Jamais endroit n'avait paru si peu conçu pour servir de « lieu de travail ». Il se demanda à quoi Monica avait pu s'occuper en prenant place dans ce fauteuil tendu de brocart rose. Sûrement pas à faire ses comptes ou à régler ses factures.

Gabe ouvrit un premier tiroir et entreprit d'en inventorier le contenu. D'autres s'y étaient appliqués avant lui et il savait que ses chances de trouver de nouveaux éléments étaient infimes. Mais il y avait toujours des détails qui échappaient à la police, des papiers simplement survolés dont l'importance ne frappait pas l'attention au premier abord. Même à l'occasion d'une fouille très poussée, les enquêteurs laissaient parfois passer des pièces à conviction importantes.

Dans le calme de la maison endormie, Gabe poursuivit ses recherches. Sans être dérangé. Sans entendre le moindre bruit de pas, la moindre exclamation, le moindre signe d'activité...

Au bout de vingt minutes, il n'y tint plus.

Non, décidément, ce silence de mort devenait par trop suspect. Il était temps d'aller voir ce que trafiquait Rebecca. Et tant pis si elle lui collait encore des étiquettes peu flatteuses. Il n'était pas plus protecteur, dominateur ou macho qu'un autre. Il savait simplement que Rebecca était une mine de problèmes à elle seule ; pis, même : une bombe à retardement. N'importe qui à sa place se serait fait des cheveux blancs, non ?

Il trouva sa calamité préférée dans la vaste salle de séjour, sagement pelotonnée dans un fauteuil à contempler la cheminée de marbre. Le désarroi dans ses immenses yeux sombres le prit aux tripes et il la maudit intérieurement de plus belle.

— J'essayais de me représenter la scène, expliqua-t-elle à voix basse. Ça s'est passé ici, n'est-ce pas ?

Gabe hocha la tête.

— En effet.

— Nous savons que Jake était présent, ce soir-là, et qu'ils se sont disputés si violemment qu'ils ont fini par en venir aux mains. Monica a griffé Jake, puis s'est jetée sur lui, armée d'un coupe-papier, comme la cicatrice sur l'épaule de mon frère l'atteste encore. Il admet l'avoir repoussée. En tombant, Monica a heurté le coin de la cheminée.

— Des empreintes de Monica et de votre frère ont été retrouvées un peu partout dans cette pièce, en effet.

Gabe n'ajouta pas que ces empreintes-là étaient les seules, et que personne d'autre que Jake ne semblait avoir été présent sur les lieux le soir du meurtre. A en juger par la façon dont Rebecca se tordait les mains, elle en était tout aussi consciente que lui.

— Mais Jake est catégorique : Monica était toujours vivante lorsqu'il a quitté la maison. Plus tard dans la soirée, il a vu sa fille Natalie. Et il nous a raconté en détail ce qui s'est passé. A aucun moment il n'y a eu violence physique. Du moins, pas de son côté. Il s'est contenté de repousser cette vieille folle hystérique lorsqu'elle s'est ruée sur lui, arme au poing. Et il n'avait aucune raison de mentir, convenez-en. S'il l'avait tuée accidentellement, il aurait eu tout intérêt à avouer en invoquant la légitime défense. Il y a donc nécessairement eu quelqu'un d'autre chez Monica, ce soir-là. Soit cette personne était déjà présente pendant la visite de Jake ; soit elle est arrivée juste après. Mais mon frère ne l'a pas tuée, Gabe, c'est une certitude.

Pour toute réponse, Gabriel se dirigea vers le bar art déco au fond de la pièce. Il ne trouva rien qui soit comparable à l'excellent whisky vieux de trente ans qu'il avait repéré précédemment. Mais peu importe. N'importe quelle gnôle de bas étage aurait fait l'affaire, en l'occurrence. Pas pour lui, même si le besoin d'un remontant se faisait sentir. C'était la détresse dans le regard de Rebecca qui l'amenait à prendre des mesures d'urgence. Il versa un doigt d'alcool dans un verre en cristal et le lui plaça entre les mains. Rebecca l'accepta machinalement et renifla le liquide ambré.

— Berk...

— Taisez-vous et buvez, ~~bébé~~.

— Si vous m'appelez « bébé » encore une fois, je...

La voix de Rebecca se perdit dans un murmure. Elle était clairement en baisse d'énergie, car elle renonça à conclure sur une menace. Avec un léger soupir, elle porta le whisky à ses lèvres et l'avala d'un trait.

Lorsque, enfin, les quintes de toux s'apaisèrent, elle s'essuya les yeux et frissonna.

— Dur à avaler, votre remède, docteur Devereax. Je pense qu'il serait mieux passé avec une cuillerée de sucre.

La seule pensée d'un whisky sucré suffit à faire frémir Gabe d'horreur. Mais il eut la satisfaction de voir le sang affluer enfin aux joues pâles de la jeune femme. Notant qu'elle avait retrouvé son air déterminé, il estima que le moment était venu de lui instiller une dose de réalisme.

— L'enquête n'a fait apparaître aucun autre suspect, Rebecca. On n'a rien trouvé. Pas une piste, pas même une empreinte. Rien. Les charges qui pèsent sur Jake sont écrasantes. Et qui plus est, il avait un mobile.

— Je sais qu'il avait un mobile. Monica le faisait chanter. Dès l'instant où elle a découvert le secret pesant sur ses origines, elle n'a cessé de jouer au chat et à la souris avec lui. Jake était terrifié à l'idée de tout perdre si elle rendait la nouvelle publique. Je suis au courant, pour tous ces cadavres dans le placard, Gabe. Et je sais également que mon frère a accumulé les erreurs. Il s'est mis à boire, son travail en a souffert et son couple s'est cassé la figure en même temps qu'il se mettait notre frère Nathaniel à dos. Mais ça ne fait pas pour autant de lui un assassin.

Détruire ses illusions n'amusait pas Gabe outre mesure, mais il savait qu'une fois la spirale infernale enclenchée, la chute pouvait être vertigineuse... et fatale. Il fallait parfois très peu de chose pour faire basculer un homme, privé de ses repères identitaires.

— Bien sûr. Je veux dire simplement que la situation ne se présente pas sous les meilleurs auspices, observat-il gentiment. Reconnaissez au moins cela.

Elle se leva d'un bond de son fauteuil.

— Tout ce que je reconnais, c'est que Monica Malone s'est acharnée toute sa vie pour détruire notre famille. Et à présent que cette vieille sorcière est morte, ça continue de plus belle ! A partir du jour où elle a eu une liaison avec mon père, elle n'a cessé d'ourdir complot sur complot. Mais cette fois, elle est allée trop loin. Il est temps que quelqu'un mette un terme à ses agissements.

— Rebecca... Essayez de garder les pieds sur terre, d'accord ? Je veux bien croire que votre Monica Malone était capable de toutes les perfidies, mais quand même pas au point de se faire assassiner pour le seul plaisir d'envoyer l'un des vôtres en prison. Vous êtes à bout de nerfs. Pourquoi ne pas rentrer chez vous, maintenant ?

— Jamais. Je ne partirai pas d'ici tant que je n'aurai rien trouvé qui me mette sur la piste du véritable assassin.

— Ecoutez-moi : il est tout à fait possible que vous ayez raison. Je n'exclus pas la possibilité que quelqu'un soit effectivement entré ici après le départ de votre frère pour venir poignarder Monica. Mais s'il y a l'ombre d'une pièce à conviction à découvrir dans cette maison, je vous promets que je la trouverai.

Rebecca secoua la tête.

— Je sais que vous ferez l'impossible, Gabe. Et que vous connaissez votre métier. Mais nous n'avons pas la même façon de voir les choses, vous et moi. En tant que femme, je relèverai peut-être certains détails qui ne frapperont pas nécessairement votre attention.

Réprimant stoïquement une réflexion ironique, Gabe se passa la main sur le visage. Inutile de débattre avec elle sur ce point. De toute façon, ses arguments n'auraient aucun impact.

Il tenta une approche différente :

— Je ne sais pas si vous avez poussé la réflexion jusque-là, mais qui vous dit que vous ne tomberez pas de Charybde en Scylla en vous acharnant à vouloir démasquer un nouveau coupable ? Comme vous l'avez fait remarquer tout à l'heure, une vive inimitié opposait Mlle Malone à votre famille. Alors imaginez que quelqu'un d'autre ait effectivement tué Monica Malone mais que ce nouvel assassin fasse, lui aussi, partie de la tribu Fortune ? Vous ne seriez pas beaucoup plus avancée.

— Il n'y a pas de meurtriers chez les Fortune, déclarat-elle fermement.

— L'affirmer est une chose ; le prouver en est une autre. Et vous ne convaincrez aucun juge, aucun juré avec de tels arguments. On considérera seulement que vous soutenez aveuglément votre famille.

— Eh bien, ils auront tort. Monica était un être profondément amoral qui ne survivait qu'à coups d'intrigues et de complots. Et pas seulement contre les Fortune. Je suis persuadée qu'elle avait d'autres ennemis. Le tout est maintenant de les trouver au lieu de perdre notre temps à ergoter stérilement, trancha Rebecca en quittant la pièce au pas de charge.

Gabe la regarda s'éloigner sans même tenter de la retenir. A quoi bon ? Son regard tomba sur le flacon de whisky oublié sur le comptoir. « Oh, tentation, quand tu nous tiens... ». Mais ce n'était pas le moment de céder à l'attrait de la dive bouteille.

Même s'il doutait de l'innocence de Jake, il devait reconnaître que sa culpabilité n'était pas fermement établie pour autant. Il existait une chance infime — mais réelle — pour que Rebecca ait raison. Or dans l'hypothèse improbable où son frère aurait dit vrai, le véritable meurtrier, lui, courait toujours. Peut-être même dans les parages...

Gabe soupira. Autant se rendre à l'évidence : il serait d'une imprudence criminelle de laisser Rebecca toute seule en pleine nuit dans l'ex-demeure de Monica Malone. Quelqu'un se devait de la protéger et ce quelqu'un, en l'occurrence... ne pouvait être que lui.

A cette idée, son moral chuta d'un cran supplémentaire. Mais bon. Ce ne serait l'affaire que de quelques heures tout au plus. Après, il aurait toujours le recours de se transformer en délateur et de rapporter les agissements de sa fille à Kate Fortune. Kate, elle, saurait se faire obéir. C'était le genre de femme qui d'un seul regard pouvait faire marcher tout un bataillon au pas.

En attendant, néanmoins, il se retrouvait avec miss Fortune sur les bras, ce qui excluait tout recours à une rasade de whisky consolatrice. Car tant qu'il était appelé à veiller sur elle, il avait besoin d'avoir le pied sûr, la tête claire et tous ses réflexes intacts...

Avec une grimace de dégoût, Rebecca examina la chambre à coucher. L'univers de Monica s'était clairement limité à une seule passion : elle-même. Les murs étaient couverts de photos et de portraits flatteurs de sa

personne. Ses dressings regorgeaient de tenues agui-
cheuses, et elle stockait plus de chaussures dans ses placards que la señora Marcos en personne. Enfin, comble
de ridicule et de mauvais goût, son lit — immense —
était en forme de cœur avec des draps flamboyants en
satin rouge passion.

Malgré son âge déjà avancé, Monica avait donné
jusqu'au bout dans l'étalage de ses charmes à en juger par
les corsets, soutiens-gorge « push-up » et autres décolle-
tés vertigineux que recelait sa garde-robe. Dans la salle
de bains attenante, les étagères débordaient de flacons,
pots de crème et fards en tous genres. Jamais Rebecca
n'avait vu pareil rassemblement de fioles, de poudres, de
sérums et d'onguents. Sa propre mère, dont c'était pourtant le métier de produire des cosmétiques, n'en possédait
pas le dixième !

Ayant terminé l'inspection méthodique des étagères,
Rebecca tendit l'oreille pour s'assurer que Gabe n'était
pas dans les parages, puis baissa rapidement son jean et
découvrit en gros plan dans le miroir le bleu monumental
qui s'élargissait au bas de son dos. Spectaculaire ! Quant
à l'entaille sur son front, elle se rappelait à son bon souvenir sous forme d'un mal de tête lancinant.

Mais elle aurait tout le temps de se lamenter sur son
sort une fois qu'elle serait rentrée chez elle. Ce n'était pas
le moment de s'appesantir sur ses petites misères, même
s'il était déjà 3 heures du matin et qu'elle souffrait le
martyre. Sourcils froncés, elle se creusa désespérément la
cervelle. Si seulement une idée pouvait surgir, brillante et
lumineuse, comme lorsqu'elle travaillait sur l'un de ses
romans et que l'inspiration frappait soudain !

Gabe, lui, était persuadé qu'ils perdaient leur temps et
qu'ils ne découvriraient rien de plus ce soir — hormis
peut-être quelque nouvel élément accablant pour Jake.

Dommage... Pendant quelques instants, dans le salon, elle s'était surprise à désirer ardemment le convaincre. Mais elle n'avait pas réussi à ébranler sa conviction. Gabe, malheureusement, n'était pas différent des autres : il ne cherchait pas à voir au-delà des apparences.

Rebecca soupira. Elle se retrouvait seule une fois de plus dans sa quête, songea-t-elle en effleurant le bracelet de sa mère. Rien de nouveau sous le soleil, donc. Tout attachée qu'elle était à sa famille, elle s'était toujours sentie... à part, différente. Et tel serait sans doute toujours son destin : croire à ses intuitions et mener un combat solitaire, sans personne pour lui tenir la main.

Quoi qu'il en soit, ce combat particulier, elle comptait bien le livrer jusqu'au bout. Même si elle devait en mourir, elle laverait la réputation de son frère.

Tout en explorant méthodiquement la pièce, Rebecca se demanda si Gabe avait une famille. Pour autant qu'elle pût se souvenir, il n'avait jamais mentionné personne : ni sœur, ni frère, ni parents. Il ne semblait pas envisager non plus de fonder son propre foyer. Au premier abord, il donnait l'impression d'être un homme dégagé de toute contrainte affective et ravi d'être libre. Célibataire par choix, assurément. Néanmoins, Rebecca pressentait en lui une solitude profonde. Même si c'était sans doute la dernière chose au monde que Gabe accepterait d'admettre !

Le regard de la jeune femme tomba de nouveau sur son bracelet et elle oublia instantanément le détective. Les bijoux, bien sûr ! Comment n'y avait-elle pas pensé ? Les joyaux de valeur devaient être en sécurité dans un coffre. Mais il y en avait beaucoup d'autres. Sur les photographies, en effet, Monica disparaissait sous une multitude de sautoirs, clips, bracelets et autres breloques.

Autrement dit, ce serait bien le diable si elle ne trouvait pas ces bijoux fantaisie quelque part. Rebecca refit la tournée complète des placards et finit par mettre la main sur deux grands coffrets remplis à ras bord de bimbeloterie. Elle s'accroupit et entreprit d'en vérifier le contenu, tiroir après tiroir. Une sourde excitation s'emparait d'elle, comme si la clé de l'énigme se rapprochait enfin. Elle n'aurait su dire ce qu'elle espérait trouver exactement, mais si Monica avait eu des secrets, c'était sûrement dans sa chambre à coucher qu'elle les avait dissimulés. Un homme, lui, opterait peut-être plus facilement pour sa voiture ou son bureau ; mais une femme privilégiait toujours sa chambre, lieu symbolique de son intimité.

Dans le quatrième tiroir en partant du bas, Rebecca rencontra soudain une sorte de renflement sous ses doigts. Le cœur battant, elle renversa tout un assortiment de boucles d'oreilles fantaisie sur le tapis, secoua le tiroir et examina le fond tendu de satin.

Retirer la doublure en tissu brillant fut l'affaire de quelques secondes. D'un geste triomphal, Rebecca extirpa une fine liasse de papiers. Le premier était un télégramme jauni et froissé adressé à Monica par l'un de ses admirateurs. Le second, une lettre d'amour passionnée d'un amant qui signait « Votre chien fidèle ». Chacun ses goûts, songea Rebecca avec une ironie mordante en examinant la lettre de plus près. Mais elle datait déjà de dix ans et il semblait peu probable que son auteur soit lié au meurtre.

Rebecca la mit malgré tout de côté et continua à déchiffrer les missives suivantes. Peu à peu, cependant, d'autres papiers lui firent comprendre que son intuition ne l'avait pas trompée. Car, ainsi qu'elle s'en doutait, il n'y avait pas que des lettres d'anciens amants dans la cache secrète de Monica, mais des preuves flagrantes du rôle joué par l'ancienne actrice dans les différents incidents qui avaient mis en péril depuis deux ans la bonne marche de Fortune Cosmetics. Rebecca découvrit ainsi que c'était Monica qui avait tenté de dérober la formule de la nouvelle crème anti-âge de Fortune Cosmetics, elle aussi qui avait encouragé le poursuivant d'Ali et manœuvré habilement pour que le chimiste de l'entreprise, Nick Valkov, soit menacé d'expulsion. C'était d'ailleurs en réaction à ce complot que Nick avait épousé Caroline. Ainsi Monica, sans le vouloir, avait fait le bonheur d'une Fortune. Même aujourd'hui, dans sa tombe, elle devait encore s'en mordre les doigts !

Hélas, aucun de ces papiers n'apportait un éclairage nouveau sur son assassinat, constata Rebecca, dépitée.

Elle commençait à perdre espoir lorsqu'elle arriva au dernier document. Une soudaine bouffée d'adrénaline lui fit battre le cœur.

Trois fois, elle relut le bref message.

De fait, il s'agissait d'une copie sur papier carbone d'un courrier rédigé par l'actrice dix jours avant sa mort. Le message n'avait rien de tendre. Adressé à une dénommée Tammy Diller, il lui intimait l'ordre de « se montrer à leur rendez-vous, quoi qu'il arrive, si elle ne voulait pas payer chèrement les conséquences de sa défection ».

Une sourde excitation s'empara de Rebecca. Elle jubilait, même. Le nom de la mystérieuse correspondante de Monica éveillait même en elle un vague écho. Tammy Diller... Ces syllabes lui disaient quelque chose, mais quoi ? Qu'importe. Ce n'était pas ce qui comptait dans l'immédiat. Tout ce qui l'intéressait pour l'instant, c'est qu'un nouveau personnage surgissait enfin dans la vie de Monica. Un personnage que l'actrice avait fréquenté peu avant son décès.

Cette lettre ne prouvait rien en soi, bien sûr. Elle ne suffisait pas, tant s'en faut, à innocenter son frère. Mais elle indiquait, en tout cas, que Monica avait eu un autre ennemi que Jake au moment de sa mort.

Toute fatigue oubliée, Rebecca se redressa d'un bond, courut dans le couloir et cria le nom de Gabe. Plus tard, avec le recul, elle comprit qu'il avait dû interpréter son cri comme un appel au secours, car il se rua vers elle, volant plus qu'il ne courait dans sa direction. Dans un élan d'enthousiasme, Rebecca se précipita elle aussi à sa rencontre.

Quoi de plus naturel, alors, que de jeter les bras autour de son cou? N'importe quelle femme, à la place de Gabe, aurait compris qu'elle exprimait tout simplement sa joie.

Mais Gabe, en bon mâle qu'il était, interpréta l'événement à sa façon...

3.

Lorsqu'il vit la jeune femme sortir en courant de la chambre de Monica, le sang de Gabe ne fit qu'un tour. Retrouvant ses vieux réflexes, il bondit, prêt à se jeter entre elle et l'ennemi quel qu'il soit — monstre, démon ou tueur en série.

Les muscles bandés, préparé au combat, il se trouva freiné net dans son élan lorsque Rebecca lui jeta allègrement les bras autour du cou ! Les lèvres tendues, elle visait sans doute sa joue, mais le hasard voulut qu'elle manquât sa cible. Au contact de sa bouche sur la sienne, Gabe vacilla sous l'impact.

A deux reprises, dans l'armée, il avait été blessé par balle. Expérience marquante s'il en est, même s'il n'avait pas eu mal sur le coup. Le projectile pénétrant sa chair lui avait fait l'impression d'une brûlure ; d'une brutale explosion de chaleur.

Mais ce n'était rien à côté des lèvres de Rebecca !

N'avait-il pas pressenti d'emblée que cette femme était dangereuse pour lui ? Son instinct l'avait averti : il était en sécurité avec elle tant qu'il gardait ses distances. Alors pourquoi contrevenir à cette règle élémentaire de prudence ? se demanda-t-il en découvrant qu'il la tenait fermement par la taille.

Pour la sauver, bien sûr ! Son réflexe avait été de l'attraper pour l'arracher au danger qu'elle semblait fuir. Au départ, il avait été dans la tension du stress, dans la dynamique du combat. Et voilà qu'une fraction de seconde plus tard, il avait les reins en feu, la vision troublée et le sang en ébullition.

Plongé dans une quasi-obscurité, le couloir était comme un tunnel creusé dans les ténèbres, dont le silence lui renvoyait en écho les battements sourds de son cœur.

Rebecca releva lentement la tête et son attitude perdit soudain de sa joyeuse exubérance. Les yeux vert velours aux pupilles dilatées s'assombrirent avant de se perdre bientôt dans les siens. Son sourire éclatant s'adoucit pour se muer en une expression mystérieuse. Elle ne détacha pas les bras de son cou comme l'eût fait n'importe quelle femme normalement douée de raison. Au lieu de cela, elle se dressa sur la pointe des pieds et l'embrassa avec la curiosité d'une jeune chatte découvrant un jouet inattendu.

Ses lèvres, fraîches comme un vent de printemps, avaient le parfum de l'innocence. Elles évoquaient un univers frais, neuf et pur ; des images de matin clair sur des étendues d'herbe verte ; tout un monde d'espoirs confus qu'il croyait enfouis à jamais dans le recoin oublié des illusions mortes. Tellement mortes qu'il n'en avait jamais éprouvé le regret.

Jusqu'à cet instant, du moins...

La peau de Rebecca était si douce, son odeur si saine ! Elle tenait quelque chose à la main, se dit-il aussi vaguement. Un morceau de papier qui lui grattait la nuque. Mais l'autre main de la jeune femme vint soudain se glisser dans ses cheveux tandis qu'elle pressait ses seins ronds contre sa poitrine. Gabe, le souffle coupé, en oublia tout le reste.

« Pas de panique, tu as la situation en main », se récitat-il mécaniquement. Il ne se passait rien d'extraordinaire. Juste une réaction hormonale un peu soutenue, due au fait qu'il n'avait pas de femme dans sa vie en ce moment. Car même si Rebecca l'exaspérait neuf fois sur dix, elle était indiscutablement féminine. Explosive, même. Sensuelle à deux cents pour cent. Voilà pourquoi sa libido démarrait au quart de tour. Un phénomène purement biologique qui, en soi, n'avait rien d'inquiétant.

Enfin...

Il eût été préférable qu'il se dégage tout de suite, naturellement. Au lieu de quoi, il céda à la curiosité à son tour pour aventurer une main dans son impossible chevelure. Une chevelure qu'il découvrit extraordinairement souple et vivante sous ses doigts... Les lèvres de Rebecca s'écartèrent sans difficulté sous la pression des siennes. En vérité, elle répondait à son baiser avec une remarquable absence d'inhibition. La façon dont elle embrassait était à l'image de sa personne : naturelle, sans chichis — un tourbillon d'émotions vraies où perçait un enthousiasme de débutante, comme si un monde de sensations neuves s'ouvrait à elle pour la première fois.

Quoi qu'il en soit, cette fille était plus dangereuse que les sables mouvants, comprit Gabe dans un sursaut de lucidité. S'il continuait à l'embrasser une seconde de plus, c'était l'enlisement assuré !

Arrachant ses lèvres des siennes, il remplit ses poumons d'une première bouffée d'oxygène puis, devinant que cela ne suffirait pas, il opta pour une attitude plus radicale : il lâcha Rebecca et jura. Bruyamment.

Les jurons agirent. Elle ouvrit les yeux, le fixa comme si elle avait du mal à focaliser son attention et, au bout d'un long moment, se décida enfin à dénouer les doigts qu'elle tenait toujours croisés sur sa nuque.

— Eh bien..., murmura-t-elle rêveusement.

Gabe frémit. Ce « eh bien » ne lui disait rien qui vaille.

— Si j'avais su que vous embrassiez comme ça, mon cher, je serais venue réclamer un échantillon de vos talents plus tôt.

« Mon Dieu, donnez-moi la force de me dominer », pria Gabe qui n'avait plus jamais formulé l'ombre d'une prière depuis l'âge de cinq ans.

— Ce baiser n'a aucune signification. Considérez-le comme un simple accident de parcours.

— C'est bien ce qu'il me semblait, acquiesça-t-elle aimablement.

— Il va sans dire que cela ne se reproduira pas.

— Mmm... Je vois. C'était un échantillon unique. Je reconnais, d'ailleurs, que vous m'avez prise au dépourvu. Jusqu'à présent, j'ai toujours eu l'impression que vous étiez plus tenté de m'étrangler que de me prendre dans vos bras.

Gabe soupira.

— Si vous ne passiez pas l'essentiel de votre existence penchée sur un clavier, dans un monde de pure fiction, vous auriez senti que le courant était là et que l'étincelle ne demandait qu'à jaillir. Voilà pourquoi, dans la vraie vie, il est conseillé d'éviter de jouer avec le feu, vous comprenez ? Maintenant, j'imagine que vous aviez une raison valable pour vous jeter ainsi à mon cou !

— Une raison ? répéta Rebecca d'un air étonné, comme s'il avait prononcé un mot inconnu à son vocabulaire.

Gabe frémit lorsque le regard vert se mit à le scruter. Elle le sondait avec une attention si soutenue qu'il eut soudain l'impression qu'elle lisait quelque part au fond de lui un texte secret dont elle était seule à détenir le code. Mais à son grand soulagement, elle cligna soudain des paupières, sourit, et brandit son bout de papier.

54

— Bien sûr que j'avais une raison valable. La meilleure raison du monde, même ! Oh, Gabe, vous ne devinerez jamais ce que j'ai découvert !

Parfait. Il avait apparemment réussi à détourner son attention de ces épineuses questions de baisers, d'embrassades et d'attirance physique mutuelle. C'était toujours ça de gagné... Rebecca était dans un tel état de surexcitation, cependant, qu'il désespérait de la voir se calmer avant le lever du jour. Il fut invité à lire puis à relire la lettre adressée à une certaine Tammy Diller, puis à la suivre dans la chambre de Monica où elle lui montra fièrement où se trouvait la cache secrète. Lorsque, enfin, ils redescendirent au rez-de-chaussée, elle bouillonnait toujours d'une énergie inentamée.

— Alors ? Je ne vous l'avais pas dit que je trouverais quelque chose ? Vous voyez maintenant, hein ?

— Hé, ho ! Modérez un peu votre ardeur, bébé ! Vous ne croyez pas que vous vous réjouissez un peu trop vite ? Ce bout de papier ne prouve strictement rien.

— Je ne suis pas d'accord. On sait maintenant que d'autres facteurs ont pu jouer dans l'assassinat de Monica. Et que mon frère n'était pas la seule personne avec laquelle cette vieille taupe était en conflit ouvert.

Gabe soupira. Il était bien obligé de reconnaître que Rebecca avait raison sur ce point, même si son ego malmené criait à la trahison. C'était tout de même vexant que cette apprentie détective aussi fantaisiste que chimérique — un simple écrivain, que diable — ait réussi à trouver un indice alors qu'il avait lui-même fouillé trois fois la maison de fond en comble sans rien découvrir d'intéressant !

N'étant pas né de la dernière pluie pour autant, il prit discrètement possession de la lettre et la plia pour la glisser dans sa poche. L'adresse de la dénommée Tammy Diller y figurait en effet en toutes lettres. Rebecca l'avait certainement remarqué mais, avec un peu de chance, elle n'aurait pas mémorisé le nom et le numéro de la rue de Los Angeles. Une fois qu'il aurait interrogé son ordinateur et rassemblé quelques données, il ferait un saut en Californie. Si la correspondante de Monica se trouvait encore dans le coin, il aurait quelques questions à lui poser.

Mais la première chose à faire, maintenant, c'était de se débarrasser de Rebecca. Et sans trop tarder de préférence, s'il ne voulait pas passer le reste de la nuit à écouter un flot ininterrompu de paroles !

— Vous étiez persuadé que je ne trouverais rien, n'est-ce pas ? Avouez-le, Gabe ! Ça a été exactement la même chose lorsque je vous ai demandé d'enquêter sur la disparition de ma mère. Vous ne vouliez pas me croire, non plus, lorsque je vous disais que cette histoire d'accident d'avion n'était simple qu'en apparence. Vous voyez bien maintenant que la logique n'est pas supérieure à l'intuition. Même si je n'avais pas lu tous ces ouvrages de méthodologie sur les enquêtes criminelles, j'aurais sans doute trouvé ce que je cherchais. Parce que c'est, avant tout, le *feeling* qui compte et que...

Elle dut s'interrompre une fraction de seconde pour reprendre son souffle et Gabe sauta sur l'occasion pour tenter de se faire entendre.

— Vous vous êtes bien débrouillée, bébé, je le reconnais. Mais il n'est pas loin de 4 heures du matin et je pense que nous en avons suffisamment fait pour cette nuit.

— Vous voulez déjà rentrer ? se récria-t-elle.

— Personnellement, je suis mort. J'ai mon compte pour aujourd'hui. Quant à vous, vous avez fait preuve d'une grande perspicacité, se hâta-t-il de préciser avant qu'elle ne recommence à s'auto-féliciter *ad nauseam*.

Dès que j'aurai pris quelques heures de repos, je ferai le nécessaire pour essayer de voir si cette piste mène quelque part.

— Si vous êtes exténué, je comprends que vous ayez envie de rentrer. Mais, de mon côté, rien ne m'empêche de rester encore un moment pour continuer à chercher. Monica Malone avait peut-être d'autres cachettes.

— C'est possible. Mais si elles existent, elles sont bien dissimulées. Pensez au nombre d'enquêteurs qui ont déjà passé cette maison au peigne fin... Alors que cette lettre, elle, constitue une bonne base de départ pour de nouvelles recherches. Et il est grand temps pour vous d'aller dormir, Rebecca.

— Je ne suis pas fatiguée, protesta-t-elle, menton levé.

Mais Gabe avait un menton plus large et plus imposant que le sien. Et des trésors d'autorité en réserve lorsqu'il s'agissait de réprimer une mutinerie potentielle.

— Pas fatiguée, vous ? A d'autres ! Vous avez vu votre tête, au moins ? Vous avez l'air de sortir d'un match de boxe. Dans le rôle du perdant mis K.-O. Et ne me dites pas que toutes ces plaies et bosses ne commencent pas à vous cuire. Alors, en route ! Où avez-vous laissé votre voiture, au fait ?

Si elle n'eut pas l'air le moins du monde intimidée par ses menaces, la question eut au moins le mérite de détourner son attention.

— Oh, à plus d'un kilomètre d'ici. Il y a un coin sombre, plus loin dans la rue, près d'un grand noyer. Je pensais qu'il valait mieux que je stationne à distance pour ne pas attirer l'attention. Dans la mesure où il fallait que j'escalade le portail, c'était préférable de...

— Stop. Assez. Je ne veux plus rien entendre au sujet de votre folle escapade, d'accord ?

Cette fille allait finir par lui donner des cheveux blancs avant l'heure !

— Puisque votre voiture est garée à perpète, je vais vous raccompagner. La mienne n'est pas loin. Où avez-vous laissé votre sweat-shirt mouillé, au fait ?

— Dans la cuisine.

Elle baissa les yeux sur son chandail et, d'un geste rapide, resserra les deux bords du col en V. Un réflexe de pudeur qui venait un peu tard, songea Gabe, amusé. Il avait déjà eu amplement le temps de voir tout ce qu'il y avait à voir... et de réagir en conséquence.

— Je pense que je ferais mieux de remettre mon sweat-shirt, déclara pensivement Rebecca. Où avez-vous pris ce pull ?

— Vous plaisantez ! Vous n'allez pas enfiler ce sweat-shirt trempé. Gardez ce pull, voyons. Il sera toujours temps de le rapporter. De toute façon, là où elle est, Monica n'en sera pas privée. Contentez-vous de récupérer votre sac à dos et filons.

Rebecca hocha docilement la tête, mais il apparut qu'elle avait laissé une lumière allumée à l'étage, qu'il fallait encore remettre de l'ordre dans un placard qu'elle avait dérangé et laver le verre dans lequel il lui avait servi un doigt de whisky quelques heures plus tôt.

Voilà pourquoi il avait pour principe de toujours travailler seul, songea Gabe, planté dans le vestibule, en regardant l'heure tourner à sa montre. Ses employés à l'agence travaillaient souvent par paires sur une enquête. Lui non. Il avait horreur d'être ralenti dans son rythme.

Pendant que Rebecca s'agitait dans tous les sens pour « remettre de l'ordre », il aurait eu cent fois le temps de rentrer chez lui, de boire son whisky, de prendre une douche et de se mettre au lit.

Dès qu'elle eut terminé, il l'entraîna dehors d'autorité, referma la porte à clé, et la conduisit jusqu'à sa Morgan, garée le long du trottoir. Rebecca siffla — presque aussi bien qu'un homme — en découvrant la voiture.

— Woua! Quel bijou! Elle est magnifique!

— N'est-ce pas. C'est une cuvée 55. Mais elle a été chouchoutée pendant des années en tant que pièce de collection, c'est pourquoi elle n'a pas énormément de kilomètres au compteur.

— Et vous n'avez pas trop de mal à trouver des pièces détachées?

— C'est la croix et la bannière. Et elles coûtent une fortune, de surcroît.

— Mais quand on aime on ne compte pas, n'est-ce pas? A vos yeux, cette voiture vaut tous les sacrifices.

Il ne put s'empêcher de sourire. Le plus surprenant, c'est qu'elle ne semblait pas porter de jugement négatif sur sa petite « faiblesse ».

— Tout juste. Ce sont des dépenses que je fais sans regrets.

Il ouvrit la portière passager et la regarda prendre place. Une pensée exaspérante lui traversa l'esprit : la voiture et elle semblaient faites l'une pour l'autre.

A 4 heures du matin, avec un gros manque de sommeil, il n'avait apparemment plus les idées très claires. Il s'installa au volant et le moteur démarra au quart de tour. Rebecca parut carrément impressionnée. Il songea à l'allusion qu'elle avait faite aux banques de sperme. Ce n'était pas son problème, bien sûr, et il n'avait rien à en dire. Mais quand même... Il ne pouvait s'empêcher d'être turlupiné par cette histoire.

L'orage s'était éloigné, laissant une brume feutrée dans son sillage. Au cœur de la nuit fantomatique, l'herbe brillait doucement et les arbres, dans les jardins, paraissaient immenses. Un silence de mort planait sur le quartier profondément endormi. Nulle lumière nulle part; nulle trace de vie.

Repérer la voiture de Rebecca ne fut pas difficile :

c'était la seule dans toute la rue. Une confortable berline rouge, fort sage au demeurant — le type même de la voiture familiale. Avec l'argent dont elle disposait, elle aurait pu s'acheter un parc automobile complet, elle qui s'était tant extasiée devant sa Morgan. Mais pour Rebecca Fortune, les priorités étaient manifestement ailleurs.

Soudain, ce fut plus fort que lui :

— Pour cette histoire de banque de sperme... Vous n'y pensez pas sérieusement, je suppose ?

— Mais si. J'envisage de faire les démarches rapidement, même. Dès que Jake sera tiré d'affaire, je déposerai une demande.

Elle se pencha et prit le sac à dos à ses pieds. Pour Rebecca, le débat était clos, de toute évidence. Gabe coupa son moteur.

— La famille monoparentale n'est pas la panacée, vous savez. Mêmes les féministes en reviennent. Il semble que l'utilité des pères — en chair et en os — ait été dûment démontrée.

— Oh, je n'ai rien contre les hommes, je vous assure. Et j'ai toujours été une fervente adepte du mariage. Mais sans vouloir me plaindre, être une Fortune comporte certains désavantages. La plupart des hommes que j'ai connus salivaient bien plus devant le patrimoine familial que devant mes charmes propres. Et puis il faut être réaliste : passer ses journées chez soi à écrire des livres n'est pas la meilleure méthode pour trouver le partenaire idéal. D'autant que l'on finit par devenir exigeant à force de fréquenter de vrais héros. Malheureusement, mon horloge biologique commence à se faire entendre. C'est la voix de la nature qui parle, mon ange.

Gabe secoua la tête.

— Bon, vous avez eu quelques déboires avec des

types qui ne rêvaient que de s'en mettre plein les poches, d'accord. Ce sont des choses qui arrivent. Mais vous ne me ferez pas croire que tous les hommes qui croisent votre chemin sont des gigolos ou des arrivistes. Un peu de patience, bébé ! Vous n'avez pas encore un âge canonique, que je sache.

— Canonique, non. Mais si j'envisage de mettre au monde une demi-douzaine d'enfants, il serait temps que je m'y mette, non ? J'ai la chance de vivre à une époque où les mères célibataires sont bien acceptées. En fait, toutes les conditions sont réunies pour que j'envisage une grossesse : je suis en bonne santé, je peux assurer l'avenir financier de ma petite famille, et je meurs d'envie de cocooner toute une joyeuse ribambelle. Alors pourquoi attendre ?

Une joyeuse ribambelle ? Gabe déglutit.

— Mais vous ne pensez pas que le recours à une banque de sperme constitue une solution un peu... radicale ?

— « Radicale » ? Non, pourquoi ? La seule solution « radicale », à mes yeux, serait d'épouser n'importe qui, n'importe comment, dans le seul but de fonder enfin la famille dont je rêve. Car je suis une incurable romantique, voyez-vous. Si je me lie à un homme, je veux que ce soit le grand amour. Je ne supporterais pas un mariage au rabais. Il reste que mon désir d'enfants ne se laisse pas oublier pour autant. Je préférerais mille fois que mes rejetons aient un père, c'est sûr. Mais si le destin n'a pas un mari aimant en réserve pour moi, je suis décidée à me débrouiller avec les moyens du bord.

Gabe s'éclaircit la voix.

— Vous avez soumis ce... hum... projet à votre mère ?

Un sourire amusé joua sur les lèvres de Rebecca.

— Parce que vous pensez que Kate y mettrait son veto ?

Et comment, qu'il le pensait! Des banques de sperme, bon sang! Pourquoi envisager pareille extrémité alors qu'il y avait plein d'hommes pour jouer les pères et les maris modèles!

— Désolé de vous décevoir, mon joli, mais ma mère ne fera rien pour m'arrêter si je lui parle de mon idée. Depuis que je suis toute petite, Kate m'a toujours encouragée à personnaliser mes choix, en laissant les chemins tout tracés de côté. Je sais qu'à première vue, comme ça, nous paraissons très différentes, elle et moi. Ma mère passe pour un esprit rationnel, une maîtresse femme avec un talent exceptionnel pour les affaires. Alors que j'ai la réputation d'être fantaisiste, impulsive et de vivre plutôt la tête dans les nuages que les deux pieds fermement plantés dans le sol. Il est vrai que les affaires ne m'intéressent pas et que je ne m'engagerai jamais sur la même voie qu'elle. Mais Kate n'a jamais attendu de moi que je sois à son image. C'est elle qui m'a encouragée à me lancer dans l'écriture, au contraire. En cela, elle m'a appris l'essentiel : à me battre pour m'affirmer telle que je suis et à vivre en accord avec mes convictions. Contrairement à ce que vous semblez penser, ma mère ne s'opposera pas à mon projet de maternité. Même s'il peut paraître un peu étrange.

Gabe ne dit rien, mais la tirade de la jeune femme ne l'avait pas convaincu. Il avait même la certitude intime que Kate préférerait voir sa benjamine dûment mariée. Si possible, même, avec un homme suffisamment solide pour contenir la nature impulsive de sa petite dernière!

Le regard que Rebecca posait sur lui se fit soudain plus intense.

— Et vous, Gabe? Le temps qui passe ne vous fait pas peur? Vous arrivez à un âge où les hommes aussi commencent à penser à ce qu'ils laisseront derrière eux à l'heure du grand départ. Vous n'avez jamais eu la nostalgie d'une vraie famille ? D'une nouvelle génération de Devereax pour prolonger votre lignée ?

— Vu la cuvée Devereax précédente, je préfère éviter de prolonger quoi que ce soit, au contraire. Je n'ai pas votre vision idéalisée de la famille, bébé.

— Vous voilà de nouveau affreusement cynique, mon ange.

— Réaliste, rectifia-t-il en se penchant pour lui ouvrir sa portière.

La conversation avait pris un tour trop personnel à son goût. Il était plus que temps d'y mettre fin.

— Rentrez vite chez vous, conclut-il, prenez un bon bain et tâchez de récupérer un peu de sommeil. Quant à la lettre, oubliez-la. Je m'occupe désormais de tout. A partir de maintenant, j'aimerais que vous vous teniez en dehors de cette affaire, Rebecca.

— Et puis quoi encore, cher monsieur ? Vous vous prenez pour mon patron, tout à coup ?

Il était presque 5 heures du matin, et elle avait encore l'énergie de le contredire ? Décidément, elle était inépuisable.

— Ecoutez, Rebecca. Je piétinais dans mes recherches et grâce à vous, je tiens enfin une piste intéressante. En une soirée, vous en avez plus fait pour votre frère qu'une équipe entière qui planche sur cette affaire depuis des semaines. Mais cette lettre modifie aussi les données du problème, dans la mesure où elle implique qu'il pourrait y avoir — et je dis bien pourrait — un autre suspect dans le coup.

— Et alors ?

— Et alors ? Qui dit suspect potentiel dit également meurtrier potentiel. Et les meurtriers ne sont jamais à prendre à la légère.

— En effet, acquiesça-t-elle aimablement.

— Même si Tammy Diller n'a rien à voir avec le meurtre de Monica, cette fille n'a sûrement rien d'un ange. Ce n'est donc pas une fréquentation pour vous, ça, bébé. Alors, vous oubliez Tammy Diller, vous m'entendez ?

— Je vous entends parfaitement.

Elle poussa la portière, descendit de voiture, puis se pencha afin de passer de nouveau la tête à l'intérieur. Gabe se tint aussitôt sur la défensive. Jusque-là, elle avait été tout sourire. Un sourire déconcertant, malicieux, ambigu qui lui avait fait se demander si elle le prenait au sérieux ou non.

Mais il n'y avait plus trace de sourire sur ses lèvres, tout à coup. L'éclat qui illuminait son visage provenait uniquement de ses yeux. Sous l'intensité de son regard, il sentit son cœur cogner sourdement dans sa poitrine. Pendant une fraction de seconde, il se raidit, convaincu qu'elle allait de nouveau se jeter à son cou. A l'évidence, c'était la panique et non pas l'excitation qui accélérait ainsi son pouls, raisonna Gabe, horrifié.

— Je vois que vous ne me prenez pas au sérieux, Gabe, dit-elle seulement. Mais je suis une grande fille et je sais ce que j'ai à faire. Alors oubliez-moi et dormez sur vos deux oreilles. Vous n'avez pas à vous inquiéter pour moi.

Ne pas s'inquiéter pour elle ? L'œil sombre, Gabe la regarda s'éloigner en direction de la berline rouge. Elle fit tomber son sac à dos, le ramassa, se cogna un orteil et faillit perdre l'équilibre. Lorsque, enfin, elle s'engouffra dans la voiture, il nota avec consternation qu'elle n'avait même pas pris la peine de fermer le véhicule à clé. Rebecca ne se méfiait de rien ni de personne. Elle croyait à la bonté et à l'amour. Sa conviction profonde était que le bien et la vérité triomphaient toujours et qu'elle-même, étant innocente, n'avait rien à craindre.

Et avec ça, il était censé ne pas s'inquiéter ?

Rebecca trouva une place de parking pour sa Ford Taurus de location, et contempla les lieux d'un œil sceptique. Même à la tombée de la nuit, la température extérieure restait délicieusement tiède à Los Angeles en mars. Mais l'ambiance du quartier, en revanche, était nettement moins... chaleureuse. Elle vérifia la plaque au coin de la rue indiquant « Randolph Street ». C'était bien la bonne rue, pourtant. Le numéro 12790 était situé beaucoup plus bas, cependant, car elle n'avait pas réussi à se garer plus près du but. Mais tant pis. Marcher ne lui avait jamais fait peur même si le parcours, en l'occurrence, paraissait semé d'embûches.

Elle jeta un rapide coup d'œil au groupe de skins qui monopolisait une partie de la chaussée. Aux murs, d'énormes graffitis appliqués à la bombe offraient aux enfants du secteur un cours d'éducation sexuelle coloré et exhaustif. Plus loin, un homme gisait à même le trottoir — manifestement ivre mort, si ce n'était pas mort tout court. Des poubelles rouillées débordaient d'ordures dont l'odeur nauséabonde saisissait les narines. Quant aux jeunes qui déambulaient dans la rue, ils semblaient tous militer pour des mouvements extrémistes prônant le recours à la lutte armée, à en juger par les slogans qui s'étalaient sur leurs T-shirts et leurs bandanas.

Rebecca siffla mentalement entre ses dents. Pour un changement de cadre, c'était un changement de cadre... On était vraiment très loin de la somptueuse demeure familiale où vivait sa mère, sur le lac Travis.

Prenant une profonde inspiration, elle descendit de voiture et donna un tour de clé. Des scènes telles que celles-ci, elle en avait décrit des milliers dans ses livres. Mais c'était la première fois qu'elle en faisait l'expérience *in vivo*.

Si Gabe la voyait, il aurait sûrement une attaque, songea-t-elle pour la dixième fois au moins depuis qu'elle s'était levée à l'aube ce matin-là pour organiser précipitamment son départ en Californie. Mais il n'y avait aucune raison pour que le détective se doute de quelque chose. Comment aurait-il deviné qu'elle avait mémorisé l'adresse de Tammy Diller avant de lui remettre la lettre ?

Un jeune garçon au type hispanique âgé d'à peine douze ans siffla bruyamment sur son passage. Il ferait un père parfait, admit-elle en toute objectivité. Pas l'enfant. Gabe. Concentrer ses pensées sur lui était somme toute beaucoup plus confortable que de s'intéresser de trop près à l'individu au regard fixe qui, juste à sa gauche, jouait machinalement à ouvrir et à fermer son cran d'arrêt...

Gabe était patient, protecteur et c'était un homme de principe. Toutes qualités qu'elle considérait primordiales pour un père. Aucun coureur de dot — ni aucun skin dans le style de celui qui était en train de la reluquer — n'oserait jamais s'approcher de la fille de Gabe.

Pour autant qu'elle pût en juger, l'argent ne l'impressionnait pas, et les gens riches le laissaient de marbre. Il avait un caractère égal et ne s'énervait jamais pour un oui ou pour un non. En fait, elle ne l'avait vu perdre son calme en aucune circonstance. Sauf une fois ou deux... à cause d'elle !

Et il l'avait même embrassée dans un moment d'inattention...

Un léger soupir mourut sur les lèvres de Rebecca. Ce baiser-là, pensa-t-elle, resterait durablement inscrit dans sa mémoire. Il lui était déjà arrivé d'en décrire d'aussi passionnés dans ses livres. Mais en écrivant ces scènes torrides, elle avait travaillé uniquement à partir de son imagination, et pas du tout, hélas, en se basant sur les données de l'expérience. L'idée de perdre la tête parce qu'un homme vous prenait dans ses bras lui avait toujours paru, pourtant, très séduisante. Mais elle avait attendu très longtemps avant de connaître enfin cette sensation.

Il faut bien dire qu'elle n'avait pas mis toutes les chances de son côté, jusqu'à présent. Les hommes avec qui elle avait partagé une certaine intimité physique étaient soit des profiteurs qui l'étreignaient distraitement tout en louchant sur l'argenterie familiale ; soit de gentils garçons bien intentionnés, mais terriblement insipides. Si bien que leurs baisers n'avaient eu ni goût, ni intensité, ni couleur.

Pourquoi Gabe était-il donc si farouchement opposé au mariage et à la famille ? se demanda Rebecca rêveusement. Il serait intéressant de l'entendre formuler ses raisons. La prochaine fois qu'ils se verraient, peut-être...

Elle le sonderait également pour voir s'il avait quelque chose contre le rôle d'amant. Imaginer Gabe entre les draps ne manquait pas de piment. En un seul baiser, il lui avait donné le sentiment d'être devenue une autre femme : audacieuse, amorale, sensuelle, brûlante. Toutes émotions qu'elle se sentait disposée à explorer plus en détail !

Levant les yeux, Rebecca se raidit. Il y avait plus urgent à affronter dans l'immédiat que Gabe Devereax dans une chambre à coucher. Six types baraqués s'avançaient vers elle sur le trottoir. Epaule contre épaule. Telle une muraille vivante. Même à quatre mètres de distance, leur attitude était claire : leur regard rivé sur elle et leur sourire goguenard en disaient long sur leurs intentions...

Comme par hasard, plus personne ne traînait dans les parages. A croire que toute la population du quartier s'était dispersée comme autant de feuilles mortes emportées par le vent. Rebecca sentit ses jambes se dérober sous elle. Inutile, en effet, d'espérer piquer un sprint, perchée sur huit centimètres de talons ! Si elle avait su d'avance dans quel quartier vivait Tammy Diller, elle n'aurait certainement pas opté pour une robe droite et des escarpins. Tablant sur le fait que Tammy connaissait Monica, elle avait pensé que les deux femmes vivaient plus ou moins dans le même monde. Comment imaginer que la vieille actrice obsédée par son image de marque ait pu fréquenter une habitante des quartiers chauds de Los Angeles ?

Du coup, Rebecca avait fait un effort d'élégance à dessein, en pensant qu'elle aurait de meilleures chances d'être reçue par la dénommée Tammy. Grave erreur ! Des chaussures de course auraient été plus appropriées, en la circonstance. Quant à sa robe Issey Miyake, elle l'aurait volontiers troquée contre un gilet pare-balles. Le bracelet à son poignet brillait insolemment sous le soleil de Californie. Et pourquoi s'était-elle sentie obligée d'en rajouter, en mettant un collier en or ?

Les six types approchaient. L'un avait les yeux rivés sur son cou et l'autre sur ses jambes. Seule contre six... Rebecca sentit monter une vague de nausée. Une femme pliée en deux par des spasmes aurait-elle un quelconque effet dissuasif sur les violeurs, voleurs ou assassins potentiels ?

Le grand gars avec les cheveux noirs dressés en pointe sur la tête fit observer quelque chose à ses camarades. Il parlait d'elle, apparemment, car tous la regardèrent avec un petit sourire carnassier aux lèvres. L'estomac de Rebecca se noua de plus belle. Ils étaient autour d'elle, désormais, disposés en demi-cercle. Le mur s'était transformé en prison.

Elle déglutit et leva le menton. Puisant dans ses ultimes réserves de courage, elle réussit à leur décocher son sourire le plus cordial.

— Bonjour ! dit-elle joyeusement au grand type à cheveux en pointe. Pourriez-vous m'aider, s'il vous plaît ?

Peut-être était-ce la première fois qu'on leur posait pareille question. L'espace d'une seconde, les six loubards parurent trop déconcertés pour se montrer menaçants. Mais le grand maigre fut prompt à se ressaisir. Il s'avança d'un pas, réduisant la distance entre eux de façon alarmante.

— Je peux t'aider, ouais. Sans problème. Tu n'imagines pas tout ce que je suis prêt à faire pour toi.

Les rires gras fusèrent. Rebecca en avait froid dans le dos. Sa tactique « décontractée » échouait lamentablement, de toute évidence. Mais à part hurler à tue-tête, elle ne voyait guère ce qu'elle pouvait faire d'autre.

— Ah, merci, c'est sympa, répliqua-t-elle avec enthousiasme. Peut-être connaissez-vous une certaine Tammy Diller ? Elle vit dans ce quartier. Au 12970 de la rue. C'est tout près d'ici, je crois ?

— J'connais pas de Tammy Diller, non. Mais avec toi, je veux bien faire connaissance. Tiens, approche, que je te donne quelques sensations fortes.

Pétrifiée d'horreur, Rebecca vit une main chargée de bagues en forme de serpent s'approcher lentement de son cou. Allons bon. Voilà que son dernier reste de courage l'abandonnait. Dans quelques secondes, c'était sûr, elle lui vomirait à la figure. Et elle n'était pas certaine du tout que cela améliorerait les dispositions du grand maigre à son égard...

A son immense surprise, cependant, le loubard laissa

soudain retomber son bras, le regard rivé sur un point invisible derrière elle. Aucun des six gars ne souriait plus, étrangement.

D'instinct, Rebecca tourna la tête.

Comme matérialisé là par miracle, Gabe se tenait derrière elle. Et il n'avait pas l'air content du tout...

4.

— Tammy Diller, vous dites ? Fini. Terminé. Disparue, la cocotte. Les deux oiseaux se sont envolés du nid. En « oubliant » de me payer le loyer du mois dernier, comme par hasard. Bon, d'accord, c'est ma faute, j'aurais dû me méfier au lieu de les croire sur parole, elle et son ami. Comment il s'appelait, lui, déjà ? Ah, oui ! Wayne ou Dwayne, je crois. Un grand type, toujours très élégant — plutôt beau gosse, c'est sûr, mais pas un foudre de guerre. Alors que Tammy, elle, c'était une charmeuse. Toujours habillée avec élégance, et belle avec ça. La trentaine déjà dépassée, mais fichtrement bien conservée. Je ne connais pas beaucoup d'hommes qui lui diraient non, à cette femme, si elle leur proposait un petit tour entre les draps. Où j'en étais déjà ? Ah oui... Comme ils avaient la classe, tous les deux, j'ai gobé leur histoire. Tammy disait qu'ils traversaient une mauvaise passe mais qu'ils attendaient une grosse rentrée d'argent. Résultat : ils ont filé à l'anglaise et j'en suis pour mes frais. Ceci dit, je...

Apparemment, l'ex-propriétaire de Tammy Diller faisait partie de ces gens qui pouvaient monologuer à l'infini. Après avoir attendu en vain une pause dans son discours, Gabe se résigna à l'interrompre.

71

— Ainsi, Tammy Diller est partie sans laisser d'adresse. Et son petit ami, Wayne ou Dwayne ?

— Ah, j'pourrais pas vous dire son nom exact, m'sieu. C'était elle qui me payait et toujours en liquide. Comme c'était à elle que j'avais à faire, je ne faisais pas trop attention à son jules. D'ailleurs, franchement, il ne m'inspirait pas trop, ce gars-là. Il avait une façon de sourire qui ne me disait rien qui vaille. C'est quelque chose que j'avais déjà remarqué : il faut se méfier des gens qui montrent un peu trop leurs dents lorsqu'ils...

Gabe rongeait son frein. A ce rythme, ils en avaient pour deux heures.

— Vous vous souvenez quand vous les avez vus pour la dernière fois ?

Le petit homme au visage de furet passa la main sur son crâne chauve.

— Ma foi... Il y a deux semaines, environ. Je passe régulièrement pour veiller à l'entretien du bâtiment, bien sûr. Mais pas tous les jours. Dès que je montre le bout de mon nez là-bas, les locataires ne me lâchent plus, vous comprenez ? Il y a toujours un robinet qui fuit, une chasse d'eau qui coule, une prise qui se fait la malle. Et si on les écoutait...

— Ce serait sans fin, en effet, acquiesça Gabe gravement. Si vous n'avez revu ni l'un ni l'autre depuis deux semaines, j'imagine que vous n'avez pas la moindre idée de l'endroit où ils ont pu se rendre ?

— Ah ben, croyez-moi que si je savais où ils étaient, j'irais leur réclamer mon dû ! Vous pouvez toujours essayer de poser la question aux voisins. Mais je ne sais pas si vous en tirerez grand-chose. Sont pas causants, les gens, par ici, dans l'ensemble.

Le propriétaire, lui, faisait clairement exception à la règle. Dans l'espoir d'en apprendre plus sur Tammy

Diller, Gabe endurait patiemment son flot ininterrompu de paroles lorsqu'une brusque sensation de vide à son côté lui fit tourner la tête en sursaut.

Incroyable! Une seconde auparavant encore, Rebecca se tenait sagement près de lui. Et puis d'un coup, pffft... plus personne.

Gabe jura à voix haute. Dès qu'il l'aurait retrouvée, il l'étranglerait, se jura-t-il. A mains nues. Mais pour avoir le privilège de l'achever lui-même, il devait s'assurer que personne d'autre ne s'en charge avant lui. Autrement dit, vu le quartier, il avait tout intérêt à agir sans tarder.

Echappant au propriétaire volubile, il se précipita dehors en pestant tant et plus. Connaissant Rebecca, il aurait dû se montrer plus vigilant, merde. Si cette idiote avait eu, ne serait-ce qu'un grain de bon sens, elle aurait pris garde à ne pas le quitter d'une semelle. Mais il avait eu tort d'espérer que ses précédents déboires lui auraient mis du plomb dans la cervelle.

Pas l'ombre d'un réflexe d'autoprotection, cette femme! maugréa Gabe en s'élançant sur le trottoir. Dans la rue, régnait une chaleur épaisse, poisseuse. Il s'immobilisa pour procéder à un rapide examen des lieux. Avec ses cheveux flamboyants, elle devrait être facile à repérer, non? Une prostituée en jupe de cuir noir racolait près d'une porte cochère. A deux pas de là, un dealer fourguait sa marchandise à un jeune homme à l'expression hagarde. Un adolescent malingre passa à fond de train, un magazine pornographique plaqué contre la poitrine, poursuivi par les imprécations d'un marchand de journaux à l'allure avinée.

Lorsque Gabe était arrivé du Minnesota cet après-midi-là, le quartier ne l'avait pas surpris. Il avait repéré Randolph Street sur un plan et la rue avait été conforme à son attente. En se dirigeant vers le 12790, cependant, il était tombé sur l'élément « intrus » qui jurait distinctement dans le décor : Rebecca Fortune, chargée de bijoux et court vêtue, encerclée par six loubards bien allumés prêts à passer à l'action.

Cette seule pensée suffit à faire remonter la pression artérielle de Gabe. Si elle avait trouvé le moyen de se mettre de nouveau en danger, elle le lui payerait cher. Il jura abondamment. Où diable avait-elle pu disparaître en l'espace d'une minute ?

Là ! Il reconnut aussitôt la chevelure insolente. Et comme par hasard, elle se trouvait de nouveau en compagnie choisie : un type avec les cheveux rasés sur le crâne selon un motif en forme de point d'exclamation. Le gus avait une peau plus noire que la nuit, un débardeur fluo et une collection de tatouages qui semblaient s'animer lorsqu'il faisait rouler des biceps impressionnants. Rebecca lui parlait avec son exubérance habituelle, aussi détendue que si elle échangeait les derniers potins avec l'une de ses relations bon chic bon genre.

Gabe frémit en découvrant la lame que le gars portait nonchalamment dans sa poche arrière. Rebecca pivota sur ses impossibles talons hauts et lui offrit son profil. Il vit la masse de cheveux fous, la robe qui moulait ses hanches et l'éclat précieux de l'or qui scintillait à son poignet et à son cou. Lorsque son interlocuteur changea de position à son tour, Gabe frémit en découvrant la balafre qui lui barrait le visage. Le souvenir d'un coup de couteau, à l'évidence. Au même moment, l'inconnu leva la main, comme pour agripper Rebecca...

Gabe vit rouge. Sans même prendre le temps de jurer, il se rua en avant, fendant la foule qui ouvrit docilement les rangs sur son passage. Le sang bourdonnait à ses oreilles lorsqu'il les rejoignit enfin. Son premier réflexe fut de prendre le tatoué par une épaule.

— Hé! Ça va pas, non? gronda le gus, découvrant les dents en une grimace menaçante.

Rebecca, elle, l'accueillit avec son enthousiasme habituel.

— Gabe! Devine quoi! s'écria-t-elle gaiement.

Gabe dut se rendre à l'évidence : si le type avait levé la main, c'était simplement pour serrer celle de Rebecca. Il lâcha prise aussitôt et souffla, laissant ses muscles contractés se détendre. La chance souriait aux inconscients : Rebecca ne courait aucun danger en l'occurrence, même si cela tenait du miracle dans un quartier tel que celui-là avec un type comme celui-ci...

Rebecca, fidèle à elle-même, les inonda de son flot habituel de paroles. Gabe apprit ainsi que son aimable interlocuteur s'appelait Snark et que Snark avait bien connu Tammy. Laquelle Tammy, semblait-il, serait partie avec son ami à Las Vegas, prétendument pour « affaires ».

Le dénommé Snark fixait Gabe avec toute l'amabilité d'un cobra prêt à broyer sa proie. Il n'avait clairement pas apprécié la façon dont il s'était rué sur lui pour le prendre au collet. Mais comme Rebecca ne lui laissait pas le temps de placer un mot, le conflit potentiel finit par se désamorcer de lui-même. Le tatoué se calma, faute de pouvoir s'exprimer, et la tension nerveuse de Gabe retomba en conséquence.

Au bout de quelques minutes, le nouvel ami de Rebecca s'éloigna en bombant le torse, le laissant seul avec une Miss Calamité plus triomphante que jamais.

— Finalement, on ne s'en sort pas si mal, vous ne trouvez pas? Même si Tammy ne nous a pas attendus pour prendre le large, nous savons désormais où chercher. Vous avez obtenu de nouvelles informations de votre côté, Gabe?

— Non, répondit-il sèchement.

Rebecca lui tapota l'épaule.

— Allez, va... Vous ferez mieux la prochaine fois. Avec les femmes, les gens sont souvent en confiance. Ils parlent plus facilement. En tout cas, c'est une chance que je sois là, n'est-ce pas?

Que répondre à cela? Impossible de nier qu'elle avait bel et bien obtenu une information utile. Le seul hic, c'est qu'il ne donnait pas cher de sa peau si elle continuait à frayer dans ce quartier en faisant copain-copain avec une série d'individus armés jusqu'aux dents...

Gabe lui prit fermement le bras. Habillée comme elle l'était, elle attirait les regards masculins à vingt lieues à la ronde. Mais elle était bien trop occupée à s'auto-féliciter pour s'en rendre compte.

— Où est votre voiture?

— Par là-bas, répondit-elle en accompagnant cette explication sommaire d'un geste vague de la main.

Il nota que Rebecca ne cherchait pas à dégager le bras qu'il tenait prisonnier. Une légère rougeur lui était montée aux joues, en revanche. Intéressant, jugea Gabe.

— Bon. Je vous raccompagne jusqu'à votre véhicule. Dans quel hôtel êtes-vous descendue, au fait?

— Aucun pour le moment. Je suis partie ce matin en catastrophe, en me disant que je m'inquiéterais de ce problème d'hébergement une fois que je serais sur place.

« S'inquiéter » était un grand mot, venant de Rebecca. Même enfermée au fond d'un nid de vipères, elle envisagerait sans doute la situation avec optimisme.

Bon, d'accord, ce n'était pas complètement sa faute si elle était inconsciente. Personne, semblait-il, n'avait pris la peine de lui inculquer la notion élémentaire de danger. Mais veiller sur une pareille idéaliste, plongée en pleine jungle humaine, relevait du parcours d'obstacle aggravé !

— Vous pensez que vous réussirez à trouver votre chemin ? demanda-t-il sans grand espoir.

— Oh, ça devrait aller. Je connais un peu Los Angeles. Cette partie-ci de la ville ne m'est pas très familière, en revanche. Mais j'ai un plan dans la voiture. Et je peux toujours demander des indications.

— Mmm... je vois. Vous allez me suivre bien sagement, bébé. Et nous verrons s'il y a moyen de vous trouver une chambre quelque part.

Le Shelton Arms n'était pas le Ritz, constata Rebecca. Mais l'hôtel était tout à fait adapté, en revanche, aux exigences masculines de base : pour commencer, le steak qu'on venait de lui apporter aurait suffi à calmer l'appétit d'un Marine. Le décor dans les tons de bleu était sobre et sans chichis. Quant au fauteuil où elle venait de prendre place, il était tellement immense qu'elle aurait eu la place de s'y rouler en boule.

Rebecca engloutit sa viande, ses pommes de terre sautées ainsi qu'une salade composée, puis loucha discrètement du côté de l'assiette de Gabe.

— Si votre côte de porc ne vous tente pas...

— Attention, je mords, menaça-t-il en tournant la tête pour lui jeter un regard d'avertissement.

Rebecca sourit.

— Vous étiez tellement concentré que je pensais que vous en aviez perdu l'appétit.

Sitôt leurs repas commandés, en effet, Gabe avait branché son ordinateur portable et s'était connecté. La période des semelles de crêpe était définitivement révolue, avait médité Rebecca en le regardant procéder. Les détectives privés n'usaient plus leurs chaussures en enchaînant les kilomètres sur les trottoirs obscurs des grandes villes. Ils n'avaient même plus à feuilleter inlassablement les annuaires. L'avènement des bases de données avait transformé le métier.

— Alors? Avez-vous découvert si notre amie Tammy a utilisé sa carte de crédit à Las Vegas?

— Oui. Votre charmant copain Snark ne vous a pas raconté d'histoires. Elle se trouve bel et bien à Las Vegas. Aucune trace du dénommé Wayne ou Dwayne, en revanche. Donc, je ne sais pas si son petit ami l'accompagne ou non. D'autre part, il y a fort à parier pour que Tammy Diller soit un nom d'emprunt. Il n'y a pas très longtemps que ce nom apparaît dans les banques de données. Rien de tel qu'une nouvelle identité pour se refaire une santé, financièrement.

— Changer de nom a peut-être aussi aidé Tammy à brouiller les pistes, si elle pense qu'on la recherche... Vous savez où elle réside à Las Vegas, au fait?

— En gros, oui.

Sans donner plus de détails, Gabe se leva, remonta les manches de sa chemise, et se dirigea vers le plateau-repas que venait d'apporter le garçon d'étage. Avisant l'assiette vide de Rebecca, il haussa les sourcils.

— Ne me dites pas que vous avez réussi à avaler tout ça en ce temps record! Et sans même doubler de volume?

Elle hocha joyeusement la tête.

— Ma théorie sur le cholestérol, c'est que quitte à en avoir, autant faire les choses en grand.

— Vous ne parviendrez jamais à finir les quatre boules de glace au chocolat que l'on devine sous cette montagne de chantilly, pronostiqua-t-il en s'asseyant.

Rebecca se mit à rire.

— Ah, Gabe, je vois que vous me connaissez mal. Le chocolat est indispensable à ma survie. Il me faut ma dose quotidienne. Et ni une tornade, ni une troisième guerre mondiale ni même un contrôle fiscal ne saurait m'en détourner.

Retirant ses escarpins, elle replia confortablement les jambes sous elle, et entreprit de déguster son dessert.

De son côté, Gabe s'attaquait méthodiquement à sa côte de porc. Sans prendre le temps de humer, de savourer, de cueillir un moment de plaisir gustatif. La nourriture, pour Gabriel Devereax, avait semble-t-il une fonction purement pratique. Il mangeait comme d'autres font le plein de leur voiture : pour renouveler les stocks et basta.

Tout en ingurgitant son dîner, il ne la quittait pas des yeux une seconde. Comme s'il la soupçonnait de vouloir bondir, s'accrocher à un lustre imaginaire, se balancer à travers la pièce en poussant le cri de Tarzan et s'échapper par le balcon.

Gabriel Devereax, décidément, se méfiait d'elle comme de la peste !

Il s'était même arrangé pour lui trouver une chambre au même étage que la sienne. Puis il avait proposé qu'ils se fassent monter leur repas plutôt que de ressortir dîner au restaurant. Avec tout autre homme que Gabe, Rebecca en aurait conclu qu'il avait un projet de séduction en tête.

Mais le très sérieux Gabriel n'avait clairement aucune intention de « profiter » de la situation. A croire que leur baiser torride ne l'avait pas marqué outre mesure. Non seulement il ne la traitait pas en femme désirable, mais il se comportait comme s'il avait écopé d'une petite sœur particulièrement infecte.

Une fois son repas avalé, Gabe se leva et sortit une petite bouteille de whisky du mini-bar.

— Vous voulez boire quelque chose, Rebecca?

— Si vous avez du vin là-dedans, j'en prendrais volontiers un verre.

— Du vin! Après votre glace au chocolat?

— J'ai un estomac en acier trempé. Et un café m'empêcherait de dormir.

— Bon... Je vais voir ce que je trouve, déclara Gabe en farfouillant dans le réfrigérateur. Ah voilà. Une carafe de vin rouge. Mais je ne garantis rien quant à la qualité!

— Aucune importance. Chez ma mère ou mes frères, j'ai eu plus d'une fois l'occasion de goûter quelques bouteilles sublimes. Mais il n'y a rien à faire : je reste incapable de faire la différence entre du picrate et un grand crû de bordeaux. L'alcool n'a qu'une fonction pour moi : m'aider à trouver le sommeil.

— Dans ce cas...

Gabe remplit un verre à pied et le posa devant elle.

— Merci... A votre avis, Gabe, quel lien existait-il entre Monica et Tammy Diller?

— Jusqu'à présent, je n'en ai trouvé aucun. Nous savons désormais que Monica n'a jamais reculé devant aucun moyen, même le plus sordide, lorsqu'elle voulait parvenir à ses fins. Comme elle a trempé dans des affaires pas très claires, le fait qu'elle ait été en rapport avec une Tammy Diller n'a rien de surprenant en soi. Elles ont pu se rencontrer dans les circonstances les plus variées. Mais je me demande, tout de même, si ça n'a pas quelque chose à voir avec votre famille...

Surprise, Rebecca cligna des yeux.

— Vous croyez?

— Cela fait des mois que j'enquête sur elle. La haine

qu'elle vouait aux Fortune constituait le seul fil conducteur de l'existence de Monica. Pendant des années, elle a été passionnément éprise de votre père, au point de kidnapper son fils lorsqu'elle n'a pu avoir un enfant elle-même. C'est elle qui a plus ou moins orchestré le vol de la formule du sérum anti-âge, et nous savons maintenant qu'elle a payé des gens pour s'introduire dans les laboratoires de Fortune Cosmetics. C'est elle également qui avait poussé ce gars à traquer Ali. Peu à peu, avec l'âge, sa haine pour vous tournait à l'obsession et elle ne reculait devant rien lorsqu'il s'agissait de vous nuire. Aujourd'hui, votre frère est accusé de meurtre et voilà que cette Tammy Diller entre soudain en scène. Pour moi, cela fait beaucoup de coïncidences... Notre amie Tammy, d'après le peu d'informations que j'ai pu rassembler sur elle, est un personnage assez trouble. Elle ne tire ses revenus d'aucune activité salariée, de toute évidence. Or quoique sans adresse fixe et sans famille répertoriée, elle n'est pas sans argent puisqu'elle a un crédit bancaire. De là à en conclure que cette femme est un escroc...

Rebecca hocha la tête.

— Cela paraît plausible, en effet. Le ton sur lequel Monica s'adresse à elle dans sa lettre confirme d'ailleurs cette hypothèse. Peut-être Tammy essayait-elle de la faire chanter. Ce qui me tarabuste depuis le début, Gabe, c'est que ce nom de Tammy Diller me dit vaguement quelque chose. Mais je n'arrive pas à le replacer !

— Soyez sans crainte, j'ai mis un de mes collaborateurs sur l'affaire. Son passé refera surface, tôt ou tard. C'est toujours comme ça ; les secrets, même les mieux dissimulés, finissent par éclater. Si Tammy vit sous un faux nom, il se trouvera nécessairement quelqu'un pour la reconnaître. Ou alors, elle se trahira d'une façon ou d'une autre.

Sans doute, oui, mais quand ? Ils n'avaient plus beaucoup de temps devant eux, hélas, songea Rebecca, le cœur serré par un regain d'angoisse pour son frère. Elle reposa la coupe de glace vide sur la table basse et prit son verre de vin.

— Alors ? Quand décollons-nous pour Las Vegas, cher collègue ?

— Nous ne partirons nulle part, bébé.

— Comment ? se récria Rebecca. Qui a trouvé l'indice qui nous a menés à Tammy ? Qui a réussi à découvrir en un temps record que cette charmante créature sévissait désormais dans la capitale du jeu ? Au cas où vous ne l'auriez pas remarqué, j'ai su me rendre indispensable dans cette enquête. Cela dit, je suis parfaitement capable de faire le voyage toute seule et de me débrouiller par mes propres moyens. Mais puisque nous avons tous deux le même objectif, ce serait dommage de ne pas allier nos deux talents, non ?

Au son du mot « talent », Gabe se versa une nouvelle rasade de whisky et la descendit d'un trait. Puis il prit une profonde inspiration et planta son regard dans celui de la jeune femme.

— Le fait que Tammy Diller n'ait pas de casier judiciaire ne signifie pas grand-chose, vu qu'elle se promène sous un nom d'emprunt. Cette femme ne me dit rien qui vaille, Rebecca. Ce n'est sûrement pas un hasard si elle ne s'est jamais fait prendre. Apparemment, c'est une véritable anguille.

— Une anguille, oui, et alors ? C'est plutôt une bonne nouvelle, non ? Plus ça va, plus elle apparaît comme un suspect plausible dans le meurtre de Monica, non ?

Gabe prit son air de saint martyr s'armant de noble patience pour convertir une infidèle bornée.

— Ce que je veux, Rebecca, c'est que vous rentriez chez vous demain, quoi qu'il arrive. Il me paraît désormais évident que cette Tammy est dangereuse. Imaginons un instant qu'elle soit bel et bien impliquée dans ce meurtre, et qu'elle apprenne que quelqu'un pose des questions à son sujet et cherche à faire la lumière sur son passé. Honnêtement, bébé, vous ne croyez pas que vous seriez mieux chez vous à écrire des livres et à rêver devant un berceau ?

— Mais bien sûr que je préférerais être tranquille chez moi à m'occuper de mes affaires ! Là n'est pas la question ! Comme je vous l'ai déjà expliqué cent fois, je ne fais pas ça pour le plaisir, mais dans l'espoir de tirer mon frère de prison.

Rebecca reposa calmement son verre. Cette conversation, elle l'avait sentie venir. Connaissant Gabe, il ne lui aurait pas proposé ce dîner en tête à tête dans sa chambre s'il n'avait pas eu l'intention de lui sortir son grand sermon.

— Ecoutez, Gabe, je vais être sincère avec vous : cet après-midi, j'étais raide morte de peur. Toutes ces scènes de violence sur Randolph Street m'ont glacé le sang. Même avec Snark, je n'en menais pas large. J'ai eu de la chance qu'il ait été dans de bonnes dispositions, mais je peux vous assurer que j'ai poussé mentalement un grand ouf lorsque je vous ai vu arriver. Autant vous l'avouer : je me sentais complètement dépassée par la situation.

— Bon sang, c'est normal. Pourquoi vous acharner ? Elle hocha la tête et enchaîna d'un ton ferme.

— Pourquoi ? Parce que Jake est mon frère. Et là où il est, il ne peut rien faire pour se défendre. Voilà pourquoi j'irai jusqu'au bout. Quoi qu'il arrive. Et quel que soit le danger.

Gabe écoutait, nota-t-elle. Même s'il ne la comprenait pas, il ne rejetait pas tous ses arguments d'emblée. Elle le regarda et sentit quelque chose se dilater dans sa poitrine. Elle avait de l'affection pour Gabe, réalisat-elle. Une affection qui n'avait rien à voir avec l'amour fraternel ou filial ; rien à voir non plus avec le type de camaraderie qui peut naître en voyage à l'occasion d'une expérience partagée...

Gabe était fatigué et ses yeux sombres paraissaient presque noirs. C'était la première fois qu'elle le voyait dans une attitude presque détendue, affalé dans un fauteuil, les jambes allongées devant lui, les cheveux en bataille avec un début de barbe ombrant sa mâchoire carrée. Une mâchoire qui gardait un aspect volontaire même lorsqu'il était à bout de forces. Dans quelques secondes, il repartirait à l'assaut pour essayer de la convaincre d'abandonner ses recherches.

Si seulement elle parvenait à lui faire voir la situation de son point de vue ! Elle tenta un nouvel angle d'attaque :

— Gabe, vous n'avez pas de frère ? De sœur ? Quelqu'un à qui vous tenez si fort que vous feriez tout pour l'aider ?

Il répondit sans hésiter.

— Oh, j'ai une famille moi aussi, comme la plupart des gens. Mais je n'ai pas grandi dans un monde comme le vôtre. Mon enfance, je l'ai passée à la Nouvelle-Orléans, dans un quartier populaire. Des conflits perpétuels opposaient mes parents. Et il n'était pas rare qu'ils finissent par en venir aux mains. C'était des cris, des insultes et des coups à n'en plus finir. Mon frère aîné a sombré dans la délinquance dès l'âge de douze ans. Le second a fugué à 15 ans et on ne l'a jamais revu. Quant à moi, j'ai réussi à me tirer d'affaire en m'enrôlant dans l'armée. Là, j'ai découvert que même des ennemis en guerre étaient plus charitables l'un envers l'autre que certains époux qui se sont mariés par « amour ». Pour moi, la famille est une machine de destruction, un creuset où fermentent les haines les plus violentes. Autrement dit, non, il n'y a personne parmi les « miens » pour qui je serais prêt à risquer ma vie, mon avenir et tout ce qui m'est cher.

— Je suis désolée, dit-elle doucement.

Il parut surpris par sa réponse.

— Pourquoi ? Vous n'avez pas à l'être.

Rebecca n'était pas de cet avis. Avec Gabe, elle avait souvent mis le sujet « enfants » sur le tapis simplement pour le plaisir de le voir se rembrunir. Depuis le début, ils s'étaient querellés gentiment ; lui l'accusant d'être une idéaliste, elle, lui reprochant d'être tristement matérialiste. Taquiner Gabe sur son cynisme l'avait amusée mais, à présent qu'elle en savait plus sur son enfance, elle ne se sentait plus très fière d'elle-même.

Il est vrai qu'elle avait toujours cru en des valeurs comme l'amour et la solidarité entre proches. Il lui arrivait même de penser que l'être humain était bon par essence. Mais elle ne se considérait pas pour autant comme une incurable idéaliste ! Peut-être parce que l'amour faisait partie du bagage que la vie lui avait donné au départ ; un bagage dont Gabe, lui, avait été privé...

— Pourquoi me regardez-vous de cet air-là ? s'enquit-il d'un ton méfiant.

— Comme ça. Je me demandais simplement si vous n'aviez jamais trouvé personne à aimer pendant toutes ces années.

— Oh, je ne suis pas malheureux, rassurez-vous, bébé. Et ma vie sentimentale se porte à merveille. Je crois à l'amour, comme tout le monde, mais pas dans sa version durable. Je n'ai jamais eu besoin de me créer un monde illusoire pour rendre la réalité plus jolie.

Gabe s'interrompit et fronça les sourcils.

— Mais nous voici très loin du sujet qui nous préoccupe. Revenons-en à votre retour à Minneapolis sur le premier vol, demain matin...

Rebecca se déplia de son fauteuil et se leva. Une fois debout, la fatigue lui tomba dessus comme une chape. La journée avait été longue, son dîner copieux, les émotions fortes et elle n'avait dormi que quelques heures, la nuit précédente. Elle vacilla légèrement.

— Un premier vol demain matin? protesta-t-elle en bâillant. C'est une plaisanterie, j'espère? Dès que j'aurai la tête sur l'oreiller, ce sera le coma profond pour moi. J'ai bien l'intention de dormir douze heures d'affilée.

En une fraction de seconde, Gabe fut sur pied à son tour. Il paraissait infiniment soulagé de voir leur petite soirée à deux prendre fin.

— Excellente idée, Rebecca. Dormez tout votre soûl. Vous avez une mine épouvantable.

— Woua! Merci! Arrêtez les compliments, c'est trop. Ils pourraient finir par me monter à la tête.

Gabe sourit sans montrer l'ombre d'un remords.

— Ce n'était pas une critique.

— Allons donc! Vous me critiquez tout le temps! Quoi que je dise et quoi que je fasse.

— Reconnaissez que vous êtes fatiguée. Et s'il y a une chose qui vous est bel et bien montée à la tête, c'est le verre de vin que vous venez d'avaler d'un trait. Où avez-vous semé vos chaussures? Et la clé de votre chambre?

— Mmm... Je ne sais pas. Elles ne doivent pas être bien loin.

Elle voulut chercher ses escarpins des yeux mais, par un phénomène aussi étrange qu'incontrôlable, son regard demeura rivé sur les traits de Gabe. Là où elle avait vu de la froideur et du cynisme chez cet homme, elle ne discernait plus qu'une immense solitude. Gabe croyait à l'honneur, à la responsabilité. Il avait adhéré à quelques valeurs fortes qui l'avaient aidé à se construire une existence. Mais dans son attitude raide de soldat du devoir, il lui parut soudain infiniment... désarmé.

Gabe se détourna avec brusquerie et repéra la clé de sa chambre sur une table. Il la brandit dans sa direction.

— Tenez, voilà déjà ça.

Rebecca s'avança jusqu'à lui, sans prendre pour autant la clé qu'il lui tendait. Gabe était proche, si proche, qu'elle n'avait qu'un geste à faire pour le serrer dans ses bras. L'envie se précisa jusqu'à devenir irrépressible. Une foule d'excuses valables se présentaient pêle-mêle à son esprit : elle était émue par l'enfance malheureuse de Gabe ; elle ressentait le besoin de le consoler de sa solitude, de lui offrir ce minimum de tendresse vitale qui lui avait été refusé au départ. Même si son attitude protectrice l'énervait prodigieusement, il ne lui avait pas moins rendu de fiers services depuis la veille. Et puis...

Et puis, c'était plus fort qu'elle, tout simplement : elle avait besoin de le serrer contre son cœur.

Passer les bras autour du cou de Gabe eut cependant un impact plus puissant que prévu. Etait-ce la climatisation qui venait soudain de rendre l'âme ? La température dans la chambre semblait avoir grimpé subitement d'une bonne dizaine de degrés. Cet afflux de chaleur ne pouvait pas venir d'elle, se dit Rebecca. Elle n'avait que des idées de réconfort affectueux en tête. Rien que des intentions innocentes...

Lorsque la bouche de Gabe trouva la sienne, cependant, toutes ses pensées « innocentes » s'égaillèrent aux quatre vents. Comment un simple élan d'affection de sa part avait-il pu se muer aussi vite en un baiser en bonne et due forme ? Rebecca, en vérité, avait perdu le fil des événements. Il n'y avait plus d'ordre logique dans son monde. Tout était devenu chaos et incandescence...

Corsé comme le whisky qu'il venait de boire, le baiser de Gabe n'avait rien de doux, de gentil ou de charmant. Ce baiser-là était un bataillon de sensations âpres, et exprimait une soif immodérée. Il constituait aussi une mise en garde : Gabe lui laissait entendre qu'il n'était pas homme à se contenter de quelques gentils préludes. Et qu'elle prenait des risques en jouant à ce jeu de poker...

Un jeu ? Non, il ne s'agissait pas d'un jeu pour Rebecca. C'était tellement plus fort que cela...

Sans doute aurait-elle dû se rappeler la sensation de chute, d'abîme, de danger qu'elle avait éprouvée lorsqu'il l'avait embrassée la veille. Mais aujourd'hui était différent d'hier. Aujourd'hui, Gabe semblait lui offrir un peu de son âme. C'était comme si des émotions longtemps retenues avaient soudain forcé le barrage pour s'échapper sous forme de torrent...

Ses mains couraient dans son dos et sur ses flancs ; ses doigts s'agrippaient, glissaient, froissaient la soie de sa robe. Il la serrait dans ses bras comme s'il voulait la faire fondre en lui, mêler à jamais son corps avec le sien. Gabe portait imprimées en lui les senteurs du soleil et du vent. Même son odeur formait comme un cocon olfactif autour d'elle.

Un cocon au cœur duquel soufflait la tempête...

Rebecca avait eu quelques aventures. Assez, croyait-elle, pour avoir une idée précise de ce qu'une femme pouvait éprouver dans les bras d'un homme. Elle savait désormais qu'elle n'avait fait que l'entrevoir de loin. Ce qui se passait avec Gabe aujourd'hui n'avait aucun dénominateur commun avec ses expériences précédentes.

Rebecca n'avait jamais été docile, bien au contraire. Et si quelque chose cédait, s'abandonnait en elle, ce n'était en aucun cas de la soumission. Plutôt un sentiment d'appartenance. Comme si tout rapport de force avait été banni entre Gabe et elle par la magie même de cette étreinte. Avec lui, elle pouvait se permettre de n'être que douceur et capitulation; elle pouvait ployer dans ses bras sans craindre qu'il n'utilise sa faiblesse contre elle.

Une main de Gabe remonta le long de sa colonne vertébrale, glissa sur sa nuque et se perdit dans sa chevelure. Il l'embrassait avec une ardeur presque désespérée, comme s'il recherchait en elle une clé, un laissez-passer, l'accès à un monde rêvé dont il avait oublié jusqu'au nom. Peu à peu, autour d'elle, la réalité s'estompait, ne lui parvenait plus qu'à travers un brouillard cotonneux — le lointain goutte-à-goutte d'un robinet dans la salle de bains, le clignotement lumineux des enseignes à travers la fenêtre. Elle sentait l'excitation croissante de Gabe aussi; ses hanches brûlantes et dures contre les siennes.

Et son sexe. Tellement vivant. Comme un appel.

Il l'étreignait avec tant de passion que Rebecca ne pensait plus, ne réfléchissait plus. Mais pourquoi réfléchir? Même si ce baiser n'avait été ni voulu ni programmé, il ne constituait pas pour autant une erreur. Ce n'était pas un laisser-aller coupable ni même une faiblesse momentanée. Toute sa vie, elle avait préféré écouter son intuition plutôt que de s'incliner devant la froide logique des faits. Lorsque son instinct lui disait qu'elle était sur la bonne voie, elle s'engageait sans hésiter. Le sang grondait dans ses veines et le désir qui la submergeait la terrifiait par sa violence. Et néanmoins, son cœur qui se déchaînait dans sa poitrine ne cessait de lui marteler qu'avec Gabe, c'était bien, qu'il pouvait tout accepter d'elle, y compris sa peur.

Les mains de Gabe erraient sur son corps, l'apprivoisaient à travers sa robe, s'aventuraient au creux de ses reins. Ses paumes glissèrent plus bas encore et il la souleva pour la plaquer contre lui, dans un geste d'invite ouvertement sexuel. Le contact était tellement intime que...

Rebecca poussa un cri. Pas par pudeur. Et encore moins dans un brusque mouvement de rejet. Gabe venait simplement d'appuyer sur l'énorme bleu au bas de son dos...

La bouche de Gabe quitta la sienne. Il plongea un regard effaré dans le sien.

— Je t'ai fait mal ?

— Oh, non, pas du tout ! Ou plutôt si, mais pas comme tu le crois, murmura-t-elle d'une voix si rauque qu'elle la reconnut à peine. Tu as juste touché une... hum... ecchymose par erreur.

— Je viens de toucher délibérément beaucoup plus qu'une ecchymose chez toi.

Desserrant son étreinte, il fit un pas en arrière. Il respirait par saccades, et un feu sombre brûlait dans son regard.

— Et merde, gémit-il dans un souffle.

— Et merde, répéta-t-elle en écho — avec des intonations autrement plus douces que les siennes.

Elle aurait tellement voulu lui arracher au moins un sourire, un signe de tendresse, l'ébauche d'un regard complice...

— Tu sais que tu embrasses merveilleusement, Beau Brun? Alors ne me reproche pas d'avoir apprécié cette petite séance.

— Je ne te reproche rien. Nous ne sommes responsables ni l'un ni l'autre, en fait. C'est physique, on n'y peut rien. Mais tu sais aussi bien que moi que ce ne serait pas malin de laisser les choses aller plus loin.

— Il est vrai que nous sommes assez différents, toi et moi, admit-elle.

Il émit un rire cinglant.

— C'est l'euphémisme du siècle, bébé. Nous avons à peu près autant de points communs, toi et moi, que Blanche-Neige et Dracula!

— Mmm... N'exagérons rien.

Mais Gabe n'était pas d'humeur à plaisanter, de toute évidence. D'autorité, il lui remit la clé de sa chambre dans une main et lui glissa les lanières de ses escarpins dans l'autre.

— Je t'accompagne jusqu'à ta porte.

Il la jetait dehors bel et bien, mais n'oubliait pas ses instincts protecteurs pour autant! Gabe avait les lèvres scellées et sa tête des mauvais jours. Dès qu'elle eut tourné la clé dans sa serrure, il l'abandonna à son sort et s'éloigna dans le couloir sans un mot. Rebecca poussa la porte, laissa tomber ses chaussures et se renversa contre le battant clos en poussant un soupir tremblant.

Gabe, en tout cas, avait entièrement raison sur un point : tout les séparait, en effet. Connaissant maintenant son passé, elle pouvait mieux comprendre son refus de fonder une famille. Mais elle-même n'en désirait pas moins une union stable et des enfants. Elle voulait un foyer — un vrai. Et si elle devait un jour partager sa vie avec un homme, ce serait le véritable amour sinon rien.

Quoi de plus absurde — et de plus douloureux — dans ces conditions que de tomber dans les bras d'un célibataire-né qui récusait ses priorités les plus fondamentales ?

Mais de cette logique pourtant irréfutable, son corps ne voulait rien entendre. Il frémissait, palpitait et vibrait comme d'une vie nouvelle.

N'était-ce vraiment que sexuel comme il le prétendait ? Un phénomène bêtement biologique, un banal chassé-croisé hormonal ? Peut-être, oui. Mais élaborer de belles théories ne calmait en rien les battements fous de son cœur. Alors que faire ? Eviter Gabe ? S'arranger pour ne plus jamais le revoir ? Impossible. Tant que son frère ne serait pas innocenté, leurs chemins continueraient inévitablement à se croiser.

Rebecca frissonna. Il y avait longtemps qu'elle ne s'était pas sentie aussi perdue, aussi vulnérable. Conclusion : si elle voulait éviter d'insolubles complications affectives, la plus extrême prudence serait désormais de mise avec Gabriel Devereax...

5.

Drôle de vie, songea Gabe. Après tous les efforts qu'il avait faits pour convaincre Rebecca de prendre le premier avion pour Minneapolis, il se retrouvait lui-même sur le vol en question. Et seul qui plus est ! Le jour se levait à peine lorsqu'il atterrit à l'aéroport de St. Paul, lesté de son ordinateur portable, d'un sac de voyage et d'une humeur de plomb.

Le bref somme qu'il s'était accordé dans l'avion lui avait suffi pour démarrer la journée, sinon sur un bon pied, du moins dans une forme acceptable. En quittant le Shelton Arms, dès avant l'aube, il avait envisagé de réveiller Rebecca. Mais, après réflexion, il s'était finalement décidé à la laisser dormir en paix. Il n'avait aucun compte à lui rendre, pour commencer, et il aimait autant la savoir endormie, en sécurité dans une chambre d'hôtel que levée, sur le pied de guerre et prête à poursuivre « leur » enquête !

Par politesse, il avait quand même glissé un petit mot sous sa porte pour lui annoncer qu'il reprenait la voie des airs. Mais en se gardant bien, toutefois, de préciser sa destination. Ce qu'il avait à faire à Minneapolis ne concernait Rebecca en aucune manière. D'autant qu'il avait la ferme intention de voir Kate Fortune en tête à tête. Et de lui toucher deux mots au sujet de sa fille...

Une heure plus tard, après avoir expédié un petit déjeuner rapide, il pénétrait dans l'imposant hall d'entrée de Fortune Cosmetics. Un garde en uniforme examina longuement sa carte d'identité avant de le diriger vers l'ascenseur privé qui desservait les laboratoires.

Officiellement, Gabe n'avait de comptes à rendre qu'à Jake Fortune, son client officiel, ainsi qu'à Sterling Foster qui lui réglait ses honoraires. Mais travailler avec les Fortune n'était jamais simple et Gabe savait qui détenait réellement le pouvoir dans la famille. Même s'il passait voir Jake régulièrement pour lui remettre ses rapports, il n'oubliait pas que Kate tenait à ses prérogatives. Et qu'elle entendait être informée jusque dans le moindre détail des progrès de son enquête.

Il s'entrenait donc régulièrement avec elle. Toujours en entretien privé, de préférence. Kate avait le téléphone en horreur et aimait, comme elle le disait, pouvoir regarder son interlocuteur droit dans les yeux.

Gabe se pliait de bonne grâce à ces exigences. Et pas seulement parce que Kate le dédommageait généreusement pour le temps supplémentaire qu'il lui consacrait. Il avait toujours eu un faible pour cette maîtresse-femme qui avait su se hisser jusqu'aux sommets tout en gardant les pieds sur terre. Kate s'était battue toute sa vie, et pas seulement au sens figuré. Elle avait lutté âprement pour défendre sa vie lorsqu'un tueur s'était glissé dans son avion privé et avait tenté de lui arracher les commandes. Et le plus extraordinaire, c'est qu'elle avait eu le dessus.

Lors de l'enquête qui avait eu lieu, les autorités avaient naturellement conclu que les restes calcinés retrouvés dans l'avion écrasé au sol ne pouvaient être que la dépouille de Kate. Mais cette dernière, éjectée lors de l'atterrissage, avait survécu par miracle à l'accident. Recueillie et soignée par une tribu sud-américaine, elle s'était remise peu à peu de ses blessures.

Une fois rétablie, elle avait regagné Minneapolis après maintes tribulations. Et elle était arrivée juste à temps pour découvrir que « son » enterrement avait eu lieu et que lecture avait été faite de son testament ! Craignant qu'on attente une seconde fois à sa vie, Kate avait tiré parti de cette opportunité pour se retirer de la scène. Et c'est ainsi que pendant deux ans elle avait disparu, morte aux yeux de tous, sauf à ceux de Sterling Foster qui était à la fois son avoué et un vieil ami de la famille.

Mais lorsque son fils Jake s'était retrouvé en détention préventive, inculpé pour meurtre, Kate avait jugé que l'heure était venue de refaire surface. Inutile de préciser que sa subite réapparition avait fait sensation à Minneapolis !

Dès leur première rencontre, Kate avait gagné à la fois le respect et l'admiration de Gabe. Même si elle partageait certains traits communs avec sa fille, c'était une femme équilibrée dont les raisonnements étaient dictés par des considérations de stricte logique. En d'autres termes, on pouvait discuter avec Kate et parvenir à un accord. Alors qu'avec Rebecca, il n'y avait aucun terrain d'entente possible.

Gabe ne fut pas autrement surpris de trouver Kate déjà en pleine activité à 7 heures du matin. Avec un rapide sourire de bienvenue, elle lui fit signe de s'asseoir et lui servit une tasse de café fumant. Gabe regarda autour de lui avec curiosité. Avant toute autre chose, le nouveau bureau de Kate était un lieu dédié au travail. Luxueux certes, avec ses lambris en teck et ses tapis d'Orient, mais sans froufrous inutiles. Quant à son occupante, elle était tout aussi sobrement équipée d'une blouse blanche de laborantine.

— Depuis combien de temps êtes-vous à pied d'œuvre ? demanda Gabe avec curiosité.

Elle se mit à rire.

— A pied d'œuvre, moi ? Quel grand mot ! En vérité, je m'amuse. Et puis j'adore venir ici tôt le matin. Pas de coups de fil, pas de bruit, pas d'allées et venues dans les couloirs. Je me suis toujours demandé comment les gens parvenaient à accomplir quoi que ce soit de suivi pendant les heures de bureau traditionnelles.

Après cette aimable entrée en matière, Kate prit place dans un fauteuil, chaussa des lunettes cerclées d'or et le regarda droit dans les yeux.

— Je vous écoute, Gabe. Qu'est-ce qui me vaut cette visite ?

Comme toujours, elle allait droit au but, faisant l'économie de toute mondanité. Gabe lui fit un exposé circonstancié de ses récentes découvertes et lui tendit la copie de la lettre adressée par Monica à Tammy Diller. Il observa Kate avec curiosité pendant qu'elle parcourait le bout de papier des yeux. Pour la première fois il fut frappé par sa ressemblance avec Rebecca. La mère et la fille avaient la même silhouette longiligne et racée ; le même regard inoubliable. Et puis, cette même opulence dans la chevelure — auburn pour la fille et striée de gris chez la mère. Si ce n'est que Kate, à la différence de sa fille, arborait une coiffure parfaitement disciplinée. Femme d'affaires avant tout, elle n'affichait pas la même allure désinvolte que son écrivain de fille.

Même si Kate utilisait certains des cosmétiques qui faisaient la célébrité de sa firme, elle le faisait avec discrétion. Une discrétion qui convenait à son âge et à sa personnalité. Car son caractère fort et entier s'accommodait mal de l'artifice et ne prenait guère de détours pour se manifester. A cette bâtisseuse d'empire, comment ne pas pardonner son autoritarisme occasionnel ? Intelligente, obstinée, Kate était avant tout une femme de principe. Lorsqu'elle croyait à quelque chose, elle s'y tenait et rien ne pouvait la faire plier...

Autant de caractéristiques qui pouvaient tout aussi bien s'appliquer à Rebecca, réalisa Gabe soudain. Mais avec Kate, au moins, il y avait moyen de parler. Réaliste, la mère regardait les faits en face. Et Dieu sait qu'on ne pouvait pas en dire autant de la fille !

Sourcils froncés, Kate lui rendit la lettre de Monica.

— Il n'y a strictement rien là-dedans qui puisse innocenter Jake. J'avais espéré mieux, Gabe.

— Je sais. Mais les preuves ne s'inventent pas. Pour les trouver, il faut d'abord qu'elles existent.

L'avantage avec Kate, c'est qu'il n'avait pas besoin de s'exprimer avec toute la prudence d'un diplomate en mission officielle. Elle était capable de regarder n'importe quelle vérité en face sans ciller.

Prenant appui contre son bureau, elle hocha lentement la tête.

— Je vous l'ai déjà dit, Gabe : je ne peux pas vous jurer que mon fils est innocent. Mais je veux que toute la lumière soit faite sur ce meurtre. Que Jake soit coupable ou non, aucun doute ne doit subsister. Et notre gros problème, en l'occurrence, c'est que le temps presse. Il va falloir redoubler d'efforts, mon ami.

Kate déambula jusqu'à la fenêtre et garda un instant le silence avant de se retourner vers lui.

— Ce nom de Tammy Diller me trotte dans la tête.

— Oui. Je vous ai vue froncer les sourcils en lisant la lettre. J'espérais que vous pourriez m'en dire plus au sujet de cette femme.

— Une chose est certaine : je n'ai jamais connu de Tammy Diller, ni de près ni de loin. Si ce nom me préoccupe, c'est qu'il me rappelle étrangement celui de Tracey Ducet. T.D... Les initiales sont d'ailleurs les mêmes.

Kate se massa pensivement l'arête du nez.

— C'est sans doute idiot ce que je vous dis là. La ressemblance des noms ne peut être que fortuite. Inquiète comme je le suis au sujet de mon fils, je me raccroche aux détails les plus insignifiants. Si je pense néanmoins à Tracey Ducet c'est que cette femme était manifestement un escroc et qu'elle a disparu dans la nature avant que nous ayons pu la démasquer. Vous avez entendu parler d'elle, je suppose ?

Gabe acquiesça d'un signe de tête.

— Plus ou moins, oui. J'ai fait quelques recherches sur informatique au sujet de Mlle Ducet lorsqu'elle est venue se présenter à votre famille en annonçant qu'elle était la jumelle disparue de votre fille Lindsay. Mais étant donné que Tracey a ensuite disparu de la circulation, je ne me suis pas penché plus avant sur son cas. Ce serait peut-être bien que vous me racontiez toute l'histoire depuis le début.

Kate se mit à arpenter le bureau d'une démarche énergique. Telle mère, telle fille, songea Gabe en notant qu'elle arborait la même expression concentrée que Rebecca.

— Bon... Je ne vous apprends rien, Gabe, si je vous dis que nous sommes à la tête d'une grosse fortune. Résultat : les parasites de tous poils rivalisent d'astuces pour tenter de s'introduire dans la famille. Tracey Ducet s'inscrit dans cette longue série d'opportunistes, escrocs et pique-assiette en tous genre. Si vous voulez mon avis, cette femme n'en était pas à son coup d'essai. Magouilles, arnaques et petites combines : tel est à mon avis le profil de carrière de Mlle Ducet.

Kate se tut et soupira.

— Je me demande si je ne perds pas votre temps et le mien en vous décrivant ce triste personnage. A part une vague similitude entre les deux noms, rien ne permet d'opérer un rapprochement entre Tammy Diller et Tracey Ducet.

— Il est possible qu'il n'y ait aucun lien, en effet. Mais nous ne pouvons pas nous permettre de négliger la moindre piste, aussi ténue soit-elle. Tout détail peut avoir son importance.

Kate poussa un second soupir et reprit son récit.

— Vous savez également, je suppose, que j'ai eu une grossesse gémellaire, quelques années avant la naissance de Rebecca. Lorsque l'un des deux bébés a été kidnappé à la clinique, la presse en a évidemment fait son miel. Si bien que nous avons assisté, au fil des décennies, à tout un défilé de « jumelles » miraculeusement retrouvées Tracey était la dernière en date. Elle a dû découvrir de façon fortuite qu'elle présentait une forte ressemblance avec ma fille Lindsay. De là à ce que le plan germe dans son esprit de se faire passer pour l'enfant disparu, il n'y avait qu'un pas... Cela dit, je peux comprendre que Jake et les autres aient été ébranlés. Prenez Tracey Ducet, gommez son côté vulgaire, habillez-la de façon décente, et vous obtenez l'exact sosie de ma fille.

— Et qu'est-ce qui vous permettait d'affirmer avec certitude qu'elle n'était pas réellement la sœur de Lindsay ?

Un pâle sourire joua sur les lèvres de Kate.

— C'est tout simplement une impossibilité biologique ! Le FBI, à l'époque, avait gardé le plus de détails possible sous silence dans l'espoir de coincer le kidnappeur. Personne n'a donc su que l'enfant qui m'avait été enlevé n'était pas une fille mais un garçon. Comme je n'ai jamais eu la force d'aborder le sujet avec eux, même mes enfants ignoraient le sexe du bébé qui m'avait été arraché dès la maternité... Quoi qu'il en soit, Tracey a disparu avant que nous ayons pu porter plainte. Porter plainte pour quel motif, d'ailleurs ? A aucun moment, elle n'a commis de délit à proprement parler. Comment prouver qu'elle n'était pas une jeune femme candide, sincèrement convaincue, du fait de leur ressemblance, qu'elle était bel et bien la sœur perdue de Lindsay ?

— Vu comme vous me la décrivez, la candeur ne me paraît pas être le trait de caractère dominant de Mlle Ducet, commenta Gabe d'un ton sarcastique.

— Je suis persuadée, moi aussi, que cette fille est la malhonnêteté personnifiée, assena Kate sans détour. Du reste, elle a bel et bien disparu depuis.

— Je vais tout mettre en œuvre pour retrouver sa trace. Mais je ne voudrais pas vous donner de faux espoirs. Il paraît peu vraisemblable, *a priori*, que tout cela ait un lien avec le meurtre de Monica.

— Ce serait étonnant, en effet. Mais comme vous le dites si bien, il ne faut rien négliger.

Gabe se frotta pensivement le menton.

— Oui. On peut très bien imaginer, par exemple, que Tracey Ducet ait découvert la vérité en menant son enquête sur votre enfant kidnappé. Supposons ensuite qu'elle ait compris d'une façon ou d'une autre que Monica était impliquée dans l'enlèvement, elle a très bien pu se rabattre sur une manœuvre de chantage après s'être rendu compte qu'elle ne tirerait rien de la famille Fortune.

Dans un premier temps, le visage de Kate s'éclaira. Mais elle se rembrunit presque aussitôt.

— La supposition est pertinente, mais où sont nos preuves ? Même si nous parvenions à établir que Tracey exerçait effectivement un chantage sur Monica, cela ne ferait pas d'elle pour autant une meurtrière. Il faudrait pouvoir démontrer qu'elle avait un mobile et qu'elle se trouvait dans le secteur au moment des faits. Sinon la situation de mon fils demeurera inchangée... Il n'empêche, la disparition de Tracey, l'année dernière, m'a toujours paru suspecte. Vous vous souvenez du jour où j'ai fait ma « réapparition » ? Il paraît qu'un policier a remarqué dans la foule une femme qui ressemblait à Lindsay. Mais dans l'euphorie de mes retrouvailles avec ma famille, je n'ai pas pensé à me renseigner plus avant.

Le visage de Kate était crispé par l'inquiétude. Gabe but une dernière gorgée de café et reposa sa tasse.

— Ecoutez, il n'est pas nécessaire que nous prouvions par a+b qu'un tel ou une telle a tué Monica Malone. Si nous parvenons à démontrer qu'il y a un autre suspect plausible, Jake ne pourra pas être condamné, faute de preuve formelle établissant sa culpabilité. Or, la dénommée Tammy Diller me paraît être une piste intéressante. Elle a fait beaucoup d'efforts pour brouiller les traces et le flou le plus total règne sur son passé. D'autre part, nous avons un indice concret : la lettre qui prouve qu'elle était en relation — clairement conflictuelle — avec Monica. En sortant d'ici, je repars directement pour Las Vegas où cette femme se trouve actuellement. Et je vous promets que je trouverai le moyen de lui tirer les vers du nez si elle me paraît liée d'une façon ou d'une autre à notre affaire.

Gabe commença à se lever, puis se rassit après une brève hésitation. Il s'éclaircit la voix.

— Il y a un petit problème annexe dont je souhaite m'entretenir avec vous.

Kate se frappa le front.

— Mais oui, le transport, bien sûr. Si je mettais mon avion privé à votre disposition, vous gagneriez du temps. J'aurais dû y songer plus tôt.

— Ce n'est pas ça, non. J'ai l'habitude de me débrouiller seul pour me déplacer. Le problème que je voudrais aborder avec vous a pour nom Rebecca.

Kate lui jeta un regard surpris par-dessus ses lunettes cerclées d'or.

— Rebecca ? Mais qu'est-ce que ma fille vient faire dans cette histoire ?

Le tact n'avait jamais été le fort de Gabe. Encore une chance que Kate ait toujours paru apprécier son franc-parler.

— Vous voulez que je vous dise ? Votre benjamine est en train de révolutionner les méthodes de l'enquête criminelle, Kate. Elle s'introduit par effraction dans des propriétés privées, traite en direct avec des loulous balafrés armés jusqu'aux dents et se promène dans les quartiers chauds des villes avec pour quelques milliers de dollars d'or autour du cou. Voilà mon problème. Elle a apparemment juré d'innocenter son frère quoi qu'il arrive et rien ne semble devoir l'arrêter dans sa quête de justice.

Fascinée par ce petit discours, Kate cessa d'arpenter le bureau. Elle s'immobilisa pour observer Gabe avec un regain d'attention. Les yeux sombres du détective jetaient des éclairs et il avait l'air terriblement nerveux. Intéressant. Ses instincts maternels en éveil, Kate sourit en elle-même. Elle était dévorée par l'inquiétude au sujet de Jake, certes, mais elle n'en oubliait pas le devenir de ses autres enfants pour autant. Or Rebecca avait toujours occupé une petite place bien à part dans son cœur...

— Les Fortune sont très solidaires, Gabe. C'est une des caractéristiques de la famille. Vous savez... un de ces traits dominants qui se transmettent de génération en génération. Rebecca semble en avoir hérité, car elle a toujours été d'une loyauté sans faille.

— L'amour fraternel poussé à ce point frise l'aberration mentale, maugréa Gabe en se levant pour arpenter le bureau à son tour. Elle croit qu'elle a toutes les qualifications requises pour enquêter sur ce meurtre. Je vous assure que c'est une véritable tornade. Elle fonce, tête baissée, ne voit pas le danger, s'expose à chaque pas...

Gabe s'immobilisa pour se planter devant Kate.

— Je pense que s'il y a une personne au monde qui puisse l'influencer, c'est vous, sa mère. Faites-lui entendre raison, Kate.

Celle-ci réprima un sourire.

— Vous me demandez l'impossible, mon cher. Personne n'a jamais pu arrêter Rebecca lorsqu'elle a un objectif en tête. Moi, pas plus qu'une autre.

Les mâchoires crispées, Gabe sortit ses clés de voiture de la poche de son veston et se mit à jouer nerveusement avec son trousseau.

— Il va pourtant falloir que quelqu'un fasse quelque chose. Je me suis arrangé pour ne pas lui révéler où Tammy Diller loge à Las Vegas. Mais telle que je la vois partie, Rebecca est capable de prendre le premier avion et de mettre la ville sens dessus dessous pour essayer de la retrouver. Ne le prenez pas mal, Kate, mais votre fille manque du plus élémentaire bon sens. Dieu sait ce qui peut lui arriver !

— Apparemment, elle vous pose un problème, commenta Kate en s'efforçant d'introduire une note de compassion dans sa voix.

Laisser transparaître son amusement serait mal venu, en l'occurrence. Mais il y avait déjà un certain temps qu'elle observait Gabe de loin. Elle avait déjà eu l'occasion de le voir dans des situations de crise. Ni le stress, ni la tension, ni le danger ne lui avaient fait perdre son calme. Il était tout de même intéressant que sa douce Rebecca à elle seule ait réussi à mettre l'imperturbable Gabriel Devereax dans un pareil état !

— Vous ne connaissez donc personne qui exerce une quelconque autorité sur elle ? Un de ses admirateurs, peut-être ? Un homme bien sous tous rapports qui saurait la convaincre par la douceur ?

— Ma foi, des hommes bien sous tous rapports, Rebecca en a côtoyé un certain nombre. Mais elle ne leur a jamais fait une place dans sa vie, hélas. Voilà déjà un moment que je m'inquiète à ce sujet. J'en arrive parfois même à me dire que les « hommes bien sous tous rapports » ne sont sans doute pas sa tasse de thé ! Rebecca est la seule de ma « nichée » à ne pas s'être mariée. Je ne demanderais pas mieux que de la voir casée, bien sûr, mais il semble que ma fille soit...

Comme elle faisait mine d'hésiter sur le terme à employer, Gabe s'empressa de lui offrir un choix de qualificatifs :

— Difficile ? Obstinée ? Compliquée ? Impossible à vivre ?

— Mmm... Je vois que Rebecca et vous avez eu l'occasion de faire plus ample connaissance.

Gabe soupira sans répondre, crispa le poing sur ses clés de voiture et se dirigea à grands pas vers la porte.

— Gabe ?

Il n'y avait plus trace d'amusement dans la voix de Kate lorsqu'il se retourna lentement dans sa direction.

— Oui ?

— Faites en sorte qu'il ne lui arrive rien, Gabe. Je compte sur vous.

Génial, songea Gabe en se dirigeant à grands pas vers l'ascenseur. Après une nuit d'insomnie, la matinée s'annonçait carrément catastrophique ! Enfin... avec un peu de chance, Rebecca aurait tiré la leçon de ses frayeurs de la veille. N'avait-elle pas admis explicitement qu'elle était moins rassurée qu'elle ne cherchait à le faire croire ?

Il avait du mal à imaginer qu'elle puisse être assez inconsciente pour se rendre à Las Vegas toute seule. A l'heure qu'il était, elle se préparait peut-être sagement à rentrer chez elle ?

Quant à Kate, elle avait réagi de façon pour le moins surprenante, songea Gabe en sortant de l'ascenseur pour traverser le hall d'entrée. Et dire qu'il avait espéré trouver en elle une alliée ! Mais elle n'avait manifesté aucune intention de le sortir de son pétrin. Au contraire, même. Elle lui avait collé la responsabilité de sa fille sur le dos alors que le temps pressait et que cette affaire de meurtre s'embrouillait d'heure en heure.

Car il avait désormais un nouveau suspect potentiel : Tracey Ducet. Existait-il un lien entre Tammy Diller et la femme qui avait tenté de se faire passer pour la jumelle de Lindsay Fortune ? Ce n'était pas exclu *a priori* même si aucun indice concret ne venait étayer cette supposition. Dans un premier temps, il continuerait à concentrer ses efforts sur Tammy, décida Gabe. Cette dernière, comme le suggérait sa lettre, avait tenté de faire chanter Monica. Et puis il y avait ce passé soigneusement occulté... Tammy, pour le moment, lui apparaissait comme la meilleure piste à suivre.

Il était d'autant plus urgent qu'il se rende à Las Vegas que Rebecca était peut-être déjà sur place, en train de fourrer son joli nez partout, songea Gabe sombrement. Protéger l'intrépide Mlle Fortune du danger ne serait pas une mince affaire. Mais il aurait pris cette responsabilité sur lui de toute façon, même si Kate ne lui en avait pas expressément donné l'ordre.

Protéger Rebecca de lui-même risquait d'être plus compliqué, en revanche. En se jetant ainsi dans ses bras la veille, elle lui avait méchamment fait perdre les pédales. Et le drame, c'est que l'impact n'avait pas été

105

uniquement sexuel. Il lui était arrivé, comme tout un chacun, de désirer fortement certaines femmes, mais cela ne lui avait jamais posé de problème tant que l'attirance restait purement épidermique. Le malheur avec Rebecca, c'est que le courant entre eux ne circulait pas seulement à fleur de peau. Elle l'affectait de façon profonde, viscérale. Comme si elle réveillait en lui une soif très ancienne, des émotions fondamentales. Jamais aucune autre femme, jusqu'ici, n'avait eu le pouvoir d'affecter ainsi ses capacités de jugement.

Il l'avait embrassée avec tant de passion que même Rebecca avait paru se rendre compte que ce petit jeu auquel elle se livrait avec lui comportait de sérieux risques de dérapage. Elle n'avait d'ailleurs pas pipé mot lorsqu'il l'avait raccompagnée *manu militari* jusqu'à sa chambre.

Poussant un profond soupir, Gabe s'installa au volant de sa Morgan et s'exhorta au calme. Dans un sens, c'était une bonne chose qu'elle ait été effrayée. Avec un peu de chance, ce baiser incontrôlé l'aurait fait réfléchir. Pour peu qu'elle ait compris qu'ils avaient tout intérêt à garder leurs distances, elle rentrerait à Minneapolis dare-dare. Et les choses enfin rentreraient dans l'ordre. Rebecca retournerait à sa machine à écrire et lui, tranquillement, à son enquête...

Le tintement caractéristique des machines à sous accueillit Rebecca dès son arrivée à l'aéroport de Las Vegas. Plusieurs de ses copassagers oublièrent les fatigues du voyage et se précipitèrent pour tenter leur chance, revigorés par la perspective du jeu.

En d'autres circonstances, Rebecca eût sans doute suivi leur exemple. Les Fortune, après tout, avaient la passion

106

du jeu dans le sang. En affaires, ne leur arrivait-il pas de jouer des empires sur l'équivalent d'un simple coup de dés ? Comme le disait toujours sa mère, « qui ne risque rien n'a rien ».

Comparés à Gabriel Devereax, cependant, la roulette et le black-jack eux-mêmes paraissaient modérément excitants. Cet homme-là incarnait à lui seul le risque maximal. Avec lui, la mise était compliquée, le jeu terrifiant et les gains pour le moins improbables...

L'estomac de Rebecca se fit entendre et elle écarta momentanément Gabe de ses pensées. Elle avait mal à la tête, ne s'était pas brossé les cheveux depuis des heures et son sweat-shirt en velours éponge devait avoir aussi triste mine qu'elle.

Il était temps de se recentrer sur ses objectifs : servir les intérêts de Jake — en oubliant Gabe de préférence — et retrouver Tammy Diller. Mais pas avant d'avoir pris un solide petit déjeuner et trouvé un endroit où loger. La fatigue commençait à se faire sentir, en effet. Gabe l'avait tirée en sursaut de son sommeil lorsqu'il avait glissé un petit mot sous sa porte au beau milieu de la nuit. Et son bref message l'avait mise dans un tel état d'exaspération qu'elle n'avait même pas essayé de se rendormir.

Que Gabe soit parti sans elle, soit. Connaissant le personnage, elle n'était pas vraiment étonnée qu'il ait décidé de poursuivre son enquête en solo. Elle avait même trouvé plutôt courtois de sa part qu'il prenne la peine de lui rédiger quelques lignes. Ce qu'elle appréciait beaucoup moins, en revanche, c'est qu'il ait le culot de lui ordonner par écrit « de rentrer chez elle sur-le-champ pour des raison évidentes de sécurité ». Pour qui se prenait-il donc ? Sans parler de cette façon condescendante qu'il avait de s'adresser à elle comme si elle était une gamine, lui recommandant de se conduire « avec le bon sens le plus élémentaire » ! Il y avait de quoi fulminer, non ?

Restait à espérer que cette espèce de phallocrate à la mentalité primitive n'ait pas poussé la duplicité jusqu'à aller la dénoncer à sa mère ! Si Gabe avait osé semer les germes de l'inquiétude dans l'esprit de Kate, elle le tuerait de ses propres mains !

Imaginer de terribles scénarios de vengeance ranima l'énergie défaillante de Rebecca. Et le trajet en taxi à travers la ville acheva de la réveiller. Au cours de ses trente-trois années d'existence, elle avait vu des endroits curieux, pittoresques et même extraordinaires. Mais Las Vegas échappait vraiment à toute définition.

Les yeux écarquillés, Rebecca ne savait plus où regarder : tous ces néons, ces enseignes, ce clinquant généralisé donnaient le tournis. Sur les trottoirs, les femmes déambulaient dans un éventail de tenues qui allait du jean déchiré à la robe du soir en satin écarlate. Des posters collés sur des lampadaires vantaient les mérites de maisons de passe dont l'existence était reconnue et officielle. Oubliant momentanément sa mission, Rebecca contemplait cet univers bouche bée, aussi ravie qu'une vraie touriste.

Le chauffeur de taxi finit par la ramener à la réalité.

— Vous n'avez pas réservé votre hôtel ?

Elle secoua la tête.

— Non. Vous croyez que je vais avoir du mal à trouver ?

— Ça, j'en sais trop rien, rétorqua le chauffeur, bon enfant. Mais ça va pas faire loin d'une heure qu'on roule. Moi, ça ne me dérange pas, j'ai la journée devant moi. Mais si vous ne m'indiquez pas une destination, vous allez passer tout votre budget-vacances dans la course, et il ne vous restera plus un seul dollar à parier à la roulette !

Lorsqu'il finit par la déposer devant un casino-hôtel nommé Circus Circus, Rebecca savait qu'il s'appelait Bud, qu'il était divorcé, père de deux enfants, avec un aîné à problèmes. Non, il n'avait jamais entendu parler de Tammy Diller, mais son cousin Harry tenait un restaurant qu'il lui recommandait chaudement. Après toutes ces confidences, ils étaient devenus tellement intimes que Rebecca lui serra chaleureusement la main au moment de prendre congé.

Par chance, l'hôtel Circus Circus avait une chambre libre à lui proposer. Il apparut également que c'était le seul établissement dans tout Las Vegas où les enfants avaient droit de cité. Ce n'était certes pas l'endroit le mieux indiqué pour retrouver une femme comme Tammy Diller. Mais la présence de petits d'homme dans cette ville fantôme rongée par la fièvre du jeu rassura Rebecca. Elle posa ses valises dans un décor blanc et rose, décida de s'allonger deux minutes pour tester le matelas et dormit d'une traite pendant quatre heures d'affilée.

Aucune importance, décida-t-elle en s'étirant voluptueusement au réveil. La sieste lui avait fait le plus grand bien et de toute façon, le grand jeu, à Las Vegas ne commençait qu'à la tombée de la nuit. Bud, le chauffeur de taxi, lui avait tout expliqué. Il fallait attendre le coucher du soleil pour voir sortir l'armée de l'ombre : les femmes fatales et les parieurs compulsifs qui jouaient jusqu'à l'aube.

Après une douche revigorante, Rebecca acheva de se refaire une santé en commandant un verre de lait et deux gros sandwichs au beurre de cacahuète. Puis, une fois restaurée, elle vida ses valises sur le lit et examina son attirail d'un œil critique. Si elle voulait se mettre dans la peau d'une femme comme Tammy Diller, il lui fallait quelque chose d'un peu spectaculaire. Comme une robe en lamé or, par exemple.

Inutile de préciser qu'elle n'avait jamais rien possédé de la sorte. Mais étant une Fortune, elle avait quelques diamants en réserve pour les occasions officielles. Quant à ses cheveux, en les séchant de manière à créer le maximum de volume, elle obtenait un savant désordre d'aspect, ma foi... plutôt sensuel. Elle se maquilla les yeux et la bouche en utilisant un coffret de luxe issu de chez Fortune Cosmetics. Puis elle enfila des bas noirs à couture, s'aspergea d'un parfum capiteux et prit la précaution de finir son dernier sandwich avant de passer sa robe de cocktail. Il s'agissait d'un petit modèle en crêpe noir porté très près du corps. Avec ses manches longues, elle faisait assez sage devant, mais le décolleté dans le dos était vertigineux.

Une fois moulée dans la robe, elle se para généreusement de bijoux puis compléta l'ensemble avec une paire d'escarpins à talons hauts. Avant de quitter sa chambre, Rebecca s'inspecta une dernière fois dans le miroir : elle n'avait pas l'air à proprement parler d'une dangereuse mangeuse d'hommes. Mais elle n'était pas mécontente du personnage qu'elle avait réussi à se créer.

Dans l'ascenseur, pas moins de deux hommes lui firent des avances. Parfait. Tout était donc au point. Le mieux, avant de se lancer à la recherche de Tammy, serait de commencer à se faire une première idée des lieux, décida-t-elle.

Le spectacle qui l'attendait au rez-de-chaussée du bâtiment donnait réellement le vertige. C'était un tohu-bohu incroyable, un mélange insensé de couleurs et de lumières. Des serveuses allaient et venaient avec des boissons gratuites ; les machines à sous tintaient sans répit, annonçant bruyamment gains et pertes. Vers les tables où on jouait au black-jack et à la roulette, l'ambiance était légèrement plus élégante et plus feutrée.

Mais il y avait dans l'air comme un parfum d'excitation et de danger. Les flambeurs flambaient, le visage impassible — souriant, même — mais l'œil exercé de Rebecca notait ici et là la tension des mâchoires, le tremblement presque imperceptible des mains...

Dans les regards brûlait un feu intense qui parfois frisait la folie ou une détermination désespérée. Rebecca était totalement fascinée. Observer les joueurs passionnait l'écrivain en elle. Quelle meilleure occasion de noter, d'analyser, de se composer toute une série de personnages secondaires ?

Ce fut entièrement par inadvertance qu'elle se retrouva au premier étage. Attirée par un son de voix enfantines, elle avait poussé une porte. Juste histoire de jeter un coup d'œil et pas du tout dans l'intention de rester. Mais il y avait tant de fraîcheur dans les jeux des enfants comparés à ceux auxquels leurs parents se livraient un étage en dessous ! Les petits s'en donnaient à cœur joie. Ils couraient dans tous les sens, assistaient à de vrais numéros de cirque et défilaient devant des stands qui avaient été montés dans l'esprit des fêtes foraines.

Dix minutes plus tard, Rebecca avait gagné sa première peluche à la pêche à la ligne. Elle l'offrit aussitôt à une petite puce toute blonde qui pleurait à chaudes larmes à cause d'une éraflure au genou. Bientôt, un véritable attroupement se forma autour d'elle. Elle se baissait pour remettre une grosse grenouille à pois jaunes à un petit bout qui s'accrochait à sa robe lorsque son regard tomba soudain sur une paire de mocassins. Des mocassins d'homme, incontestablement, vu leur taille impressionnante. Levant légèrement les yeux, elle détailla une paire de jambes masculines vêtues d'un pantalon de smoking. Puis une chemise en lin blanc sur un torse puissant. Des bras croisés dans une attitude sévère...

Rebecca déglutit et remonta jusqu'au visage de Gabe. Son cœur battait aussi fort que lorsque, enfant, elle regardait sous son lit pour s'assurer qu'aucun crocodile ne s'y cachait. Gabe n'avait rien d'un saurien, certes. C'était même un magnifique spécimen d'hominidé, irrésistible dans sa tenue de soirée. Mais son expression était pour le moins... rébarbative.

Les petits ne s'y trompèrent pas et s'enfuirent au pas de course. Rebecca eût sans doute fait de même si elle avait eu la taille requise pour se fondre dans la masse. A défaut, elle était obligée de rester là, dans l'attente de l'orage. Une attente d'autant plus tendue que Gabe pour l'instant ne disait rien. Il était planté là, immobile, à la détailler des pieds à la tête.

— Ah, tiens... salut, Gabe ! dit-elle d'un ton qui se voulait léger. Tu me cherchais ?

Quelque chose scintilla tout à coup dans le regard viril posé sur elle. Quelque chose de brûlant qui tenait plus de la rage que du désir.

— Te chercher ? Jamais de la vie ! explosa-t-il. Je pensais que tu avais un cerveau en bon état de fonctionnement et que tu finirais par t'en servir. Mon message n'était donc pas assez clair ? J'ai autre chose à faire qu'à jouer les baby-sitters pour gamines irresponsables. Sur quel ton faut-il te le dire pour que tu...

Elle l'interrompit en posant un index sur ses lèvres.

— Chut ! Moins fort, Gabe. Si tu continues à crier comme ça devant un si jeune public, je vais être obligée d'appeler la réception. Tu ne vois pas que tu leur fais peur ? Par ailleurs, sache, une bonne fois pour toutes, que je suis majeure et que je n'ai d'ordre à recevoir de personne. Je sais ce que j'ai à faire, et tant pis si ma raison à moi ne fonctionne pas tout à fait comme la tienne. Du reste, j'ai quand même eu l'occasion de te prouver que je pouvais me rendre utile, non ? Je croyais t'avoir convaincu que...

L'expression de Gabe se fit si belliqueuse que Rebecca jugea plus prudent de ne pas poursuivre sur ce thème. Elle tenta donc une manœuvre de diversion.

— Comment as-tu réussi à me trouver si vite ?

— Oh, ça n'a pas été compliqué. Connaissant ta passion pour les gamins, j'ai cherché dans les rares endroits où leur présence est autorisée à Las Vegas... Où sont tes chaussures, bébé ?

— Mes chaussures ?

Etonnée, Rebecca baissa les yeux et découvrit qu'elle les avait quittées en jouant avec les enfants.

— Ah, tiens, ça, alors ! Où ai-je bien pu les semer, celles-là ?

— Je te conseille de les retrouver rapidement. Car toi et moi, nous avons à parler. Et sérieusement, cette fois, Rebecca !

6.

Rebecca observait Gabe du coin de l'œil. Malgré son désir affiché de s'entretenir avec elle en privé, il s'était bien gardé de lui proposer un entretien dans sa chambre d'hôtel, cette fois-ci. Etreintes brûlantes et baisers débridés n'étaient clairement pas inscrits au programme de sa soirée. Echaudé par les événements de la veille, il ne lui parlait qu'à distance respectable et l'évitait aussi soigneusement que s'il avait eu une bête fauve à son côté !

Sitôt installée dans le bar que Gabe leur avait trouvé à proximité du casino, Rebecca ôta ses escarpins, allongea les jambes sous la table et poussa un grand ouf. Rien de plus mortel pour le dos que de vaciller en équilibre précaire sur ces fichus talons hauts. Et qui s'offusquerait de cette petite entorse aux bonnes manières ? Las Vegas étant Las Vegas, elle aurait pu déambuler nue à travers les rues de la ville sans que personne — à part Gabe — n'y trouve à redire.

Rebecca considéra le cadre d'un regard appréciateur. Gabe avait réussi à leur dénicher un endroit à peu près calme, loin de l'agitation, du clinquant et de l'ambiance survoltée qui régnait autour des tables de jeu. La moquette étouffait les pas et les chaises tendues de velours rouge se détachaient sur le brun chaud des lambris. Placée au centre de la table couverte d'une nappe en damas bleu, une bougie créait un jeu troublant d'ombres et de lumières sur les traits sévères de l'homme assis en face d'elle.

Une lueur d'humour adoucit cependant le regard de Gabe lorsque, dédaignant les bières rares et les whiskies prestigieux que proposait la carte, elle commanda sans complexe un verre de lait nature. Il se fit apporter une bière de son côté, en but quelques gorgées et s'éclaircit la voix. Rebecca s'attendait à un sermon en règle mais, à son grand étonnement, Gabe entreprit de lui relater par le menu tout ce qu'il avait appris sur Tammy Diller. La jeune femme n'en revenait pas. Tant de soudaine bonne volonté semblait presque miraculeuse. Se serait-il résigné à l'accepter comme coéquipière, tout à coup?

Rebecca ne fut pas longue à déchanter. Si Gabe prenait la peine de lui fournir quelques précisions sur Tammy Diller, ce n'était pas dans un but de collaboration et de partage. Il essayait, une fois de plus, de lui faire peur en lui présentant Tammy sous un jour effrayant. Sous-entendu : une pauvre petite buveuse de lait comme elle aurait tout intérêt à prendre ses jambes à son cou !

Fascinée, Rebecca replia une jambe sous elle. Si les manœuvres dissuasives de Gabe la laissaient de marbre, elle était très intéressée, en revanche, par les indications qu'il lui fournissait !

— Ainsi, nous avons désormais la certitude que Tammy Diller vit effectivement sous un faux nom. Et que ce n'est pas la première fois qu'elle change d'identité. Nous savons que cette fille a un compagnon stable, trente-cinq années d'âge, et un physique qui ne laisse pas les hommes indifférents ; qu'elle fraye volontiers avec des flambeurs et qu'elle fréquente assidûment les hôtels et les boutiques de luxe où elle laisse des sommes conséquentes. Point très important : elle a été repérée dans un hôtel de Minneapolis quelques jours à peine avant l'assassinat de Monica Malone. Jusqu'à présent, nous ne lui avons trouvé aucun mobile, mais le fait que sa présence ait été signalée dans le secteur au moment des faits paraît tout de même assez troublant. D'autre part, Tammy Diller ne dispose d'aucune source de revenus légale qui pourrait justifier ses dépenses somptuaires... Cela résume à peu près la situation, Gabe ? Je n'ai rien oublié ?

— Non. C'est en gros tout ce que j'ai pu rassembler comme informations sur le personnage.

Rebecca lui adressa son plus beau sourire.

— Cette fois, nous touchons au but, Gabe ! Je suis sûre que c'est elle qui a assassiné Monica Malone. Si seulement nous parvenions à rencontrer cette femme et à engager la conversation... Elle se trahirait, j'en suis certaine ! Dans quel hôtel m'as-tu dit qu'elle était descendue, au fait ?

Une lueur amusée dansa dans le regard de Gabe.

— Inutile de me regarder avec ces grands yeux innocents, bébé. A aucun moment je n'ai précisé où logeait Tammy Diller. Et j'ai l'intention de garder cette information pour moi. Si je t'ai briefée sur cette affaire, c'est pour une seule et unique raison...

Elle soupira.

— O.K. Inutile d'en dire plus, je sais. Tu aimerais que je me tienne tranquille et que je retourne à mon tricot.

La voix de Rebecca chuta d'une octave tandis qu'elle adoptait les accents rocailleux de Gabe :

— « Nous n'avons pas la moindre preuve que Mlle Diller est notre meurtrière, bébé, mais le personnage apparaît sous un jour de plus en plus inquiétant. Quelque chose me dit que, traquée, la belle Tammy pourrait bien se transformer en tigresse. Si cette femme est effectivement une criminelle, elle ne reculera devant rien, tu m'entends ? Alors sois raisonnable, fillette : rentre gentiment chez toi et mets-toi plutôt à la pâtisserie. »

Gabe eut la bonne grâce de sourire.

— Bravo. Excellente imitation. Lorsque j'aurai besoin d'une doublure, je ferai appel à toi. Mais tu ne crois pas que tu pousses la caricature un peu trop loin ? Moi, je ne me serais jamais permis de te renvoyer à tes fourneaux. J'aurais bien trop peur que tu ne me tombes dessus à bras raccourcis si je prononçais ce genre de remarque hautement sexiste.

— Erreur ! J'adore cuisiner, figure-toi. Et je te promets de m'y remettre... dès que la preuve sera faite que mon frère est innnocent. Car il est innocent.

Rebecca ne poussa pas son plaidoyer plus loin. Gabe ne connaissait pas l'importance des liens fraternels et elle avait renoncé à lui faire partager son point de vue. Mais il devait tout de même exister un moyen de lui faire comprendre qu'il perdait son temps à essayer de la faire changer d'avis, bon sang !

Gabe, cependant, la regardait d'un air tellement effaré qu'elle se demanda ce qu'elle avait bien pu dire de choquant.

— Je ne voudrais pas faire figure de rabat-joie, Rebecca, mais c'est toi qui vas finir par te retrouver en prison si tu continues à te dénuder sur la place publique, observa-t-il d'une voix légèrement altérée.

Etonnée, elle cligna des yeux sans comprendre, puis éclata de rire.

— Je te signale que j'ai encore tous mes vêtements sur moi. Jusqu'à présent, je n'ai retiré que mes chaussures. Mais ces bijoux me rendent folles. Ils sont affreusement lourds et encombrants, et les boucles d'oreilles sont une torture.

Elle défit son collier qui rejoignit promptement le petit tas qui grandissait sur la table. Le seul ornement qu'elle aimait porter était le bracelet à breloques de sa mère. Tout en regardant le reflet des bougies danser dans les yeux sombres de Gabe, Rebecca mesura à quel point elle était détendue avec lui : déchaussée, une jambe repliée sous elle, elle se sentait aussi à l'aise avec lui qu'en sa propre compagnie. Le pauvre Gabe ne partageait pas sa décontraction, en revanche. Il avait même l'air particulièrement tendu, au contraire. Pour la énième fois, il passa une main lasse sur son visage avant de désigner le tas de bijoux d'un geste du menton.

— Tu ne pourrais pas les mettre dans ton sac, au moins, avant d'attirer tous les pickpockets du secteur ?

— Je n'ai pas apporté de sac. Mais il n'y a pas d'angoisse. Ce ne sont pas les joyaux de la Couronne. Il y a même des faux, dans le lot. Remarque, si tu veux les mettre dans ta poche, ne te gêne pas.

Gabe ne se le fit pas dire deux fois. D'un geste rapide, il fit disparaître le tout dans sa poche de poitrine.

— Si tu n'as pas de sac, où as-tu mis la clé de ta chambre ? s'enquit-il en examinant sa petite robe moulante d'un œil sceptique.

— Dans ma chaussure, bien sûr. C'est une vieille habitude. Tiens, à propos, demain, je compte aller faire un tour au bordel.

Gabe faillit s'étrangler sur une gorgée de bière.

— Je crois que le vacarme des machines à sous a dû me boucher les oreilles. Tu as dit que tu voulais aller où ?

— Dans une maison de tolérance, Gabe. Une vraie ! Tu n'as pas vu les affiches placardées un peu partout ? La prostitution, ici, est légale.

— Je sais que la prostitution ici est légale. Mais ce n'est certainement pas une raison pour que tu t'aventures dans un claque ! Enfin, réfléchis, bon sang !

119

La conversation s'animait enfin, constata Rebecca avec satisfaction. L'essentiel avec Gabe, au fond, c'était de trouver des idées choquantes pour le distraire. Il en oubliait presque qu'il voulait la renvoyer sagement à la maison.

— Tu ne sembles pas vouloir te rendre compte que cette ville est un véritable paradis pour un auteur de romans policiers, Gabe. Je n'avais encore jamais vu de joueurs professionnels ni de prostituées en action. Et l'opportunité de visiter une maison close ne se présentera pas deux fois dans une existence telle que la mienne.

— Tu t'es juré de me faire avoir une attaque ou quoi ?

— Dis-moi, juste par curiosité... Ça t'est déjà arrivé ?

— Quoi ? De faire un infarctus ?

Elle éclata de rire.

— Mais non, idiot ! D'aller voir les prostituées ! Je sais, je sais, tu vas me répondre que tu n'as pas besoin de payer pour quelque chose qui s'obtient gratuitement. Tu es la séduction incarnée, gueule d'amour, et j'imagine que tu n'as que l'embarras du choix. Je conçois très bien, d'autre part, que pour un homme adulte qui vit une sexualité équilibrée, l'amour vénal ne présente pas grand intérêt. Mais il arrive malgré tout que... Tu as mal à la tête, Gabe ?

Avec un léger soupir, il retira la main qu'il avait portée à son front.

— Mal à la tête est un faible mot. Tu sais que tu as de drôles de sujets de conversation pour une buveuse de lait, Rebecca ? Ça t'arrive souvent d'interroger des types que tu connais à peine sur la façon dont ils envisagent leur sexualité ?

Rebecca haussa les sourcils.

— Tu as dû être élevé dans le même genre d'école que mon père. Il disait toujours qu'il y a trois sujets qu'une dame digne de ce nom doit s'interdire de soulever dans une conversation : la politique, la sexualité et la religion. Mais les mœurs ont évolué, Gabe ! Ces trois thèmes me passionnent et je les aborde en toute occasion. Un écrivain est avant tout le témoin de son époque, non ? Moi, en tout cas, je ne fais pas un livre avec du vent. J'ai besoin de parler, d'interroger, d'observer — de comprendre comment les gens fonctionnent, de m'imprégner de leur histoire. C'est ce que j'appelle de la curiosité professionnelle.

— De la curiosité tout court, tu veux dire !

Rebecca sourit.

— Je reconnais qu'il y a aussi de ça ! Mais ton métier t'amène aussi à cuisiner les gens, non ? Alors, qui es-tu, Gabriel Devereax, pour me jeter la pierre ? Sans compter que tu as éludé ma question. J'ai entendu dire que les adolescents, parfois, s'adressaient aux... belles de nuit lorsqu'ils décidaient de perdre leur virginité. Un rituel initiatique, en somme.

Gabe leva les yeux au ciel.

— Quand tu as une idée en tête, il y a moyen de t'en faire démordre ?

— Oh, il suffit de pas grand-chose, répondit-elle avec un sourire suave. Donne-moi une réponse et je te laisserai en paix.

— O.K. Tu peux cocher la case « Non ». Je ne suis jamais allé voir de prostituée. Que ce soit pour m'initier ou autrement.

— Alors dans quelle circonstance as-tu perdu ta virginité ?

— Avec une femme mariée de trente-trois ans qui m'a attiré dans son lit lorsque j'en avais quatorze. Voilà. Tu es contente d'avoir réussi à m'arracher ce scoop ?

Sous le choc, Rebecca faillit en avaler une gorgée de lait de travers.

— Hé! Mais elle était complètement irresponsable, cette femme! commenta-t-elle avec indignation. C'est du détournement de mineur!

— C'est surtout de l'histoire ancienne, rectifia Gabe avec indifférence.

— Certainement pas, Devereax! Personne n'oublie sa première expérience amoureuse. Bonne ou mauvaise, elle a une influence déterminante sur la façon dont seront vécues ensuite les relations avec le sexe opposé. Elle détermine les conceptions futures en matière d'amour, de jouissance, de plaisir. Et...

Gabe l'interrompit en secouant la tête.

— Laisse tomber les théories psychologiques fumeuses, Rebecca. Je veux bien croire que tu aies lu quantité d'ouvrages savants sur le sujet, mais je peux t'assurer que mes relations avec cette femme ne valent pas la peine qu'on s'y attarde. Hilda, l'amie de ma mère, aimait le plaisir et ne se souciait pas de morale. Elle a dû se dire qu'un adolescent aurait de la libido à revendre. Et elle avait visé juste, en ce qui me concerne. Lorsque je me suis rendu compte qu'elle était mariée, je lui ai dit *ciao* et je suis passé à autre chose. Sans angoisse ni regret. Bon, ça te va, Rebecca? L'interrogatoire est terminé ou tu souhaiterais connaître la couleur de ma première grenouillère?

— Mmm... Nous nous intéresserons à ce problème lors de notre prochaine séance.

— Ben voyons!

Il avait beau afficher un air exaspéré, Gabe ne souffrait pas autant qu'il voulait le laisser croire. Rebecca nota qu'il avait défait le premier bouton de sa chemise et allongé les jambes sous la table. Même ses mâchoires semblaient moins crispées qu'à l'ordinaire. Peu à peu, à mesure qu'ils parlaient, il en était arrivé subrepticement à se détendre. Peut-être n'en avait-il pas lui-même conscience mais il avait plaisir à s'entretenir avec elle.

— Si je te pose toutes ces questions, ce n'est pas tout à fait sans raison, précisa-t-elle en reprenant son sérieux. En m'intéressant aux prostituées, j'essaye de mieux situer le personnage de Tammy Diller.

Gabe lui jeta un regard sceptique.

— Ah oui ? Et quel est le lien, d'après toi ?

Les coudes posés sur la table, elle appuya le menton sur ses paumes.

— Je ne sais pas ce qui a fait d'elle la femme qu'elle est devenue, mais j'ai l'impression que Tammy, sans être une prostituée, se sert de ses atouts physiques pour extorquer de l'argent aux hommes. Elle se veut libre — affranchie de toute loi et de toute morale. La transgression est son domaine. Il est possible que ça ne l'intéresse pas de gagner sa vie honnêtement. Elle conçoit l'existence comme un vaste terrain de jeux où tous les coups sont permis. Le tout étant de trouver la formule qui lui permettra de remporter le pactole.

Gabe parut impressionné.

— Pas mal... Ce portrait correspond assez bien à l'idée que je me fais moi-même du personnage. Mais je ne vois toujours pas où tu veux en venir.

— J'essaye de cerner Tammy, de me mettre dans sa peau. Si elle est ici, à Las Vegas, dans quel genre de lieu puis-je espérer la trouver ? Quel type de compagnie recherchera-t-elle ? Ma théorie, c'est qu'elle commencera par chercher un pigeon à plumer. J'ai sérieusement l'intention de faire une petite descente dans une maison de passe, cela dit.

— Non, coupa Gabe. Tu ne feras rien de la sorte. D'ailleurs, je ne vois aucun rapport avec Tammy Diller. Comme tu viens de le faire observer toi-même, elle ne se prostitue pas.

— C'est vrai. Mais il existe sûrement un dénominateur commun entre les femmes qui utilisent leur physique pour appâter les hommes. Tammy est éminemment vénale, reconnais-le. Et puis, il y a quelque chose chez cette femme qui me rappelle quelqu'un, mais qui, quoi? Je n'en sais rien...

— Sûrement un personnage de roman, trancha Gabe. Je serais étonné que tu aies été à tu et à toi avec des Tammy Diller, au cours de ton existence dorée, bébé.

Gabe adorait lui faire ce genre de remarque sur sa vie protégée. Rebecca accueillit cependant le commentaire sans ciller et se garda bien de mordre à l'hameçon.

— Justement! C'est pourquoi j'aimerais rencontrer quelques-unes de ces filles, afin de me faire une idée. Car parvenir à repérer Tammy est une chose; trouver le ton juste avec elle en est une autre. Je suis sûre que si je pouvais avoir une discussion un peu poussée avec ces femmes qui vivent de leur corps, j'aurais...

— Stop, Rebecca. C'est non. Non! Nein, niet, nada! Inutile d'y penser. Pour commencer, on ne te laissera pas entrer. Le public qui intéresse ces dames est strictement masculin. Deuxièmement, si tu essayes de t'approcher d'un de ces lupanars, je t'étrangle de mes propres mains.

— Gabe! l'interrompit-elle doucement.

Il poussa un soupir à fendre l'âme.

— Quoi encore?

— Je suis convaincue que tu sais te battre. J'imagine également que tu dois mener la vie dure à tes ennemis. Mais je sais que, même fou de rage, tu ne lèverais jamais la main sur moi.

Ce n'était pas le genre de vérité que Gabe avait plaisir à entendre, de toute évidence. Il la foudroya d'un de ces regards intimidants dont il avait la spécialité. Rebecca plongea en riant sous la nappe et refit surface en tenant ses chaussures par la bride.

— Un de ces jours, il faudra que tu m'expliques d'où te viennent tes tendances protectrices, Gabriel Devereax. Mais ce sera pour une autre fois, je crois. Car je tombe de sommeil.

— La discussion n'est pas close, bébé.

— Je sais. Mais rien ne nous empêche de la poursuivre demain. On se donne rendez-vous dans le hall d'entrée de l'hôtel vers midi ? Ça te va ?

— Va pour midi. Mais pas de bêtises dans l'intervalle, nous sommes bien d'accord ?

Rebecca acquiesça obligeamment d'un signe de tête et se leva en étouffant un bâillement. Le regard de Gabe exprimait une gamme d'émotions variées : elle nota une certaine irritation mêlée d'impatience — comme chaque fois qu'un débat les opposait. D'autre part, il semblait soulagé de la voir se retirer. Clairement, sa compagnie l'épuisait et il était ravi qu'elle décide de quitter le champ de bataille.

Mais il n'y avait pas que cela dans l'expression de Gabe. L'espace d'une seconde, son regard glissa sur elle, sur l'opulence de sa chevelure, sur la chute de reins que soulignait la robe noire, sur la blancheur de sa peau. Jusqu'à présent, il n'y avait pas eu trace de désir dans son attitude envers elle. Il avait été aussi prudent à son endroit qu'avec une bombe sur le point d'exploser. Mais, brusquement, il baissait sa garde et le feu était là, de nouveau.

Pas pour longtemps, toutefois.

Lorsqu'elle se leva pour se pencher sur lui, le regard de Gabe n'exprimait plus qu'une franche inquiétude.

— Fais de beaux rêves, beau chevalier.

Raide comme la justice, il ne bougea pas d'un millimètre lorsqu'elle effleura son front d'un baiser. Le contact fut bref, léger comme la caresse d'une plume, comme le souffle de la brise. Et néanmoins le cœur de Rebecca battait comme si elle venait de courir un marathon. Sous le front de glace de Gabe brûlait une fièvre dévorante.

Elle se redressa sans oser croiser son regard et, d'un geste désinvolte, balança ses escarpins sur une épaule.

— Tu peux dormir sur tes deux oreilles, Devereax. Avec la fine équipe que nous formons toi et moi, nous allons résoudre ce petit problème en moins de deux.

Rebecca s'éloigna avant qu'il ait eu le temps de répondre. Les joues en feu, elle s'engouffra dans l'ascenseur. Quelques minutes plus tard, elle avait regagné sa chambre et tombait sur son lit, les jambes molles comme du coton. Les yeux rivés au plafond, l'esprit vide, elle eut soudain une image de son frère, tel qu'elle l'avait vu pour la dernière fois, à la maison d'arrêt. De vingt ans plus âgé qu'elle, Jake était un homme dans la fleur de l'âge. Rebecca avait toujours admiré le physique altier, la prestance de son frère aîné. Mais, privé de liberté, il n'était plus la même personne. Pâle, les traits creusés, le regard éteint, il lui était apparu comme un homme déjà défait. Sans sa liberté de mouvement, Jake s'étiolait à une vitesse effrayante dans sa sinistre petite cellule.

« Si mon père est condamné, je ne lui donne pas un an avant de mourir ou de se suicider », avait observé tristement Adam, le fils aîné de Jake.

Rebecca partageait l'avis de son neveu. Innocenter Jake était une question de vie ou de mort. Gabe était persuadé qu'elle agissait par caprice, mais il avait tort. Si elle riait, plaisantait et semblait prendre les choses à la légère, c'était simplement sa recette à elle pour tenir la peur à distance. Sa famille l'avait surnommée « Rebecca l'Intrépide » parce qu'elle avait tendance à se jeter au-devant des problèmes au lieu de s'en écarter frileusement.

A cause de cela, on la croyait imperméable à toute notion de danger, mais c'était faux. En fait, elle mourait de peur de ne pas être à la hauteur, et, en l'occurrence, de ne pas réussir à porter secours à son frère. Sans parler du risque de s'attacher irrémédiablement à Gabriel Devereax dans la foulée ! Car là, il y avait effectivement de quoi trembler !

Un sage baiser sur le front avait suffi à lui mettre le cœur en effervescence. Autrement dit, elle se mouvait en zone à haut risque. En terrain miné. Elle n'était pas du genre à se préserver du danger d'ordinaire mais, en l'occurrence, Rebecca devait admettre qu'elle était tout simplement terrifiée.

Gabe l'attirait comme l'eau obsède le voyageur assoiffé en plein désert. Un regard, un sourire de lui suffisaient pour qu'elle oublie son aride solitude. En sa présence, elle ressentait une tension, un vertige effrayants et, paradoxalement, une proximité indicible.

Dans une certaine mesure, Gabe lui rappelait Jake. Non pas que ses sentiments pour lui fussent fraternels, loin de là. Mais Gabe, comme Jake, était prisonnier. Les barreaux qui le maintenaient enfermé en lui-même étaient purement imaginaires, mais ils n'en avaient pas moins la solidité de l'acier.

Et elle n'était pas assez naïve pour penser qu'elle pouvait écarter les barreaux, délivrer Gabe et le convaincre que l'amour n'était pas une fiction pour jeunes filles crédules ! Gabe ne voulait pas de ses baisers, pour commencer. Il le lui avait clairement fait comprendre. Il était anti-famille, anti-bébés, anti-mariage. Et même si ses préjugés découlaient directement de son enfance difficile, il serait suicidaire de se mettre en tête qu'elle, Rebecca Fortune, aurait le pouvoir d'effacer les stigmates du passé et de faire de Gabe un autre homme.

Rebecca soupira et ferma les yeux. Aider son frère était déjà une tâche suffisamment difficile. Aussi valait-il mieux, pour le moment, limiter ses objectifs et recentrer ses priorités. En mettant délibérément ses sentiments pour Gabe de côté...

Gabe arpentait le hall en jouant nerveusement avec les pièces de monnaie dans sa poche. Toutes les deux minutes, il levait le bras pour consulter sa montre. 15 heures, déjà. Enfin, 14 h 56 pour être précis. Mais que représentaient quatre minutes lorsqu'on attendait depuis des heures ?

Il n'était pas homme à paniquer d'ordinaire. Au contraire, même. Il avait toujours su conserver son calme dans les situations les plus périlleuses. Sa capacité à garder son sang-froid face au danger lui avait même valu plusieurs médailles ! Alors pourquoi perdait-il tous ses moyens aujourd'hui ? Il avait les nerfs à vif, les muscles durs comme du béton, les mâchoires crispées et le cerveau comme de la marmelade. Mais où était-elle passée, nom d'un chien ?

Il s'était pourtant méfié d'emblée du rendez-vous qu'elle lui avait fixé à midi. Bien décidé à garder Rebecca à l'œil, il avait composé le numéro de sa chambre dès 9 heures du matin. Pas de réponse. Il avait donc ressayé à 10 puis à 11 heures. A midi, il avait fait le pied de grue dans le hall de l'hôtel pendant une bonne demi-heure. Mais pas l'ombre d'une trace de Rebecca.

Trois fois, il était parti, puis revenu. S'était renseigné à la réception. Avait frappé à trois reprises à la porte de sa chambre. Rien. Toujours rien. 14 h 57... Gabe sortit de Circus Circus, scruta la large avenue, inspecta les trottoirs bondés. Nulle part la moindre rousse en vue, constata-t-il, à bout de patience.

Il regagna le hall une fois de plus, se passa la main dans les cheveux et consulta sa montre. 14 h 59. Cette fois, il ne s'agissait plus d'une vaine menace : si d'aventure elle resurgissait, il l'étranglerait pour de bon. Sans pitié.

Le seul élément à peu près rassurant dans l'histoire, c'est qu'elle n'avait pas encore repéré l'adresse de Tammy Diller. Si cela avait été le cas, il l'aurait croisée, puisqu'il s'était lui-même rendu sur les lieux. Même si la corvée de surveiller Rebecca l'occupait à plein temps, il ne pouvait pas se permettre de l'attendre une journée entière à ne rien faire. Il était payé pour élucider le crime de Monica Malone, bon sang. Pas pour jouer les baby-sitters !

Entre deux coups de fil à Rebecca, il avait donc mené l'enquête, posé des questions ici et là, formulé quelques menaces, et avait fini par se retrouver avec une adresse, un peu en dehors de la ville. Une fois sur place, il avait interrogé les voisins et obtenu la confirmation que Tammy et son complice Dwayne « créchaient » bien dans la « méchante bicoque » dont il avait obtenu l'adresse, mais qu'ils étaient absents pour le moment.

A présent qu'il savait où ils résidaient, rien ne pressait. Les deux zigotos pouvaient attendre, avait-il décrété, alors que Rebecca, elle, devenait la priorité des priorités. Où était-elle donc passée ? Elle n'avait tout de même pas tenté de se faire admettre dans une maison close, malgré ses mises en garde ? Pas à 9 heures du matin, tout de même !

Non, non. Si elle lui avait fait part de cette idée saugrenue, c'était uniquement pour le plaisir de le faire bondir. Rebecca avait la provocation dans le sang. De même lorsqu'elle s'amusait à l'appeler « mon chou » ou « ma petite gueule d'amour » uniquement pour voir comment il allait réagir.

Pour réagir, il réagissait, en effet. Et même beaucoup plus violemment qu'elle ne devait l'imaginer. Cette robe noire qu'elle portait, la veille, aurait détourné n'importe quel moine de sa vocation. Ces cheveux fous, ces jambes interminables, cette peau fine à la blancheur laiteuse, et ce pétillement dans le regard... Rebecca représentait une épreuve, décida Gabe. Elle était sa traversée du désert, la tentation incarnée. Mais il ne serait pas dit qu'une femme réussirait à le rendre fou. Lui qui était toujours resté si froid, si calme, jusqu'à présent. Lui que rien ne pouvait atteindre !

Gabe serra les poings, laissa courir un regard courroucé sur tous les inconnus dispersés dans le hall d'entrée, et les maudit un à un de ne pas être Rebecca Fortune. A 15 heures précises, il se dirigea à grands pas vers le téléphone. Une dernière fois, il composerait le numéro de sa chambre. Si elle ne répondait pas à cet ultime appel, il ne lui resterait plus qu'à ameuter les hôpitaux, les pompiers, la police, l'armée et tutti quanti...

Il portait l'écouteur à son oreille, quand il vit passer au même instant comme un tourbillon. La première chose qu'il reconnut fut la partie postérieure de sa personne. Des fesses comme les siennes, il ne s'en trouvait aucunes, à Las Vegas. Même les yeux bandés dans un tunnel, il aurait reconnu ce galbe, cette souplesse, ce balancement et cette grâce. Gabe reposa le combiné. L'étau d'angoisse qui lui comprimait la poitrine commença à se desserrer lentement. Non seulement elle était vivante, mais elle semblait indemne. Et en grande forme, même !

Aussi miraculeux que cela puisse paraître, il ne lui était rien arrivé. Elle n'était pas tombée entre les mains de criminels dangereux, ne s'était pas retrouvée au poste, ou pire encore sur le trottoir. Le visage rieur, elle déboula dans le hall — toujours au pas de course — et partit en flèche vers la réception.

Dans un éclair, Gabe entrevit un immense T-shirt Mickey, un jean étroit d'adolescente, des tennis avec des lacets vert fluo et l'éclat d'or à son poignet. Ses longues boucles tombaient librement sur ses épaules — sans le moindre apprêt, aujourd'hui. Vu la vitesse à laquelle elle se mouvait, il aurait pu la confondre avec une adolescente s'il n'avait pas su qui elle était.

Mais Gabe ne risquait pas de s'y tromper. Non seulement il savait qui était Rebecca, mais il l'avait touchée, embrassée, caressée. Il savait qu'elle était pleinement femme, pleinement sensuelle, pleinement épanouie sous cet accoutrement de petite fille. Et plus dangereuse qu'une sirène...

Pourquoi cette tenue ? Mystère. C'était encore une de ces inventions dont Rebecca semblait avoir la spécialité. Mais son arrivée apportait une bouffée de vie dans ce hall qui, quelques secondes auparavant, lui avait paru presque funèbre. Gabe prit une profonde inspiration et sa poitrine enfin dénouée se gonfla, lui procurant une sensation de vertige proche de l'ivresse.

Elle était vivante.

— Gabe !

Enfin, elle l'avait repéré.

Zigzaguant entre valises et touristes, elle se précipita dans sa direction. Son visage exprimait une jubilation intense. Jamais encore il ne lui avait vu un sourire pareil.

— Devine un peu ce que j'ai fait ce matin !

Elle n'avait même pas l'air de se rendre compte qu'il l'attendait de pied ferme pour lui serrer les mains autour du cou, la secouer sans merci, et lui faire payer très cher la peur qu'elle lui avait faite.

Trop excitée pour mesurer le danger, elle se jeta dans ses bras au lieu de le fuir à toutes jambes !

7

— Tu es en retard.

Gabe avait eu l'intention de hurler, mais sa voix s'éleva à peine au-dessus du murmure. Parce que Rebecca était suspendue à son cou, que ses cheveux avaient une odeur de framboise et de miel, que ses lèvres étaient entrouvertes et sa peau plus douce que celle d'un nouveau-né. Et lui, comme un imbécile, en restait le souffle coupé.

En soi, le geste de Rebecca ne signifiait pas grand-chose, pourtant. Elle donnait simplement libre cours à un de ces élans d'enthousiasme dont elle était coutumière. La vie n'avait jamais appris à Rebecca à contenir ses émotions. Tout ce qui lui passait par la tête ou par le cœur s'exprimait donc immédiatement et sans censure.

Aux yeux de Gabe, la spontanéité à tout crin était une attitude dangereuse. Elle vous exposait inutilement à autrui. Rebecca, elle, avait confiance en la vie. Parce qu'elle venait d'un milieu protégé. Parce qu'il n'y avait eu, pour elle, ni coups, ni vexations, ni injustice, ni la misère du quotidien. Mais Gabe avait beau multiplier les explications rationnelles, il n'en restait pas moins touché par la façon dont elle était venue se jeter dans ses bras, lui offrant un peu de sa joie en partage. Aucun baiser, même le plus brûlant, n'aurait pu le bouleverser à ce point. Il faut dire qu'il n'était pas habitué aux marques d'affection. Il n'en donnait jamais, en recevait moins encore, n'en attendait de personne. Et ne se considérait pas plus malheureux qu'un autre pour autant.

Du moins jusqu'à présent...

— Je sais que je suis en retard, Gabe. Je suis désolée, vraiment, mais je n'ai pas pu faire autrement.

Le temps d'un battement de cœur, leurs regards se croisèrent. Rien qu'un minuscule instant. Mais l'atmosphère entre eux se modifia subtilement. Les mains de Rebecca se retirèrent, ses bras retombèrent lentement. Elle recula d'un pas, déglutit, leva vers lui de grands yeux égarés puis détourna la tête aussitôt et se mit à bavarder comme une pie.

— Je te rassure tout de suite : j'ai renoncé à mon idée de m'introduire dans une maison de tolérance. Tu vois que je suis tes recommandations à la lettre. En revanche, j'ai réussi à me glisser dans une de ces arrière-salles obscures où on joue gros au poker, Gabe ! Tu ne peux pas imaginer les sommes en jeu qui circulent dans ces tripots. Et il faut voir le genre de public qui traîne par là-bas.

Rebecca, clairement impressionnée par ses aventures de la matinée, ouvrait des yeux comme des soucoupes.

— Il y en avait quelques-uns dans le tas qui donnaient la chair de poule, confia-t-elle avec un léger frisson. C'est pour ça que j'ai tant tardé, en fait. Apparemment, ça ne se fait pas de se lever et de quitter la table tant qu'on gagne. J'aurais pu faire exprès de perdre, bien sûr, mais une fois prise dans le jeu, ce n'était pas si simple. D'ailleurs, tu ne peux pas imaginer tout ce que j'ai appris !

— Tu as participé à un jeu de poker, toi ? Dans un tripot ? En jouant de grosses sommes ?

Gabe en avait des sueurs froides.

— C'était mon projet de la matinée, oui. C'est pour ça que j'avais mis ce T-shirt Mickey. Pour que les vrais joueurs me prennent pour une fofolle, le genre de fille devant qui on peut parler sans risque d'être compris. Et apparemment, ça a marché : ils avaient l'air d'être en confiance. Et tu sais quoi ? J'espérais que notre amie Tammy aurait également tenté sa chance dans ce genre d'endroit. Eh bien, bingo, mon cher ! Elle était effectivement passée par là. Un des gars la connaissait, même ! Il m'a raconté un tas de trucs sur elle et sur son petit ami. Oh la la, Gabe, je ne voudrais pas être pénible mais je suis au bord de la crise d'hypoglycémie. Tu crois que je pourrais trouver un cornet de glace dans le coin ?

Gabe soupira.

— Ça devrait pouvoir se faire.

Il apparut que Rebecca ne voulait pas une glace ordinaire, mais une version plus saine de cette gourmandise : du yaourt glacé — parfumé à la framboise, de préférence. Après maintes recherches, ayant enfin trouvé la spécialité requise, il fallut qu'elle mange sa glace en marchant, car elle avait passé trop d'heures assise dans l'obscurité d'un tripot. Comme elle aspirait follement à « profiter de la lumière du jour », ils déambulèrent dans les rues écrasées de chaleur, sous un soleil de plomb. Le yaourt glacé, naturellement, fondait à vue d'œil.

Mais Rebecca, imperturbablement souriante, zigzaguait entre les piétons, léchait son cône à la framboise avec une adorable langue rose et continuait à parler et à gesticuler de plus belle.

— J'ai appris que Tammy fréquentait régulièrement le César Palace. Mais c'est encore au O'Henry que sa présence a été signalée le plus souvent. Il paraît qu'elle joue au poker comme elle respire, une vraie pro. Et tu ne croiras jamais ce que ce type m'a confié sur elle ! C'est un détail, bien sûr, mais il m'a laissé entendre qu'elle avait accepté de coucher avec lui !

Gabe réprima un sourire.

— Je ne voudrais pas te décevoir, bébé, mais on ne peut pas dire que j'aie les jambes sciées par la nouvelle. Je crains que notre amie Tammy n'ait pas une conception très victorienne de la vertu.

Gabe sortit une nouvelle serviette en papier de sa poche. Rebecca leva docilement le visage vers lui pour qu'il puisse essuyer la glace qui lui coulait sur le menton.

— Oui, je sais, bien sûr, je ne suis pas naïve, Gabe! Mais d'après mon camarade de poker, le petit ami de Tammy était avec eux! Tu te rends compte? Elle aurait fait ça avec deux hommes à la fois. Enfin, c'est ce que ce gars avait l'air d'insinuer, en tout cas.

Rien d'étonnant, au fond, s'il était fasciné à ce point par Rebecca, songea Gabe. Il n'avait encore jamais fréquenté de femme capable de disserter sur l'amour à trois, en pleine rue, tout en se barbouillant de yaourt à la framboise...

— Dis-moi, Rebecca, demanda-t-il prudemment. Comment cet inconnu en est-il arrivé si vite à te confier tant de détails sur sa vie sexuelle?

— Oh, il ne s'adressait pas à moi en particulier. En fait, on jouait tranquillement, à plusieurs. Au bout d'un moment, j'ai précisé — comme ça, en passant— que j'étais venue à Las Vegas dans l'espoir de retrouver une ancienne camarade de classe, Tammy Diller. Et là, le regard de cet olibrius s'est mis à briller, il a fait de grands clins d'œil aux autres joueurs mâles, et s'est mis à raconter son histoire. Et ce n'était pas la délicatesse qui l'étouffait, je te jure! Il était franchement obscène, par moments. Honnêtement, je me demande s'il n'en rajoutait pas un peu. A l'entendre elle lui aurait fait des choses que l'on n'imagine même pas... Quoi qu'il en soit, nous avons le signalement de Tammy, désormais : brune tirant sur le roux, avec des yeux bruns, de taille moyenne à grande, mince. Cela dit, c'est un peu succinct : presque toutes les femmes de ma famille répondent à cette description, observa-t-elle en riant. Mais qu'en penses-tu toi, Gabe ? Tu crois vraiment que Tammy a pu passer la nuit avec deux hommes à la fois ?

Le sujet la fascinait, de toute évidence ! S'il ne trouvait pas le moyen de dévier la conversation rapidement, elle serait capable de lui demander un cours sur les déviances sexuelles. Avec commentaires et questions, à l'appui... Décidé à éviter le pire, il s'empressa de communiquer à Rebecca ses découvertes de la matinée : il avait désormais l'adresse de Mlle Diller et le prénom exact de son petit ami : Dwayne.

Gabe obtint le résultat désiré. Rebecca oublia Tammy et son duo d'amants. Mais du coup, elle repartit sur d'autres considérations tout aussi préoccupantes.

— Dwayne... Je serais prête à jurer que j'ai déjà entendu ce nom quelque part. Non, sérieusement, Gabe, je persiste à penser que cette Tammy ne m'est pas complètement inconnue. Quelque chose me titille la mémoire, mais quoi ?

— Je crains le pire, bébé. Ta légendaire intuition serait-elle de nouveau à l'œuvre ?

Rebecca finit son cornet avec un sourire jusqu'aux oreilles.

— Cesse donc de te moquer, éternel sceptique. Ta seule logique n'aurait jamais suffi à nous mener jusqu'ici. Je me tue à te le répéter depuis le début : à nous deux, nous obtenons beaucoup plus d'informations du fait que nos angles d'approche diffèrent. En conjuguant nos talents, nous pouvons progresser à pas de géants. A ce propos, si nous faisions un tour chez O'Henry ce soir, toi et moi ?

Ce n'était pas la première fois que Rebecca s'extasiait sur la « formidable équipe » qu'ils pourraient former ensemble. Face à cette nouvelle offre de collaboration, Gabe hésita sur l'attitude à prendre. La veille encore, il lui aurait opposé un non ferme et catégorique. Mais, à la lumière de ses récentes expériences avec Rebecca, il se voyait contraint de réviser ses positions. Non pas qu'il eût besoin d'aide, bien sûr! Il restait un adepte convaincu du travail en solo, même s'il devait reconnaître que Rebecca avait apporté sa pierre à l'édifice. La chance souriant aux débutants, elle avait eu quelques « coups de bol » peu ordinaires : pour commencer, elle avait eu la main heureuse en tombant sur la lettre de Monica à Tammy. Puis, à deux reprises, le hasard avait voulu qu'elle aborde des gens qui la connaissaient.

Mais ce n'était certainement pas pour bénéficier de la « baraka » de Rebecca qu'il envisageait de faire équipe avec elle. Gabe maintenait son credo : agir seul était à la fois plus rapide, plus efficace et plus sûr. Seulement voilà... L'idéaliste patentée qu'était Mlle Rebecca Fortune avait l'art de se mettre en danger dès qu'il avait le dos tourné. Non seulement elle avait failli se tuer en s'introduisant dans la maison de Monica, mais elle engageait la conversation avec des hurluberlus fort peu fréquentables, comme ce Mr Biscoteaux de Los Angeles, ou cette espèce d'énergumène qui racontait ses parties de jambes en l'air en compagnie de la peu farouche Mlle Diller et de son amant.

Qu'allait-elle inventer encore? S'il refusait de l'escorter, ce soir, inutile d'espérer qu'elle allait rester sagement dans sa chambre d'hôtel. Et penser à ce qui pourrait lui arriver si elle décidait d'investir O'Henry toute seule lui donnait des sueurs froides.

— Hé, Gabe! Tu ne réponds rien? Ce serait pourtant une bonne idée de traîner un peu du côté des salles de jeu qu'elle fréquente, non?

Rebecca était trop excitée pour lui laisser le temps de méditer sa décision. Mais avait-il vraiment le choix, en l'occurrence? De toute façon, avec elle, aucune solution ne serait satisfaisante. Alors autant s'incliner devant cette implacable évidence : même si ses principes lui interdisaient

138

d'entraîner une femme dans une aventure qui promettait d'être dangereuse, Rebecca serait plus en sécurité s'il la gardait à l'œil que s'il la laissait « enquêter » toute seule de son côté.

— Bon. C'est entendu. Nous irons au Çésar. Nous passerons chez O'Henry. Et s'il le faut, nous ferons la tournée de toutes les salles de jeu où l'on brasse des sommes importantes. Mais à condition que nous tombions d'accord sur quelques règles de base au préalable, bébé.

Rebecca hocha obligeamment la tête.

— Bien sûr. Comme quoi, par exemple ?

— Premièrement, tu restes avec moi. Il est hors de question que tu t'éloignes à tout bout de champ pour aller interviewer quelque truand armé jusqu'aux dents qui te branchera sur ses techniques opératoires.

— O.K, on reste ensemble. Ça me va.

— Notre but, dans l'immédiat, est de faire du repérage. Il s'agit d'abord de déterminer ce que trafique Tammy. Nous allons cartographier les lieux qu'elle fréquente, tâcher de répertorier ses activités, ses relations. Mais pas d'approche directe avant concertation préalable, nous sommes bien d'accord ?

Rebecca souriait aux anges.

— Tout à fait.

— Dans l'hypothèse, toutefois, où nous tomberions sur elle par hasard... Il ne faut en aucun cas qu'elle apprenne que tu es une Fortune, tu m'entends ? Ni Jake ni Monica Malone ne seront mentionnés dans la conversation. Tu joues les ravissantes idiotes et tu ne dis rien à quiconque. Et si jamais nous mettons la main sur elle, tu quittes les lieux. Immédiatement. Je ne veux plus te voir dans le secteur.

Sourcils froncés, Rebecca se tourna vers lui. Il s'attendait à une protestation, mais elle n'en fit rien. Au lieu de cela, elle leva simplement la main vers lui et il sentit son cœur s'accélérer tandis qu'elle rajustait le col de sa chemise. Tout naturellement. Comme si ce rôle lui revenait de droit.

— Pourquoi t'inquiètes-tu tant pour moi, Gabe? demanda-t-elle d'une voix toute douce. J'ai toujours vécu seule. Je suis capable de me prendre en charge, tu sais.

« C'est ça! » En réalité, elle était capable de se protéger comme lui de faire une composition florale!

Il garda cependant ce commentaire pour lui. Tout ce qu'il pourrait dire en la circonstance sonnerait comme un propos machiste. Ce n'était d'ailleurs pas l'intelligence de Rebecca qu'il remettait en cause. Ni même sa sacro-sainte « intuition féminine ». Mais son irréalisme foncier et son absurde façon de croire mordicus à l'amour et aux chevaliers sans peur et sans reproche!

Cette foi absolue qu'elle avait en la bonté fondamentale de l'homme la rendait beaucoup trop vulnérable à son goût.

Terriblement attendrissante aussi. Au point qu'il ne savait plus très bien s'il avait tellement envie d'ouvrir les yeux de Rebecca sur la décevante réalité du monde. Il lui plaisait qu'elle reste inchangée, avec ses illusions intactes. Il ne pouvait — ne voulait — plus la concevoir autrement que positive, généreuse, le cœur gonflé d'amour pour l'humanité tout entière. Même si cela ne lui facilitait pas la tâche lorsqu'il s'agissait d'assurer sa sécurité.

A la pensée que quelque chose pouvait arriver à Rebecca, il ressentit une douleur fulgurante — comme si une lame aiguë lui lacérait les entrailles, et il fut abasourdi par la violence viscérale de sa réaction.

Serrant les mâchoires, il s'exhorta au calme. Rebecca l'émoustillait, quoi de plus normal? Elle était enjouée, féminine, sensuelle, et ne le quittait pas d'une semelle depuis trois jours. Par ailleurs, elle montrait une fâcheuse tendance à se jeter dans ses bras pour un oui ou pour un non, le genre de comportement qui, tôt ou tard, finissait par vous porter sur la libido... Normal. Tout à fait normal, donc. Mais il ne fallait pas que ça dérape et qu'ils tombent dans les bras l'un de l'autre, surtout. Car s'il y avait une femme au monde avec laquelle il ne pourrait jamais se permettre de vivre une histoire brève, tranquille et sans lendemain, c'était bien Rebecca Fortune...

— Merde, merde, merde ! On n'a vraiment pas eu de chance ! C'est à se taper la tête contre les murs, Gabe ! Je suis d'humeur à briser un lot d'assiettes en porcelaine, à mettre mon poing dans la figure du premier venu, à...

Gabe l'interrompit patiemment.

— Loin de moi l'idée de vouloir couper la parole à une dame en pleine crise de nerfs. Mais si tu pouvais t'arrêter trois secondes, le temps de sortir la clé de ta chambre...

Ignorant la lueur amusée qui dansait dans les yeux de Gabe, Rebecca posa l'objet en question dans la paume qu'il lui tendait.

— Je suis énervée, Devereax !

— Toi ? ironisa-t-il. Pas possible. Tu caches admirablement ton jeu.

— Et toi, tu es vraiment exaspérant, Gabe, avec ton air de parfaite indifférence. On dirait que rien ne t'affecte jamais. Pourtant, je sens bien que tu es énervé, toi aussi. Entre donc prendre un dernier verre avec moi. Ça nous détendra l'un et l'autre.

— Rebecca...

— Allez ! Laisse-toi vivre un peu, zut ! Ça ne t'arrive donc jamais de lâcher prise, de craquer un grand coup, de crier, de donner des coups de pied dans les meubles ?

— Non.

Le ton de Gabe était sec. Par mesure de précaution, il avait raccompagné Rebecca jusqu'à la porte de sa chambre.

Mais de là à entrer prendre un verre avec elle, il y avait un pas qu'il préférait ne pas franchir, compte tenu de leurs dispositions mutuelles.

— Il est déjà presque 1 heure du matin, Rebecca. C'est un peu tard pour...

— Ne me dis pas que tu vas pouvoir t'endormir tout de suite après une soirée pareille ! Nous sommes remontés comme deux ressorts, toi et moi. Et si c'est la nature de la boisson qui t'arrête, pas de panique. Je n'ai pas l'intention de t'infliger un lait fraise. Je ne pars jamais en voyage sans munitions. J'ai donc une flasque d'alcool au fond de ma valise. Je ne sais plus ce que j'ai mis dedans exactement, mais je te promets que ce n'est pas du lactose.

Gabe ne prit pas à proprement parler de décision. Mais il ne s'en retrouva pas moins dans la chambre. Sans possibilité aucune de revenir en arrière... D'un geste, Rebecca lui fit signe de s'asseoir près de la petite table blanche poussée sous la fenêtre. Puis elle se mit à déployer une activité impressionnante. Elle jeta ses chaussures dans un coin ; son sac à main sur le lit, sa veste en tas sur le premier fauteuil. De la salle de bains attenante, elle rapporta deux verres à dents propres. Puis elle fouilla dans sa valise et en sortit une petite bouteille, deux ou trois paquets de biscuits pour apéritif, et au moins un kilo de Smarties. Le tout vola dans les airs en direction de Gabe qui rattrapa l'ensemble.

Il reprit place en riant dans un fauteuil.

— Tu prévois toujours ce genre de réserves, en voyage ?

— Toujours. J'ai en général bon appétit, surtout quand je bouge et que je me dépense physiquement. En plus, rien de tel pour vous laisser sur votre faim qu'un repas fin au restaurant. Quand je suis énervée, c'est encore pire : cela me donne toujours une faim de loup... Non, sérieusement, Gabe, tu ne trouves pas que nous avons joué de malchance, ce soir ? Chaque fois que nous arrivions quelque part, le couple

142

infernal venait juste de repartir. Il s'en est fallu de si peu, chaque fois ! C'est un miracle, au fond, que nous ne nous soyons pas retrouvés nez à nez avec eux.

— Nous savons qu'ils sont dans le secteur, en tout cas. Et qu'ils ne se cachent pas. Ils opèrent ouvertement.

— Bon, d'accord. Mais c'est quand même horripilant qu'on les ait loupés de si peu, non ? J'aimerais vraiment savoir comment tu arrives à ne pas être à cran, Gabe. Ça me dépasse de te voir calme comme ça.

— Je pense, pour ma part, que c'est une bonne chose que notre amie Diller ne t'ait pas rencontrée. Nous avons obtenu quantité d'informations sur ces deux loustics, ce soir, bébé. Et ces nouveaux éléments vont nous permettre d'élaborer un plan d'action.

Avec un soupir d'irritation, Rebecca se laissa tomber dans un fauteuil en face de Gabe et plaça ses pieds nus sur le lit. Gabe sortit de sa poche les bijoux qu'il avait conservés depuis la veille, et les jeta sur la table. Dommage qu'il n'ait pas pensé à les lui restituer en début de soirée. Sa robe aurait supporté d'être égayée par une touche de fantaisie. Il contempla une fois de plus la robe en question et fit la moue. Décidément, il n'était pas branché haute couture. Lorsque Rebecca était descendue le rejoindre dans le hall, juste avant de partir, il lui avait demandé d'un air effaré si elle comptait s'afficher en public vêtue d'une simple combinaison.

Naturellement, il s'était trompé sur toute la ligne. Non seulement il ne s'agissait pas d'une pièce de lingerie, lui avait-elle expliqué, mais ce petit modèle tout simple à fines bretelles lui avait coûté une fortune. De plus, compte tenu du peu de temps dont elle avait disposé pour courir les boutiques, c'était encore un miracle qu'elle ait trouvé une tenue ad hoc pour le César Palace et O'Henry !

Vidant le sac de Smarties sur la table, elle entreprit de les trier par couleurs. Tammy Diller, d'après les commentaires entendus ici et là, avait paradé ce soir dans une robe rouge fendue devant et derrière, les cheveux blondis pour la circonstance, sa voix rauque teintée d'un accent traînant de La Nouvelle-Orléans, la bouche peinte en carmin, exhibant tout ce qui était légalement exhibable — et même plus si affinités...

Dwayne, de son côté, paradait en smoking en affichant son charme de beau blond élancé — surtout auprès des veuves que la vie n'avait pas laissées trop désargentées. Les deux énergumènes s'habillaient comme s'ils croulaient sous les dollars et se vantaient de gagner des fortunes grâce à un projet immobilier de choc qu'ils étaient censés mettre au point.

Ils disposaient d'un fonds de roulement suffisant pour participer à des jeux de black-jack, mais ni Dwayne ni Tammy n'abusaient de la table de jeux. Ils étaient trop rusés pour dilapider leur capital. Les sommes limitées qu'ils laissaient dans ces établissements correspondaient simplement à leur budget publicitaire.

— Je te signale que notre contrat de départ stipulait que tu ne me quitterais pas de la soirée, lui rappela Gabe. On ne peut pas dire que tu l'aies respecté.

Elle haussa les épaules et avala une poignée de Smarties verts.

— Je m'éloignais juste ce qu'il fallait pour te laisser le champ libre. Nous avons chacun nos méthodes, ne l'oublie pas. Et puis ça t'a donné l'occasion de parler assez librement avec deux ou trois camarades de Tammy. J'ai bien cru que la blonde au César allait te violer sur la moquette. Tu as fait preuve d'une maîtrise admirable, Devereax. Elle était absolument renversante.

Mais pas autant que Gabe lui-même, songea Rebecca. Elle avait vu défiler bien des hommes ce soir, mais aucun ne lui arrivait à la cheville. A présent, il avait ôté sa veste de smoking et déboutonné le col de sa chemise, mais même ce léger laisser-aller ne diminuait en rien son charme. Au contraire. L'élégante virilité de Gabe s'accommodait de toutes les tenues. Et ses yeux sombres, profonds, pétillant d'humour brillaient d'un je-ne-sais-quoi d'agréablement sardonique qui vous faisait courir des frissons à fleur de peau.

Or ce regard, à l'instant, se trouvait être rivé sur elle.

— Tu me parais déjà un peu moins sur les nerfs, Rebecca. Je vais peut-être te laisser dormir maintenant ?

— Sous prétexte qu'il serait déjà 2 heures du matin ? Mauvaise idée. Je ne suis pas encore mûre pour aller me coucher.

D'un geste las, Rebecca se frotta les tempes. Comme Gabe ne répondait pas, elle enchaîna :

— Il ne nous reste plus beaucoup de temps devant nous, tu sais. Or qu'avons-nous obtenu de nouveau, de décisif ? Savoir que Tammy Diller a une sexualité relativement peu conventionnelle et qu'elle roule les gens dans la farine ne la désigne pas pour autant comme une meurtrière. Nous n'avons rien appris de plus sur ses liens avec Monica Malone. Et nous ne pouvons pas nous permettre d'attendre indéfiniment. C'est maintenant qu'il faut que j'aide mon frère.

— Rebecca... Cesse de te torturer l'esprit et écoute-moi, O.K ?

Gabe dévissa le bouchon de la flasque, renifla le contenu d'un air sceptique, puis versa un fond d'alcool dans chacun des verres.

— J'ai du monde à l'agence qui travaille sur cette affaire. Tammy n'est pas notre seule suspecte. Il y en a d'autres et nous multiplions les directions de recherche. Ta mère m'a fourni le nom d'une autre personne susceptible d'avoir été en bisbille avec Monica à l'époque des faits. J'ai aussitôt envoyé un de mes collaborateurs sur ses traces. Si je me suis moi-même chargé de Tammy, c'est simplement parce qu'elle me paraît être la candidate-meurtrière la plus vraisemblable. Cela dit, nous n'avons pas besoin de prouver qu'elle a tué Monica. Il suffirait de démontrer qu'elle était en conflit avec la vieille actrice pour qu'un doute s'instaure dans l'esprit des jurés. Ils ne pourront pas condamner Jake, faute de certitude.

Rebecca secoua la tête.

— Cela ne suffirait pas, Gabe. Mon frère n'est pas coupable et je veux que ça se sache. Pour cela, il faut que le véritable assassin soit épinglé et reconnu. C'est seulement s'il est lavé de tout soupçon que Jake pourra de nouveau marcher la tête haute. Et ça me rend folle de ne pas être en mesure de l'aider !

— Mais tu l'aides, Rebecca ! rétorqua Gabe calmement. Ce soir, nous avons obtenu l'essentiel : des informations sur ce que trame ce couple d'escrocs. Les voir en personne eût été gratifiant, mais cela ne nous aurait peut-être pas renseignés beaucoup plus. Nous savons désormais qu'ils lancent un soi-disant projet immobilier. Cela nous donne un prétexte rêvé pour les aborder. Il ne faut surtout pas sous-estimer ce que nous avons accompli ce soir : nous savons où les trouver et sous quel prétexte les aborder. C'est déjà énorme.

Avec un profond soupir, Rebecca se renversa contre le dossier de son fauteuil et prit une gorgée de scotch. Le goût corsé lui fit faire la grimace, mais l'alcool lui apporta une sensation immédiate de chaleur et de détente. Son désir d'aider Jake restait le même mais la calme assurance de Gabe lui redonnait confiance. Même s'il avait ses doutes sur l'innocence de son frère, cet homme était solide comme un roc et il ferait son travail jusqu'au bout, qu'il pleuve, qu'il vente ou que la terre se mette à trembler.

— Tu sais quoi ? murmura-t-elle. Nous avons effective-ment fait du bon boulot ensemble, ce soir.

Alerté par le son radouci de sa voix, Gabe lui jeta un bref regard en coin. Il marmonna un vague acquiescement mais elle le sentit sur la défensive. Apparemment pressé de changer de sujet, il regarda autour de lui.

— La chambre est correcte mais pas terrible. J'imagine que cela te change pas mal de ton cadre habituel.

Une image de sa maison s'imposa à l'esprit de Rebecca. Elle sourit.

— Chez moi, c'est très différent, en effet. Le plus clair de mon temps, je le passe dans mon bureau. Un vrai chantier ! Des piles de livres, de magazines, un fouillis incroyable de documents encombrent ma table de travail. Les murs, eux, sont recouverts d'une série de tableaux peints sur le thème de don Quichotte. J'ai un faible pour ce personnage : il échoue toujours mais ne renonce jamais. Mes meubles, je les ai trouvés dans le grenier de maman. Ils forment un mélange invraisemblable de styles et d'époques. Mais ça me va comme ça. La salle de bains t'horrifierait sûrement. Elle est très zen dans sa conception, mais comme je reçois d'office toute la gamme de Fortune Cosmetics en avant-première, mes étagères sont envahies par des pots, des flacons, des tubes et des pinceaux. Dans l'ensemble, c'est un joyeux foutoir sur-encombré, et sûrement beaucoup trop féminin à tes yeux. Avec, malgré tout, une pièce supplémentaire très bien rangée qui ferait une chambre d'enfants idéale...

En entendant le mot « enfants », Gabe se déroba comme s'il s'agissait d'une maladie contagieuse.

— Je suis étonné que ta mère n'ait pas essayé de te convaincre de rester vivre avec elle. Ce n'est pas la place qui manque, dans sa propriété du lac Travis.

Rebecca secoua la tête.

— Ma mère est bien trop avisée pour me demander une chose pareille. Nous savons l'une et l'autre que ce n'est pas facile pour deux femmes adultes de vivre sous le même toit sans se marcher mutuellement sur les pieds. Maman me rappelle régulièrement qu'il y a un minimum de règles de sécurité à respecter lorsqu'on s'appelle Fortune. Mais elle a tort de s'inquiéter. Les mesures de précaution de base, je les ai intégrées depuis l'enfance. Quoi qu'il en soit, j'adore ma mère et je la vois régulièrement. Mais mon indépendance est sacrée. J'ai mon travail, ma vie, ma maison. Je ne me vois vraiment pas vivre chez mes parents à mon âge ! Mais toi, Gabe, à quoi ressemble ton chez-toi ?

— Oh, c'est un appartement. Quatre murs et un toit. Tout le confort nécessaire. Mais pour le reste... je n'ai jamais pris le temps d'acheter des plantes vertes ou de m'occuper de décoration. En fait, je passe l'essentiel de mon temps à l'agence. J'ai même fini par y installer un canapé-lit il y a quatre ans. Camper sur place me facilite l'existence.

Rebecca n'avait aucun mal à imaginer l'appartement de Gabe. Fonctionnel, sobre et sans vie. Comment tirer le moindre réconfort d'un lieu pareil ?

Elle pencha la tête sur le côté et l'observa avec attention.

— Tu sais, Gabe, j'avais une opinion de toi très négative au début. Je te considérais comme quelqu'un d'insupportablement dominateur, macho et méprisant. Mais j'avais tort.

— Euh... merci, s'il s'agit d'un compliment.

— Tu as un sens très fort des responsabilités, poursuivit-elle. Mais cela ne relève d'aucun autoritarisme. En fait, tu es essentiellement protecteur.

— Ça va durer encore longtemps, cette analyse de caractère ?

Rebecca sourit.

— Je m'arrête là, c'est promis. A condition que tu me confies d'où te vient ce besoin de prendre les autres en charge...

— Quelle importance ?

— Si tu me réponds, je ne te harcèlerai plus avec mes questions.

— Ah non ? Inutile d'essayer de m'appâter avec ces promesses de Gascon, bébé. Tu seras curieuse jusqu'à ton dernier soupir.

Le regard rivé sur son visage, Gabe se tut un instant. Puis, au grand étonnement de Rebecca, il lui fournit malgré tout une explication :

— Il est possible que j'aie un côté protecteur, en effet. Je pense que ça vient du sentiment d'impuissance que j'ai traîné toute mon enfance. Mes parents s'entre-déchiraient en permanence et j'avais beau essayer de calmer le jeu, mes interventions restaient sans effet. Quant au quartier dans lequel nous vivions, tu devines sans peine à quoi il pouvait ressembler... Chaque jour apportait son lot de drames. Et je ne pouvais rien faire, là encore, comme si tous ces destins saccagés avaient été tracésd'avance : drogues, viol, incestes et j'en passe. J'ai vu des amis mourir d'overdose, des filles qui avaient été mes camarades de classe se vendre à un coin de trottoir pour quelques dollars... Et je n'ai jamais pu leur être d'aucun secours.

Attentive à la moindre parole de Gabe, Rebecca entendait le contenu explicite, mais également le message implicite que sous-tendait cette confidence. Comme chaque fois qu'il s'ouvrait à elle, Gabe mettait l'accent sur le gouffre qui séparait leurs deux mondes. Calmement, méticuleusement, il lui signifiait qu'ils n'étaient pas faits l'un pour l'autre.

— C'est ce sentiment d'impuissance qui t'a décidé à t'engager dans l'armée ?

— L'armée a été mon ticket de sortie de l'enfer. Au sein

149

des Forces Spéciales, j'ai eu plus d'une fois l'occasion d'assurer la protection des hommes qui étaient sous mes ordres. L'honneur, le sens des responsabilités et du devoir étaient des valeurs admises et respectées. Elles n'ont rien perdu de leur attrait pour moi, mais c'est moi qui ai perdu de mon attrait pour elles : les Forces Spéciales requièrent une énergie et des réflexes de jeune homme. Enchaîner sur un travail de détective privé m'a paru être un parcours cohérent.

— Tu as continué à promouvoir le respect de la loi, observa Rebecca pensivement. Ton travail te permet d'agir sur ton environnement. Tu remets de l'ordre, en somme.

— Je ne pense pas que l'ordre et la loi soient ta tasse de thé, bébé. Mes choix de vie doivent te paraître assez ternes.

— Tes choix de vie me paraissent judicieux pour quelqu'un qui a longtemps souffert de voir le monde marcher de travers. Il est vrai que, contrairement à toi, j'ai eu une existence très protégée, Gabe. Mais la drogue, la délinquance et le suicide ne sont pas l'apanage des quartiers dits « difficiles ». J'ai vu sombrer des personnes de mon entourage, moi aussi.

Gabe détourna les yeux. Rebecca avait vu son regard se hasarder sur ses jambes, esquiver son décolleté puis fuir devant la sollicitude qu'il devait lire sur ses traits. Qu'il lui ait dit la vérité, elle n'en doutait pas. Gabe était quelqu'un de fondamentalement droit et honnête. Mais son petit discours n'en était pas moins destiné à la maintenir à distance.

Protecteur envers et contre tout, sir Gabriel Devereax la mettait en garde : « Attention, Danger ! Incompatibilités de milieux et de caractères. »

Les dangers, elle en avait conscience autant que lui. Tomber amoureuse d'un homme pour qui la famille était un pensum et l'amour un leurre ne pouvait la mener qu'à une impasse. Mais le fait de connaître les risques ne changeait rien à ce qu'elle éprouvait...

150

— Chacun a sa croix à porter, commenta Gabe. J'imagine que la vie au sein du clan Fortune n'a pas toujours dû être simple non plus.

— Simple, non. Mais je n'ai jamais été privée d'amour.

— Et voilà, le grand mot est lâché : l'Amour ! C'est ce que j'appelle un concept-poubelle. On range tout et n'importe quoi sous ce terme.

En d'autres circonstances, Rebecca aurait réagi au quart de tour, et serait partie dans un débat enflammé. Gabe s'était toujours plu à la titiller dans ses convictions. Et il ne lui déplaisait pas de croiser le fer avec lui, d'ailleurs. Mais il n'était pas interdit, de temps à autre, de changer d'angle d'attaque...

— Non, dit-il lorsqu'elle posa les bras sur ses accoudoirs.

Comme il se méfiait ! Elle n'avait rien fait d'autre, pour le moment, que se redresser...

— Cela nous a détendus de bavarder un moment. Maintenant, après ce « dernier verre pour la route », je crois que je vais reprendre le chemin de ma propre chambre, annonça Gabe.

Mais elle, devançant son geste, s'installa sur ses genoux avant qu'il ait eu le temps de se lever. Gabe soupira, sans pour autant tenter de la repousser.

— Ce n'est pas malin ce que tu fais là, bébé.

— Je sais.

— Jusqu'à présent, on maîtrisait plutôt bien la situation, tous les deux.

— Je sais.

— Lorsqu'il y a attirance physique dans des situations d'incompatibilité comme la nôtre, il n'existe qu'une politique valable : faire comme si de rien n'était et attendre que ça passe.

Rebecca posa la joue contre son épaule.

— En théorie, c'est très bien, mais si tu veux mon avis, ça ne marche pas comme ça, Gabe. Ce courant électrique entre nous, il grésille et fait des flammes. Pour moi en tout cas. Et j'aimerais bien comprendre ce qu'il recouvre. Comment se fait-il que je ressente ça avec toi ? Et pourquoi pas avec d'autres ? Qu'y a-t-il donc de si particulier entre toi et moi pour que ça fasse des gerbes d'étincelles, de plus en plus lumineuses, de plus en plus hautes ? Les questions sans réponse, ce n'est vraiment pas mon truc, Gabe. J'ai besoin de comprendre.

— C'est une très mauvaise excuse pour rester assise sur mes genoux, bébé.

— Alors vire-moi de là, suggéra-t-elle aimablement.

Mais Gabe n'en fit rien.

8.

Non seulement Gabe ne repoussa pas Rebecca, mais il l'attira dans ses bras. Avec un rien de sauvagerie, même, comme s'il cédait à un élan incontrôlé. Tandis que d'une main il lui enserrait la taille, il lui attrapa les cheveux de l'autre afin de l'immobiliser dans son étreinte. Immobile, elle l'était, pourtant. Et certainement pas sur le point de prendre la fuite ! Gabe s'empara de sa bouche dans un élan possessif, écrasant ses lèvres sous les siennes. Le cœur battant, elle accueillit un baiser dont l'intensité même était comme un aveu de solitude éperdue...

Une digue semblait céder en Gabe, libérant un flot d'aspirations contenues, d'émotions réprimées, de demandes d'amour trop longtemps tues. De tous les baisers qu'elle avait réussi à lui voler, celui-ci était de loin le plus libre, le plus enfiévré. Et le plus exigeant aussi. Rebecca en avait des palpitations. Qu'avait-elle déclenché en se perchant inconsidérément sur ses genoux ? S'ils s'embrassaient à pleine bouche à 2 heures du matin dans l'intimité de sa chambre, ce n'était pas du fait de Gabe. Lui avait toujours préconisé la prudence. Lui avait toujours réussi à garder ses distances avec elle.

En le provoquant comme elle venait de le faire, s'était-elle comportée comme la dernière des inconscientes ?

153

Possible. Et néanmoins, Rebecca se sentait en parfait accord avec elle-même, avec le monde, avec Gabe. La logique voulait qu'elle ait tort. Mais quelle importance puisque son cœur lui donnait raison ?

Le premier baiser, à peine terminé, donna lieu à un second à côté duquel le précédent parut presque sage... Rebecca ne voyait plus rien, n'entendait plus rien que le furieux ressac du sang pulsé dans ses veines. L'univers n'était plus que chaleur blanche, aveuglante, matière en fusion.

C'était lui, lui, lui. Gabe. Lui. Comme une destination promise. Comme le sens même des choses et du monde...

Elle sentit sa main glisser sur sa joue, tracer l'arc frémissant de son cou, poursuivre son chemin sur une épaule, écartant une bride de sa robe au passage. D'instinct, elle renversa la tête dans la nuque. Ce furent alors les lèvres de Gabe qui entrèrent en action. Empruntant la voie que ses doigts avaient déjà explorée, il la couvrit de baisers, la goûtant de ses dents, de sa langue, d'une bouche devenue gourmande, sous laquelle sa peau semblait fondre et s'enflammer tour à tour.

Baisers humides. Baisers brûlants. Baisers qui, inexorablement, s'acheminaient vers son sein gauche, exposé et vulnérable...

Gabe était un homme correct. Plus que correct même. Rebecca le considérait désormais comme un des êtres les plus scrupuleux, les plus consciencieux que cette terre ait jamais portée. Mais ce soir, correction, scrupules et conscience semblaient avoir été relégués aux oubliettes.

Les lèvres de Gabe trouvèrent l'arrondi de sa poitrine, cherchèrent la pointe grenue. La respiration de Rebecca se fit plus rapide, plus superficielle, plus bruyante. Son pouls se précipitait. Quelle que soit la position qu'elle adoptait sur ses genoux, elle sentait l'érection de Gabe, comme une mise en garde, un signal. N'était-ce pas un appel à ralentir cette course folle, à se ressaisir pour réfléchir posément ?

Mais Rebecca ne se sentait ni posée ni réfléchie. De tout son être, elle aspirait à appartenir à Gabe, comme elle n'avait encore appartenu à aucun homme. C'était la première fois qu'elle ressentait un désir aussi intense, aussi lumineux — un désir au goût de certitude.

Elle défit un bouton de la chemise de Gabe et glissa une main sur sa poitrine. Sa peau était si brûlante qu'il semblait consumé par la fièvre. Les yeux clos, elle se pencha pour presser ses lèvres sous le lin blanc. L'odeur de Gabe la grisa — senteurs de musc et de savon de toilette mêlées à celle de son excitation.

Tel un homme qui aurait vécu trop longtemps dans le noir, il paraissait ébloui. Ebloui par le contact, la chaleur, par cette rencontre peau à peau. Gabe la touchait comme s'il voulait se persuader qu'il ne rêvait pas, que la solitude n'était pas nécessairement son lot. Ses yeux sombres brillaient de désir ; il la caressait avec ferveur, pétrissait son corps, semblait puiser en elle des trésors de lumière. Dix fois, cent fois, il chuchota son nom, comme si elle était la clé qui ouvrirait sa prison, le soleil qui dissiperait ses ténèbres.

A ses appels, Rebecca répondait par un élan de tout son être. Un élan si spontané qu'elle s'abandonna tout à fait. Jamais, elle ne s'était montrée ainsi, dans la nudité de son désir, dans la vérité sans fard de la passion. Sans doute péchait-elle même par un excès d'exubérance. Elle attira avec violence le visage de Gabe contre le sien pour un nouveau baiser. Elle se débattait dans ses bras, encombrée par ses coudes, ses genoux qui l'empêchaient de se serrer contre lui aussi étroitement qu'elle l'aurait voulu. Lorsqu'elle le heurtait par mégarde, une lueur d'humour traversait les yeux de Gabe. Mais, dans son regard, elle lisait avant tout une tension, un désir éperdu.

Il respirait aussi vite, aussi bruyamment qu'elle, à présent. Sa main allait et venait sur ses mollets, s'attardait au creux de ses genoux, sinuait le long de ses cuisses. Rebecca retint son souffle. Elle avait le sentiment de sombrer en douceur, de tomber lentement dans une opacité noire et veloutée. Gabe releva sa robe pour caresser ses hanches. Il laissa ensuite échapper un son de gorge et ferma les paupières.

— Becca..., murmura-t-il d'une voix rauque.

C'est à cet instant précis que le téléphone sonna.

Dans un sursaut, Rebecca souleva les paupières et se demanda un instant où elle était. Il lui fallut quelques secondes pour rassembler ses esprits, comprendre qu'ils se trouvaient dans une chambre d'hôtel pourvue d'un minimum de commodités modernes — autrement dit d'un téléphone situé à une distance effarante, loin, loin de l'autre côté du lit.

Comme elle le contemplait d'un œil égaré, Gabe la saisit par la taille et la mit sur pied d'autorité.

— En d'autres circonstances, je t'aurais suggéré de débrancher ce maudit appareil, bébé. Mais je pense que si quelqu'un se permet d'appeler à une heure pareille, ce n'est sans doute pas sans raisons sérieuses. Il vaudrait mieux que tu décroches.

Rebecca hocha la tête. Dans son esprit embrumé, le même raisonnement était en cours de formation, même si elle réagissait deux fois moins vite que Gabe. Les jambes en coton, elle contourna le lit et porta le combiné à son oreille.

— Allô ?

— Rebecca Fortune ? s'enquit une voix féminine.

— Oui, c'est moi.

Rebecca ne reconnaissait pas le timbre de son interlocutrice. Mais dans l'état où elle était, elle n'aurait sans doute même pas su identifier sa propre mère. Dans sa tête régnait le chaos et son cœur était en effervescence. Le sang bourdonnait toujours à ses oreilles; sa peau restait parcourue de frissons et elle ne pouvait penser à rien d'autre qu'aux mains de Gabe sur son corps, à ses lèvres sur ses seins, la pression de son sexe contre son ventre.

— Ici Tammy Diller.

Rebecca tressaillit. Un peu plus tôt, elle était prête à croire que seul un boulet de canon pourrait l'arracher à l'état de transe sexuelle dans lequel elle était plongée. Mais les quatre syllabes du nom décliné par son interlocutrice suffirent à produire l'effet voulu. Soufflée, elle tomba assise sur le lit et prit une profonde inspiration.

— Tammy Diller? Oui, bien sûr. Je vous écoute.

— Non, déclara Gabe fermement. Non, non et non. Il est hors de question que tu ailles au rendez-vous que t'a fixé cette femme, Rebecca. Je t'interdis formellement de prendre un risque pareil, tu m'entends? Ce serait suicidaire!

— Calme-toi, Devereax, O.K.? Je ne fais pas ça pour mon plaisir mais parce que je n'ai pas le choix. C'est ainsi et pas autrement. Je considère que la discussion est close.

Les mâchoires de Gabe se crispèrent.

— Tu as raison. Ne discutons plus. Si tu veux rejoindre Tammy Diller, il faudra passer sur mon cadavre. Point final.

Plus surexcitée que jamais, malgré l'heure tardive, Rebecca bondit sur ses pieds.

— Je me demande comment elle m'a repérée, au fait ! s'exclama-t-elle, sautant une fois de plus du coq à l'âne.

— Comment elle t'a repérée ? Tu n'es pas descendue dans cet hôtel en donnant un faux nom, que je sache. Et tu as questionné beaucoup de monde à son sujet, ces deux derniers jours. Non seulement elle a réussi à remonter jusqu'à toi mais, en plus, elle semble singulièrement pressée de te rencontrer. Je vais te dire une chose, bébé : il est temps que tu disparaisses d'ici. Et sans traîner. Je veux que tu élises domicile chez ta mère quelques jours. Juste le temps que je règle cette affaire. Après, tu feras ce que bon te semble. Cours la jungle, s'il le faut ; installe-toi en Papouasie, grimpe au sommet de l'Everest sans oxygène ! Mais demain, par pitié, rentre à Minneapolis et n'en bouge plus !

Rebecca l'interrompit d'un geste large de la main.

— Tu te moques de moi, Devereax ! Il ne manquerait plus que je m'en aille d'ici juste au moment où nous touchons enfin au but.

— Je te conduis tout de suite à l'aéroport, décréta Gabe en arpentant la chambre.

Rebecca soupira et lui posa une main conciliante sur le bras.

— Je comprends que la situation t'inquiète. Et je ne prétends pas être rassurée non plus. Mais c'est la première fois que j'ai la possibilité concrète de porter secours à mon frère. Je ne peux pas reculer maintenant.

Sa voix était si calme, si douce, si déterminée que Gabe lui aurait tordu le cou avec le plus grand plaisir. La chambre d'hôtel étant exiguë, il l'arpentait d'un côté du lit pendant qu'elle faisait les cent pas de l'autre. Chaque fois qu'ils se croisaient, ils se foudroyaient du regard. Gabe se demanda comment ils avaient pu en arriver là. De sa vie, il ne s'était disputé avec une femme. C'était

158

contraire à ses principes les plus élémentaires de hausser le ton en présence féminine.

Dévoré par le remords, il examina Rebecca du coin de l'œil. Qu'il se soit mis en colère contre elle, passe encore. Elle était tellement infernale qu'il ne voyait guère comment se faire entendre autrement. Lui qui avait fait marcher au pas maintes brutes redoutables n'avait encore trouvé aucun moyen de se faire respecter par cette maudite rouquine. Rien n'arrêtait Rebecca ; rien ne l'effrayait. Ce qui était déjà en soi une preuve flagrante de son inconscience. N'ayant aucune notion du danger, elle devait être neutralisée à tout prix. Et tant pis si pour cela il devait forcer un peu la dose. Quitte à devenir méchant au cas où la nécessité s'en ferait sentir.

La culpabilité qui le rongeait avait d'autres causes, cependant. Une des bretelles de la robe de Rebecca pendait, arrachée. Ses cheveux fous formaient une masse encore plus indisciplinée qu'à l'ordinaire. Ses lèvres étaient rouges et gonflées par ses baisers. Partout, sa peau délicate portait les marques de ses dents, de sa bouche, de ses emportements sensuels.

Quant au lit qui séparait leurs deux trajectoires, il ne lui rappelait que trop qu'ils avaient été à deux doigts d'y passer la nuit ensemble. Inutile de se leurrer, d'ailleurs : son désir pour Rebecca ne s'était pas évanoui par miracle. Bien au contraire.

A la torture, Gabe se passa la main dans les cheveux. Non pas qu'il fût partisan d'une morale étroite et puritaine : faire l'amour avec une femme adulte et consentante était naturel à ses yeux. Mais lorsque la femme en question s'appelait Rebecca Fortune et qu'elle rêvait de grand amour, de mariage et de famille nombreuse, les données du problème méritaient d'être reconsidérées...

Rebecca avait des buts parfaitement louables dans

l'existence mais il aurait beau faire, il ne serait jamais en mesure de les partager. Il n'était pas de l'étoffe dont on fait les bons pères de famille ni les maris dévoués. Voilà pourquoi il avait toujours eu des partenaires dont les choix étaient compatibles avec les siens.

En tout cas, jamais, au grand jamais, ses compagnes occasionnelles ne se seraient permis d'intervenir dans sa vie professionnelle, et ce n'était pas aujourd'hui que ça allait changer !

— Ecoute, bébé, je ne comprends pas comment j'ai pu laisser la situation dégénérer à ce point. Te rends-tu compte, au moins, que Tammy connaît ton nom, ton adresse ici, et même ton numéro de chambre ? C'est de la folie furieuse.

— Mais enfin, Gabe, elle ne s'est pas montrée menaçante du tout, bien au contraire ! Je l'ai même trouvée plutôt sympathique. Elle s'est excusée d'appeler si tard, très poliment. Apparemment, plusieurs de ses amis lui ont rapporté que j'étais à sa recherche. Elle m'a fait part de son étonnement car elle affirme n'avoir jamais entendu parler de moi. Mais elle m'a dit que si je tenais à la rencontrer, elle n'avait aucune d'objection. Et que demain, elle avait du temps libre, si je désirais m'entretenir avec elle. C'est plutôt sympa de sa part, non ?

Gabe leva les yeux au ciel.

— Ne te fais pas plus crédule que tu ne l'es, veux-tu ! Tammy n'est pas stupide. Tu penses bien qu'elle a tout intérêt à endormir ta méfiance au téléphone.

— Mais je tiens à la voir, bon sang ! A lui parler ! Tu ne voulais tout de même pas que je lui dise non, alors qu'elle m'ouvre grand les bras.

— Elle t'ouvre les bras, oui. Et toi, naïve, tu cours t'y jeter tout droit ! Si, encore, elle t'avait proposé une rencontre ici, à Las Vegas ! Mais comme par hasard, elle te

160

convoque dans un lieu particulièrement isolé : Red Rock Canyon. Je te signale, au cas où tu ne l'aurais pas remarqué, que Tammy est citadine jusqu'au bout des ongles. Elle n'a rien d'une adoratrice de la nature. Si elle t'attire dans un coin désert, ce n'est pas pour que vous vous promeniez ensemble en vous extasiant sur les beautés du paysage.

Rebecca écarta les bras en signe d'ignorance.

— Nous n'avons pas la moindre idée de ce que nous veut Tammy, Gabe. Et nous ne le saurons que lorsque j'aurai eu le temps de bavarder tranquillement avec elle.

— Je t'ai déjà dit qu'il était hors de question que tu la voies seule, merde ! Il faut que je te le traduise en quelle langue ?

— Gabe, c'est moi qu'elle souhaite rencontrer. Pas toi. Et maintenant, cesse de raisonner en termes de sécurité et de protection, pour changer, et songe qu'il faut que je me rende seule à ce rendez-vous avec Tammy. Entre femmes, il y a toujours moyen de se parler. Elle doit être de cet avis puisqu'elle se montre disposée à me rencontrer. Une fois que nous serons face à face, je pourrai me faire une idée du personnage. Ses expressions, le ton de sa voix m'indiqueront si elle dit la vérité ou non. Alors qu'en ta présence, je ne parviendrai pas à la mettre en confiance, gueule d'amour. Tu as beau être un garçon charmant, tu jetterais un froid. Tu n'imagines pas comme tu peux être sec et intimidant quand tu t'y mets. Sans compter que tu manques de subtilité, à tes heures...

— Tu sais ce qu'elle te dit, ma « subtilité », Rebecca ? C'est de sécurité que je me soucie, en l'occurrence.

Elle eut le toupet de lui adresser un sourire malicieux.

— Je maintiens mes positions, Gabriel Devereax.

— Rebecca, ce projet ne me dit rien qui vaille. Ça sent le coup fourré à plein nez !

— Je sais.

— Tu te jettes délibérément dans la gueule du loup !

— Et alors ? Tu crois que Tammy me mangera toute crue ?

Que répondre à des arguments pareils ? Conscient qu'elle resterait à jamais réfractaire à toute logique, Gabe finit par céder — en partie et seulement parce que Rebecca ne lui laissait pas le choix. Il aurait pu mandater Kate d'urgence et la sommer de boucler sa fille dans un couvent sur l'heure. Mais toute maîtresse-femme qu'elle était, la puissante matriarche n'avait apparemment aucun pouvoir sur sa plus jeune fille. Personne ne semblait avoir d'autorité sur Rebecca, au demeurant. Miss Cauchemar Ambulant n'en faisait qu'à sa tête. Elle lui avait été envoyée tout exprès par quelque divinité malveillante pour lui donner un ulcère.

Il aurait pu la traîner de force à l'aéroport, bien sûr. Mais connaissant Rebecca, elle trouverait le moyen de faire un scandale. Ou de détourner l'avion pour se rendre à son rendez-vous quand même. Non, la meilleure solution avec Rebecca, c'était encore de la laisser agir à sa guise tout en veillant à ne pas la perdre des yeux une seule seconde. Il lui fixa des règles très précises : elle se rendrait à l'endroit convenu après que lui-même se serait déjà rendu sur place. Elle aurait pour mission d'écouter Tammy, de lui donner la réplique s'il le fallait, mais de ne parler en aucun cas du meurtre ni de Monica. Si Tammy lui demandait pour quelle raison Rebecca tenait à la rencontrer, elle pourrait inventer une histoire de son choix. Mais elle ne devrait surtout pas laisser entendre à Tammy qu'ils la soupçonnaient de quoi que ce soit.

Rebecca se plia sans protester à toutes ces conditions. Pour une fois, elle ne trouvait rien à redire et se contentait de hocher docilement la tête tout en bâillant à s'en décrocher la mâchoire.

— Je tombe de sommeil, finit-elle par admettre en s'affalant dans un fauteuil. C'est épuisant de se disputer avec toi, mon chou. Tu as vu l'heure, au fait ?

Gabe regarda sa montre, soupira et récupéra sa veste de smoking.

— La nuit promet d'être courte, en effet. Nous reparlerons de tout cela demain matin, O.K. ? Puisque le rendez-vous est à 14 heures, retrouvons-nous vers 11 heures au restaurant de l'hôtel. Nous avancerons l'heure du déjeuner pour l'occasion.

Rebecca bâilla si fort qu'elle en eut des larmes aux yeux.

— Déjeuner ? Quel déjeuner ? Pour moi, ce sera un petit déjeuner, en l'occurrence.

— Tu as raison, déclara Gabe. Dors tout ton soûl. Une grasse matinée te fera du bien.

Lui-même, en revanche, ne s'octroierait qu'une ou deux heures de sommeil tout au plus. Puis il louerait une voiture et partirait en reconnaissance à Red Rock Canyon. Tout en dressant mentalement la liste des mesures à prendre pour le lendemain, il se dirigea à grands pas vers la porte. A la dernière seconde, toutefois, il se retourna.

— Bébé ?

Il n'avait pas une idée très précise de ce qu'il voulait lui dire ; pourtant, quitter la chambre sans un mot était au-dessus de ses forces. Certes, l'appel téléphonique de Tammy avait calmé leurs ardeurs aussi sûrement qu'un bain dans l'océan Arctique, mais ce qui s'était passé entre eux ne tomberait pas dans l'oubli pour autant. S'il voulait éviter des malentendus pénibles, il avait tout intérêt à clarifier ses positions dès maintenant.

Rebecca lui adressa un sourire suave.

— Oui ? Tu comptes t'excuser parce que nous avons failli faire l'amour tout à l'heure ?

— M'excuser, non ! Ou du moins... si, je crois que je te dois des excuses, malgré tout, admit-il, vaguement penaud.

— Pourquoi ? C'est moi qui ai commencé, non ? murmura-t-elle en se passant une main lasse sur le visage. Et dire que je suis censée ne penser qu'à mon frère ! C'est pour lui que je suis ici et rien ne devrait me distraire du but que je me suis fixé. Lorsque Tammy a appelé, j'avais le cerveau au point mort. Tu ne peux pas savoir comme je m'en veux, Gabe. J'aurais dû être en pleine possession de mes moyens, bon sang !

Gabe secoua la tête.

— Déculpabilise-toi, je t'en prie. Ton frère relève de ma responsabilité, pas de la tienne. Je veux bien croire que tu es très motivée, du fait de ton affection pour lui, mais avoue que tu navigues à vue dans des eaux nettement plus houleuses que celles où tu mènes ta barque d'ordinaire. Sans compter que tu es ravagée par l'inquiétude à cause de ton frère. Tout se conjugue pour te déstabiliser, Rebecca. Alors arrête de te jeter la pierre. Tu ne savais sans doute même pas ce que tu faisais lorsque tu es venue t'installer sur mes genoux.

Elle soutint son regard sans broncher.

— Je savais ce que je faisais, rassure-toi. Je ne regrette pas d'être tombée dans tes bras, Gabe. Ce n'était simplement ni le lieu ni l'heure. Pour le reste... j'assume ce que je ressens pour toi.

Gabe prit une profonde inspiration.

— Justement. J'aimerais autant que nous calmions le jeu tout de suite, Rebecca. Lorsque tu seras de retour chez toi et que tu auras retrouvé des conditions de vie normales, tu recommenceras à rêver d'une maison à la campagne avec une balançoire et un bac à sable dans le jardin. Tu fantasmeras de nouveau sur une nombreuse progéniture — et sur le mari qui va avec. Mieux vaudrait ne pas l'oublier, tu ne crois pas?

Rebecca ouvrit la bouche pour répondre, puis la referma sans avoir articulé une syllabe. Il vit la souffrance qui marquait le pli de ses lèvres, la soudaine vulnérabilité qui adoucissait ses traits, l'espoir déçu qui ternissait l'éclat de ses yeux. La tête légèrement rentrée dans les épaules, il quitta la chambre sans un mot.

Le couloir était désert. Si profond était le silence qu'il lui sembla entendre les battements sourds de son cœur. Mais quoi? Il avait été honnête avec elle, bon sang! Son but n'avait jamais été de lui faire mal. Rebecca était une rêveuse, une collectionneuse d'illusions. Ce serait criminel de sa part de lui laisser croire qu'il était le compagnon élu qu'elle attendait depuis toujours. Et pour dissiper tout malentendu, il avait dû recourir à une franchise qui frisait la brutalité. C'était inévitable, non? Alors pourquoi ce nœud qui se formait dans sa poitrine?

Pourquoi? Parce que s'il y avait une femme au monde avec qui il pouvait être tenté de croire à la lune, c'était bien Rebecca. Il n'était pas amoureux d'elle à proprement parler, bien sûr. Mais il était indéniablement attiré. Il y avait même des traits de sa personnalité auxquels il était tout spécialement attaché. Il voulait qu'elle puisse rester elle-même : ridiculement altruiste, incurablement rêveuse, délicieusement franche et désinhibée.

Mais pour que Rebecca demeure Rebecca, il lui fallait à tout prix la préserver. Pas d'un danger extérieur, non. Mais de lui-même...

Le poignard avait toujours été une des armes favorites de Rebecca. Il lui était arrivé d'empoisonner certains de ses personnages et, naturellement, elle avait eu recours

165

aussi aux armes à feu. Deux de ses victimes avaient péri noyées et elle n'avait pas hésité à en pousser une autre du haut d'une falaise. Mais dans le livre encore inachevé qui l'attendait chez elle, le meurtrier qui se glissait de nuit dans les chambres des femmes seules ne tuait jamais autrement qu'à l'aide d'un élégant petit poignard en argent.

Rebecca se souvint d'un critique littéraire qui avait salué la publication de son dernier roman en louant son imagination « délicieusement cruelle ». Cruelle, oui… mais seulement dans un univers de fantaisie. Dans la vraie vie, elle souffrait des affres du remords chaque fois qu'elle écrasait un moustique ! Et elle n'avait jamais eu l'ombre d'une envie de rencontrer un véritable assassin — potentiel ou non.

Elle finit de boutonner sa chemise beige style safari et la glissa dans un pantalon de marche kaki. Autant le reconnaître : elle n'en menait pas large. C'était la troisième tenue qu'elle essayait, et sa valise n'en comportait pas d'autre. Dire qu'après avoir passé des heures à se mettre dans la peau des personnages les plus pervers, elle n'était même pas fichue de trouver l'accoutrement adéquat pour rencontrer une meurtrière en chair et en os !

Un soleil joyeux entrait à flots par la fenêtre de la chambre. Pourtant, les bras de Rebecca étaient couverts de chair de poule. Réprimant un frisson, elle prit sa brosse, se planta devant le miroir et constata que ses cheveux formaient une masse résolument rebelle. Elle ne s'en émut pas outre mesure : c'était tous les jours la même chose, de toute façon. Elle aurait pu tenter de les discipliner à l'aide de pinces et de barrettes. Mais c'était là un combat perdu d'avance. La solution la plus simple consistait à les laisser onduler à leur guise.

« Ressaisis-toi, Rebecca Fortune ! » s'admonesta-t-elle

166

en adressant une grimace à son reflet. Après tout, il n'était pas prouvé que Tammy Diller ait tué qui que ce soit à coups de couteau. Aucune trace de son passage n'avait été retrouvée chez Monica. Quant à la lettre dissimulée dans la boîte à bijoux, elle attestait que les deux femmes se connaissaient. Mais elle ne contenait aucune ligne, aucune phrase qui désignât expressément Tammy Diller comme la coupable.

Rebecca se mordilla nerveusement la lèvre. Alors pourquoi son intuition lui soufflait-elle que Tammy était bel et bien l'assassin de Monica ? Pourquoi cette impression vague qui la titillait depuis le début ? Ce lien qu'elle pressentait entre Tammy et sa famille ? Se faisait-elle des idées ? Comme Gabe ne manquait jamais de le lui rappeler, les auteurs de romans policiers avaient une imagination débordante...

Oui, peut-être se trompait-elle, après tout. D'ailleurs, si Gabe avait réellement cru Tammy Diller coupable, il se serait arrangé pour l'empêcher d'aller à ce rendez-vous, non ? Pour lui, cette femme n'était rien de plus qu'une intrigante avec quelques vilaines entourloupes sur la conscience. Tout ce que Gabe voyait en elle, au fond, c'était un autre suspect possible. Un bouc émissaire comme un autre sur lequel reporter les soupçons des jurés afin de sauver la peau de Jake.

Car Gabe, pas plus que les autres, ne croyait à l'innocence de son frère. Seuls les membres de la famille Fortune savaient, tout comme elle, que Jake n'avait pas accompli ce crime. Mais ils laissaient à ses avocats et à son détective le soin de le défendre. Elle était la seule à estimer qu'un investissement personnel s'imposait.

L'idée que son frère ait pu commettre un assassinat était pour Rebecca un non-sens à tous points de vue. Il en était moralement, éthiquement et émotionnellement incapable. Mais si Jake n'avait pas frappé Monica, qui avait planté à plusieurs reprises le coupe-papier en argent dans la poitrine de l'actrice? Jusqu'à présent, les suspects n'étaient pas légion. Même Gabe n'avait cessé de l'affirmer : Tammy Diller figurait sur sa liste comme la seule piste vraiment intéressante.

Tammy Diller avec qui elle devait s'entretenir en tête à tête dans exactement trois heures...

Reposant sa brosse à cheveux, Rebecca se passa rapidement du rouge à lèvres, appliqua une touche de blush pour dissimuler sa pâleur, et enfila le bracelet porte-bonheur de sa mère. Aujourd'hui plus que jamais, ce talisman lui serait indispensable. Consultant sa montre, elle se demanda s'il lui restait assez de temps pour faire un crochet par les toilettes. Vu la houle qui se soulevait dans son estomac, ce ne serait peut-être pas une précaution inutile...

A cet instant précis, Gabe frappa à la porte de sa chambre avec exactement une minute d'avance. Sitôt le seuil franchi, il l'examina de la tête aux pieds, comme une mère inquiète inspectant sa progéniture.

— Ça va? Tu as assez dormi? Tu es certaine d'être en état d'y aller?

— Je suis en pleine forme, Gabe. Et impatiente de rencontrer notre amie Tammy.

Le plus incroyable, c'est qu'elle était sincère! La vue de Gabe avait instantanément calmé ses nausées. Mais si son estomac avait cessé de se rebeller, son cœur, lui, battait la chamade. Gabe avait troqué son smoking de la veille contre un jean, une simple chemise et un blouson d'aviateur. Elle soupira en l'examinant de la tête aux pieds.

Quelle que soit sa tenue, habillée ou décontractée, il avait toujours l'air tiré à quatre épingles alors qu'elle se sentait systématiquement débraillée à son côté. La chemise de Gabe ne semblait jamais sortir de son pantalon ; ses cheveux gardaient leur pli en toute circonstance ; ses joues étaient toujours rasées de près. Mais ses yeux, nota-t-elle soudain, le cœur battant, étaient cernés d'une ombre gris-bleu. Ainsi lui non plus n'avait pas oublié ce qui s'était passé entre eux la veille...

Depuis quelques jours déjà, l'idée qu'elle pourrait tomber amoureuse de Gabriel Devereax faisait son chemin dans l'esprit de Rebecca. A présent, ce qui n'avait été qu'une crainte devenait certitude. Qu'il y eût du désir entre eux, impossible de le nier. Il lui suffisait de penser à ce qui s'était passé quelques heures auparavant pour être aussitôt sujette à une tachycardie aggravée. Mais cette attirance physique à haut voltage n'était qu'un symptôme parmi d'autres de la maladie particulière qu'elle avait contractée. Gabe n'agissait pas que sur ses sens ; il lui troublait l'esprit, lui affectait le jugement et lui sciait les jambes. Cet homme impossible tenait tout simplement son cœur en otage.

— Au risque de me répéter, Rebecca : je ne suis pas tranquille du tout au sujet de ce rendez-vous. Je me demande si je dois t'autoriser à t'y rendre.

— Tu veux que je te donne un bon tuyau, gueule d'amour ? Raye les mots « permettre » et « autoriser » de ton vocabulaire lorsque tu t'adresses à une femme un tant soit peu émancipée. Ça t'évitera de prendre quelques claques retentissantes.

Les bras croisés, Gabe s'adossa au chambranle.

— Je ne te dis pas ça parce que tu es une femme. Ce n'est pas une question de sexe, en l'occurrence. L'humanité, vois-tu, bébé, se divise en trois catégories : les loups, les agneaux et les autres. Et toi, tu seras un agneau jusqu'à ton dernier soupir.

— C'est possible. Mais si tu prenais le temps de réfléchir, Gabe, tu admettrais que le fait d'être un agneau comporte de nombreux avantages. Personne ne se méfie d'eux, pour commencer.

Repérant son sac à main sur une chaise, Rebecca y glissa le petit papier avec les instructions données par Tammy au téléphone. Puis elle passa dignement devant Gabe et se dirigea tout droit vers l'ascenseur.

— Tu n'as aucun souci à te faire, Devereax, lui lança-t-elle par-dessus l'épaule. Car je vais te confier une chose : je suis la plus grande trouillarde que cette terre ait jamais portée. Si tu crois que je ferais quoi que ce soit pour pousser notre chère Mlle Diller à sortir son surin de son porte-jarretelles noir, tu te trompes. Je suis beaucoup trop lâche pour risquer ma vie.

Gabe ferma la chambre, donna un tour de clé et pressa le pas pour la rattraper.

— C'est convaincant comme une promesse de politicien, ce que tu me chantes là, bébé. Non seulement tu n'es pas lâche, mais depuis trois jours que je te vois en action, tu n'as pas cessé de te jeter systématiquement au-devant du danger. Cet après-midi, en revanche, il s'agira de ne prendre aucun risque, c'est clair ? Tu te souviens de notre discussion d'hier soir, au moins ? Si tu subodores la moindre embrouille, tu prends le large. Sans hésitation. Même si c'est une impression vague, une intuition, voire un malaise indéfinissable.

Rebecca ne put résister à la tentation de lui adresser le plus insolent des sourires.

— Gabe, Gabe, Gabe... Ne me dis pas que tu me conseilles de suivre mes intuitions, de me fier à mes instincts, d'obéir à mes impulsions ?

Il soupira bruyamment.

— Si tu commences sur ce ton avant le petit déjeuner,

170

je sens que ça va mal se terminer! Tu sais que tu es infernale, Rebecca?

Avec une rigueur quasi militaire, il lui fit réciter sa leçon au cours du bref repas qu'ils prirent ensemble, exigeant qu'elle récapitule chaque détail du plan mis au point la veille. Il ne consentit à la laisser en paix que lorsqu'il la jugea incollable sur les consignes.

Il avait même trouvé le moyen de se procurer une carte détaillée de Red Rock Canyon. Une fois qu'il l'eut étalée sur la table, il lui demanda de potasser le parcours qu'il avait tracé à l'aide d'un surligneur. Au lieu de dormir la nuit précédente, il était apparemment parti en reconnaissance et semblait avoir répertorié chaque recoin, chaque bout de rocher — chaque brin d'herbe.

Ayant vidé sa troisième tasse de café, il finit par lui placer une clé dans la main. Elle lui jeta un regard interrogateur.

— Qu'est-ce que c'est?

— Je t'ai loué une voiture. Une Mazda noire RX7.

Elle ouvrit de grands yeux.

— J'aurais pu me contenter d'un véhicule plus modeste.

— Je n'en doute pas. Mais si, d'aventure, tu dois prendre le large en cas de problème, tu apprécieras d'avoir un modèle qui réagit au quart de tour lorsque tu enfonceras la pédale d'accélérateur.

Jusque-là, Rebecca n'avait même pas tenté de placer un mot. Question organisation, Gabe était à son affaire. Et il avait un réel talent pour mettre un plan d'action au point. Mais lorsqu'il émit cette dernière remarque, ce fut plus fort qu'elle.

— Sache que je ne prends jamais le « large » en cas de problème, Gabe. Je peux avoir peur, je peux même en avoir la nausée; je peux m'y prendre de travers et saboter le travail. Mais fuir devant une difficulté, ça non, jamais!

9.

Quelque vingt kilomètres seulement séparaient Red Rock Canyon de Las Vegas. Et pourtant, Gabe avait l'impression d'être passé sur une autre planète. Strass, paillettes et enseignes au néon avaient peu à peu cédé la place au désert, puis à un paysage de montagnes arides, exhibant la hautaine splendeur de leurs flancs ocre. Entre la ville du jeu et la nature alentour, le contraste était total.

Qu'une virée dans les canyons puisse apporter une bouffée d'air pur au touriste lassé par la fièvre des casinos, Gabe voulait bien le croire. Mais lorsque la « touriste » en question s'appelait Tammy Diller, cette soudaine passion pour les coins de nature isolés laissait pour le moins sceptique. Etait-ce vraiment pour trouver un endroit calme qu'elle avait choisi de rencontrer Rebecca dans ce désert de pierre écrasé sous le soleil ? Gabe avait des doutes sur la question.

Il se tenait coi, respirant à peine. Tammy était arrivée en avance, au volant d'une Cadillac jaune pâle portant la marque d'une agence de location. Il avait eu amplement le temps de l'examiner sur toutes les coutures. Et le résultat de ses observations n'avait rien d'enthousiasmant...

Mlle Diller l'ignorait mais Gabe se trouvait juste au-dessus d'elle, couché à plat ventre sur la roche rugueuse et surchauffée. La position qu'il occupait était optimale. Non seulement il voyait tout ce qui se passait, mais il pourrait éventuellement capter des bribes de conversation — à condition que les deux femmes parlent suffisamment fort. Seul aspect négatif de la situation : il risquait de mourir grillé sur son pan de roche avant même que Tammy et Rebecca aient eu le temps d'échanger deux mots !

Tammy avait proposé à Rebecca de la retrouver dans une des ères de pique-nique du parc aménagé. Un choix *a priori* innocent dans la mesure où il s'agissait d'un lieu public, n'attirant en temps normal que d'inoffensifs promeneurs. Par un après-midi de semaine, cependant, sous un soleil de plomb réverbéré par la roche chauffée à blanc, l'air était à peine respirable. Rien ne bougeait à des lieues à la ronde : ni oiseaux, ni insectes, ni bestioles d'aucune sorte. Et encore moins d'êtres humains.

Pour un géologue, incontestablement, ce coin de désert montagneux devait tenir du paradis sur terre. A part les quelques peupliers d'Amérique, noueux et rabougris, qui apportaient leur ombre bienvenue aux tables de pique-nique, la végétation était rare pour ne pas dire inexistante. La beauté du paysage était purement minérale, dans ses configurations tourmentées, ses pics semblables à des flèches d'église dont les roses saumonés mêlés de nuances abricot se détachaient sur le gris dur des granits. Les parois du canyon devaient être riches en schistes car elles étaient striées de veines grenat. La grande diversité des matières et des couleurs faisait de ce paysage un lieu grandiose.

Mais Gabe n'était pas plus d'humeur à apprécier l'intérêt géologique du site qu'il ne se délectait de l'aride majesté des contours. La gorge sèche, les nerfs tendus, il

174

guettait les réactions de Tammy tout en surveillant les alentours, au cas où l'ami Dwayne déciderait de faire une apparition surprise... Du coin de l'œil, il voyait la gourde pleine couchée sur la roche à côté de lui. Inutile d'espérer en boire une gorgée, hélas. Le moindre son, même ténu, signalerait sa présence dans cette immensité déserte.

Plus le temps passait, plus l'isolement total du lieu lui donnait des sueurs d'angoisse. Pas une maison, pas une habitation en vue. L'endroit idéal pour opérer sans témoin...

Or la femme qui faisait les cent pas à ses pieds en fumant cigarette sur cigarette n'inspirait aucune confiance à Gabe. Tammy était arrivée vingt minutes avant l'heure fixée et il avait eu amplement le temps d'analyser ses gestes, son allure, son comportement — en bref, tout ce qui dans l'apparence d'une personne pouvait apporter des indications sur sa personnalité. Sa chevelure brune, savamment crantée et gonflée, bouffait autour de son visage et tombait jusque sur ses épaules. La coiffure était censée exprimer un certain raffinement. Mais aux yeux de Gabe, elle donnait surtout à Tammy l'air d'être ce qu'elle était : une femme facile.

Même chose pour son maquillage : trop de couleurs, trop de contrastes, trop d'épaisseur de fond de teint. Sans parler des cils collés par le mascara et de la triple couche de fard à paupières. Les jambes étaient longues et fines — rien à redire de ce point de vue. Tammy portait un chemisier sagement boutonné jusqu'au cou, qui dégoulinait littéralement sous la dentelle. C'était sans doute pour se donner un air inoffensif et digne de confiance qu'elle avait choisi cette tenue relativement pudique. Ses vêtements n'étaient pas bas de gamme; elle avait même dû y mettre le prix. Mais la façon dont Tammy les portait était éminemment vulgaire. Rien que la façon dont elle marchait en disait long sur ce qu'elle était. Cette femme, jugea Gabe, n'avait pas une once d'humanité. Elle était pourrie jusqu'à la moelle.

Il avait beau scruter, rien de ce qu'il voyait ne venait racheter cette impression négative. Le regard était froid et calculateur ; le visage, quoique attirant, trahissait une incontestable dureté intérieure. Avec cela, Tammy Diller était loin d'avoir l'esprit tranquille car elle sursautait au moindre bruit. Des bruits purement imaginaires, au demeurant, car le silence était total. Et Gabe veillait à se tenir aussi immobile que la roche alentour.

Tammy et lui perçurent en même temps le vrombissement d'un moteur : Rebecca arrivait à l'heure convenue. Les mâchoires crispées par la tension, Gabe garda les yeux rivés sur Tammy. Avec des gestes précipités, elle éteignit sa cigarette, cracha son chewing-gum, noua un grand foulard sur ses cheveux, chaussa des lunettes noires et peignit sur ses traits une expression sereine.

Rebecca gara la Mazda noire à côté de la Cadillac de Tammy, et descendit de voiture. Immobile sur son perchoir, Gabe lui adressa une mise en garde télépathique : « Pas d'improvisations, pas de prise de risque inutile. Tu te contentes d'appliquer notre plan à la lettre. Bavarde avec elle tant que tu voudras, mais par pitié ne prononce pas le nom de Monica. Demain tu pourras recommencer à te mettre dans les situations les plus follement périlleuses, mais pas aujourd'hui, d'accord ? »

— Mademoiselle Diller ?

Du coin de l'œil, il vit Rebecca se diriger vers la table de pique-nique. La fraîcheur de sa beauté prit Gabe aux tripes. Elle rayonnait d'un tel éclat que la vulgarité de Tammy en paraissait d'autant plus sinistre.

La main de Gabe se crispa soudain sur la crosse de son revolver. Rebecca venait de se raidir imperceptiblement à

176

l'approche de Tammy. Quelque chose n'allait pas, mais quoi ? La charmante Mlle Diller ne montrait pourtant *a priori* aucune intention agressive, et une personne moins avertie n'aurait sans doute rien remarqué. Mais il connaissait Rebecca, assez intimement même, et il avait noté immédiatement la tension des épaules et du visage, la soudaine artificialité de son sourire.

Gabe frémit. Tous ses signaux d'alerte viraient au rouge. Il avait fait des recherches sur son ordinateur tôt ce matin-là pour tenter d'en apprendre plus sur Tammy. Mais même si son équipe n'avait pas chômé, il n'avait rien trouvé de déterminant. Rien qui aurait pu justifier qu'il annule d'autorité ce rendez-vous insensé.

Une chose était certaine en tout cas : Gabe regrettait amèrement de s'être laissé entortiller par Rebecca. Jamais il n'aurait dû accepter de la laisser agir à sa guise. La seule solution raisonnable, au fond, eût été de se jeter sur elle, de la bâillonner, de la ligoter et de l'attacher sur son lit. Hélas... Il était trop tard à présent pour prendre les mesures drastiques qui s'imposaient.

Or, Rebecca avait eu un choc en voyant Tammy. Qu'est-ce qui avait bien pu provoquer cette réaction ? Il y avait clairement là quelque chose qu'il ignorait, mais quoi ? Gabe aimait beaucoup les énigmes, mais lorsqu'elles concernaient Rebecca, il les redoutait plus qu'une épidémie de choléra. Elle se préparait à jouer sa vie, bon sang ! Et il n'était même pas certain de pouvoir la protéger efficacement. Pour autant qu'il ait pu en juger, Tammy était venue seule. Mais si le dénommé Dwayne avait garé lui aussi sa voiture à quelques kilomètres de là...

Rebecca se ressaisit très vite, cependant. Elle tendit la main à Tammy et s'exprima avec sa chaleur coutumière :

— Quel endroit extraordinaire ! C'est vraiment une

très bonne idée de m'avoir fixé un rendez-vous ici. Je ne sais comment vous remercier d'avoir accepté de me rencontrer.

Tammy serra la main de Rebecca avec un sourire tellement faux que Gabe en eut un haut-le-cœur. Son accent du Sud paraissait authentique, mais sa voix dégoulinait d'une suavité qui semblait, elle, terriblement factice.

— J'adore venir m'oxygéner par ici. Comme je le dis toujours, « la nature, il n'y a que ça de vrai ». Ce silence est reposant, non ? Alors qu'à Vegas, pas moyen d'avoir la paix, avec cette foule de joueurs stressés qui brassent dans tous les sens.

— Je ne vous le fais pas dire, renchérit Rebecca.

Les deux femmes bavardèrent quelques instants, échangeant leurs vues sur des sujets parfaitement anodins. Gabe ne pouvait entendre tout ce qu'elles disaient car Tammy lui tournait le dos. Mais en soi, c'était déjà une aubaine que leurs voix montent aussi clairement jusqu'à lui. Au départ, il avait juste eu l'intention de les observer d'assez près pour pouvoir agir en cas de danger. Mais l'acoustique du lieu était excellente. Dans le silence total et l'air pur comme du cristal, les sons paraissaient comme amplifiés. Il aurait même pu suivre l'intégralité de leur conversation si elles étaient restées immobiles. Mais les femmes, avait-il constaté, éprouvaient souvent le besoin de s'agiter, et celles-ci ne faisaient pas exception à la règle, changeant sans cesse de position et d'endroit.

Gabe s'appliquait à respirer sans bruit tout en essayant d'ignorer la chaleur, les démangeaisons dans sa nuque et la petite arête rocheuse qui lui labourait le torse sans pitié. Rebecca et Tammy continuaient à deviser aimablement, dans une attitude détendue de part et d'autre. « Parfait. Continue comme ça à papoter de tout et de rien. Tu joues ton rôle à la perfection, bébé. »

178

Elles se mouvaient dans sa direction lorsqu'il vit Tammy incliner la tête sur le côté avec un air de naïveté feinte.

— Dites-moi, je vais peut-être vous paraître curieuse mais depuis hier tous mes amis relayent le même message : « Hé, Tammy ! Une dénommée Rebecca te cherche partout. » Je ne crois pas que nous nous soyons déjà rencontrées, si ? Vous avez quelque chose de particulier à me demander ?

— Puis-je être franche avec vous ? répliqua Rebecca en plantant son regard dans celui de sa compagne.

Gabe connut un frémissement prémonitoire. Ce ton de charmante innocence que venait d'adopter Rebecca ne lui disait rien qui vaille. La dernière fois qu'elle avait pris cette attitude, elle lui avait annoncé crânement qu'elle ne fuyait jamais devant un problème, une difficulté, un danger. Et il le savait, bon sang ! Elle était capable de faire absolument n'importe quoi pour aider son frère. La veille encore, il avait eu une démonstration très intime de la façon dont elle se comportait face au danger : dans ses bras, elle s'était montrée prête à prendre tous les risques, sans exception.

Le souvenir des caresses de la jeune femme lui fit l'effet d'un coup de couteau en pleine poitrine. Les nerfs tendus à se rompre, il vit que Tammy décochait à Rebecca un sourire rassurant.

— Bien sûr que vous pouvez être franche avec moi.

— Voyez-vous, Tammy, je suis dans tous mes états parce que mon frère aîné est en prison, inculpé pour meurtre. On l'accuse d'avoir tué une vieille actrice, Monica Malone. Vous avez sans doute entendu parler de cette affaire ? Or, j'ai trouvé chez Monica la trace d'un courrier qu'elle vous aurait adressé, peu avant sa mort. J'ignore quels étaient vos rapports exacts avec elle, mais j'ai pensé que vous pourriez peut-être me fournir des renseignements sur l'entourage de cette femme. J'aimerais tellement innocenter mon frère, vous comprenez ? Alors je cherche désespérément quelqu'un qui puisse m'aider à tirer cette histoire au clair.

Le cœur de Gabe avait cessé de battre. Sa gorge était plus sèche que le Sahara sous le soleil de midi. Dieu sait qu'il lui avait fait la leçon, pourtant. Il l'avait briefée et re-briefée sur la question : tous les sujets étaient permis sauf celui de Monica Malone et de son assassinat !

Il ne pouvait voir l'expression de Tammy en cet instant, car elle lui tournait le dos. Il nota cependant qu'elle levait les mains pour protester de son innocence.

— Oh, ma pauvre chérie ! Je vous aurais volontiers communiqué les renseignements que vous cherchez. Mais vous faites fausse route en vous adressant à moi. Je savais que Monica Malone était morte dans des conditions tragiques, bien sûr. Il aurait fallu être sourd et aveugle pour ne pas entendre parler de cette affaire. Mais je ne connaissais pas cette actrice personnellement.

— Elle vous a pourtant envoyé une lettre, insista Rebecca d'un ton ferme.

Le cœur de Gabe recommença à battre — trop vite, à grands coups irréguliers dans sa poitrine. Il débattit mentalement du sort qu'il réserverait à cette petite idiote une fois qu'il la tiendrait à sa merci. L'ébouillanter dans une marmite remplie d'huile brûlante ? L'attacher à un poteau planté dans une fourmilière géante ? La jeter dans un élevage d'alligators ? Les trois méthodes étaient également tentantes mais il trancherait plus tard. Le plus urgent, dans l'immédiat, était de garder Tammy à l'œil. Et de se préparer à réagir rapidement au cas où...

— Maintenant que vous le dites, j'ai effectivement reçu une lettre de Monica Malone, admit Tammy après avoir fait mine de réfléchir. Comme vous pouvez l'imaginer, avec mes mensurations, j'ai souvent eu l'occasion de poser pour des photographes ou de tourner dans des films publicitaires. J'ai pensé que Monica avait eu accès à mon press-book et qu'elle prenait contact avec moi parce que mon physique l'intéressait. J'avais lu je ne sais plus où qu'elle était en contact avec votre entreprise de produits cosmétiques. Et comme j'étais entre deux jobs, cela aurait éventuellement pu m'intéresser. Mais vu que j'ai retrouvé du travail tout de suite après, je n'ai pas réagi à sa proposition.

— Ah zut! s'exclama Rebecca. Et moi qui espérais que vous pourriez me mettre sur la piste. Vous ne connaissez donc personne de l'entourage de Monica?

— Désolée, ma pauvre chérie. Je n'ai même jamais eu l'occasion de la rencontrer. Cela dit, ça m'a quand même fichu un coup lorsque j'ai appris la nouvelle aux infos. Qu'une ancienne actrice de Hollywood ait pu être assassinée aussi sauvagement, ça frappe l'imagination. Je crois qu'elle a été poignardée avec un coupe-papier, n'est-ce pas? Brrr... Ce n'est pas une mort qui laisse indifférent. J'ai de la peine à croire qu'on puisse faire une chose pareille, pas vous? Rien que d'y penser, j'en ai la tremblote.

Bon sang. Que se passait-il encore? De nouveau, Rebecca était devenue blême. Gabe nota la façon dont ses doigts se crispaient sur le bracelet à son poignet.

Tammy la complimenta sur le bijou en question et la conversation dériva de nouveau sur des sujets innocents. Mais les deux femmes paraissaient pressées de couper court, tout à coup. Avec des gestes un peu trop saccadés de part et d'autre, elles sortirent leurs clés de voiture et se dirigèrent vers leurs véhicules garés côte à côte tout en continuant à bavarder aimablement.

Gabe s'autorisa enfin à respirer. Pour le moment, Rebecca paraissait être en sécurité. Si Tammy avait voulu tenter quelque chose, elle aurait eu amplement le temps d'agir. Qui sait ? Peut-être considérait-elle que la rencontre s'était bien passée. Elle avait pu se faire une idée de ce que lui voulait Rebecca. Peut-être même était-elle persuadée de l'avoir convaincue de son innocence ?

Dans le meilleur des cas, Tammy et son petit ami se contenteraient de quitter discrètement Las Vegas, en considérant que cette « pauvre Rebecca » ne représentait pas vraiment un danger.

Mais Gabe n'avait jamais été de ceux qui croient aux contes de fées. Et il avait le sale pressentiment que quelque chose se tramait. Si seulement il avait été libre de ses mouvements ! Rester cloué sur son rocher le rendait à moitié fou d'impatience. Il était pressé de descendre de son perchoir, de regagner sa voiture, de prendre Tammy en filature et de découvrir enfin ce que cette femme avait en tête.

Gabe s'exhorta au calme. Même s'il prenait du retard sur Tammy, il se débrouillerait pour la rattraper. Sa jolie Cadillac jaune serait facile à repérer sur la route. Il n'avait aucune idée de ce que Tammy comptait faire en quittant Red Rock Canyon mais son instinct lui commandait de la suivre. L'essentiel, pour le moment, était de guetter ses réactions, d'essayer de déterminer si cette entrevue avec Rebecca l'avait rassurée ou affolée.

Une fois qu'il en saurait un peu plus sur les intentions de Tammy Diller, il serait toujours temps de prendre Rebecca en main et de lui faire regretter amèrement le jour où elle était née...

**

Rebecca était dans un tel état de surexcitation que ses mains moites en glissaient sur le volant. La Mazda noire fonçait comme un bolide sur l'autoroute de Las Vegas. La jeune femme tressaillit lorsque son regard tomba sur le compteur de vitesse. Elle dépassait de loin la limite autorisée. Mais essayer de conduire lentement dans cette voiture, c'était comme tenter de faire courir un pur-sang au petit trot.

Ce bijou ne demandait qu'à filer comme le vent.

Et il fallait dire que Rebecca n'avait jamais été aussi pressée d'atteindre sa destination !

La vue de Tammy avait failli lui procurer une attaque. Même si la jeune femme avait fait l'effort de transformer son apparence, Rebecca avait eu l'impression pendant une fraction de seconde d'avoir sa sœur aînée sous les yeux. Le déclic s'était produit aussitôt : Tracey Ducet ! Le sosie de Lindsay qui avait essayé de se faire passer pour sa « jumelle » ! Ainsi Tammy et Tracey n'étaient qu'une seule et même personne...

Voilà pourquoi les consonances de ce nom, Tammy Diller, n'avaient cessé de lui chatouiller la mémoire. Elle avait eu l'occasion de croiser la femme qui s'était introduite avec fracas dans une fête de famille, l'année précédente. Mais, à aucun moment, elle n'avait pensé à faire le rapport entre Tammy Diller et cette intrigante...

... jusqu'à aujourd'hui.

En tout cas, Tracey/Tammy ne manquait pas d'aplomb. C'était de la folie d'avoir pris le risque de se présenter ainsi devant elle ! Mais jouer gros faisait apparemment partie de la personnalité de cette femme.

Comme si le fait de reconnaître Tracey ne l'avait pas secouée suffisamment, Rebecca avait eu un second choc lorsque sa compagne avait fait allusion au coupe-papier. A aucun moment, en effet, l'arme du crime n'avait été mentionnée par les médias. La police avait gardé cette information secrète. Même si le juge disposait de preuves suffisantes pour inculper Jake, certaines questions étaient restées sans réponse — notamment l'origine des empreintes digitales trouvées sur l'instrument du crime. Compte tenu de la personnalité de l'accusé, une grosse publicité avait été faite autour du procès. La police, par conséquent, avait préféré prendre le maximum de précautions et les informations à la presse n'avaient été lâchées qu'au compte-gouttes.

Et pourtant, Tracey semblait connaître exactement les circonstances du crime. Comment avait-elle eu accès à cette information ? A cette question, Rebecca ne voyait qu'une réponse : elle connaissait l'arme du crime pour la bonne raison qu'elle l'avait elle-même tenue entre les mains !

Tracey/Tammy était donc bel et bien la meurtrière. Et Rebecca n'avait qu'une hâte : mettre le maximum de distance entre cette femme et elle, retrouver Gabe à l'hôtel, tout lui raconter et informer la police qu'il y avait du nouveau dans l'affaire Malone. Si seulement elle parvenait à les convaincre de libérer Jake sur-le-champ !

Comme elle approchait de Las Vegas, la circulation se fit plus dense. Trop agitée pour se concentrer sur la route, Rebecca se trompa de direction à plusieurs reprises. Las Vegas n'était pourtant pas une ville où l'on se perdait facilement : la plupart des grands hôtels s'élevaient à des hauteurs vertigineuses, avec leur nom se découpant sur le ciel en grandes lettres lumineuses. Mais rien à faire : mille pensées lui traversaient le cerveau en même temps et elle en oubliait de regarder où elle allait.

Après avoir parcouru inutilement d'interminables boulevards, elle atteignit enfin le Circus Circus, furieuse contre elle-même d'avoir gaspillé un temps précieux. Elle trouva l'entrée du parking, prit un ticket et cligna des yeux dans la pénombre fraîche qui contrastait avec la lumière aveuglante du dehors. Gabe lui avait donné rendez-vous dans sa chambre. Avec un peu de chance, il serait arrivé avant elle. Gabriel Devereax, lui, n'était pas du genre à se perdre en empruntant des parcours chaotiques.

Rebecca mourait d'impatience de voir sa tête lorsqu'elle lui annoncerait qu'elle avait identifié la pseudo-Tammy Diller. Elle savait qu'il l'écouterait avec attention car, lorsqu'il s'agissait de son travail, il était toujours d'une objectivité sans faille. Dans ses yeux, elle verrait une pointe d'orgueil blessé, cependant : son ego supportait mal qu'elle élucide les problèmes avant lui. Et néanmoins, il se réjouirait pour elle, avec elle. Gabe était ainsi.

Peut-être serait-il si content qu'elle ait identifié la coupable qu'il lui pardonnerait d'avoir failli à sa promesse de ne prononcer le nom de Monica Malone sous aucun prétexte ?

Rebecca déglutit. La réaction de Gabe risquait d'être explosive lorsqu'il apprendrait qu'elle avait parlé de Monica Malone avec la pseudo-Tammy. Peut-être même avait-il déjà tout entendu du haut de son rocher ! Quoi qu'il en soit, il devait commencer à la connaître, non ? Il savait qu'elle avait tendance à se rebeller chaque fois qu'on lui posait un interdit. C'était plus fort qu'elle. Le cœur de Rebecca se serra. Autant l'admettre : s'il n'y avait pas eu Jake, elle n'aurait été que trop heureuse de suivre ses instructions à la lettre. Contrarier Gabe n'était pas un plaisir en soi, bien au contraire. Elle préférait de loin recueillir son approbation... et accessoirement, ses baisers — sentir ses bras autour d'elle, la chaleur de son corps contre le sien.

Le feu lui monta aux joues à l'évocation de leurs étreintes de la veille. Mais ce n'était vraiment pas le moment de rêvasser! Le plus urgent était d'informer Gabe de la situation et d'effectuer au plus vite les démarches en vue de la libération de Jake. Le rez-de-chaussée du parking étant complet, Rebecca s'engagea sur la rampe en colimaçon et tenta sa chance à l'étage au-dessus où elle trouva une place libre. Coupant le contact, elle prit son sac et retira la clé. Ses mains tremblaient tant elle se sentait fébrile, agitée. Légèrement désorientée, Rebecca scruta le parking désert en cherchant la sortie piéton des yeux.

— Hep!

Au son de la voix masculine, elle tourna automatiquement la tête. Las Vegas étant une ville touristique, il n'y était pas rare qu'un inconnu vous aborde pour demander un renseignement. La première chose qui frappa son attention fut le sourire désarmant de l'homme qui s'avançait dans sa direction. Il était grand, blond, mince, bien habillé — physique agréable et visage avenant. Rien de menaçant au premier abord. A part que...

Tammy avait un comparse, se remémora-t-elle brusquement. D'ailleurs, la présence de ce « petit ami » grand, blond et séduisant qui lui avait été décrit à plusieurs reprises aurait dû l'amener d'emblée à établir un lien entre Tammy Diller et Tracey Ducet. Alors même qu'elle prenait conscience du danger, Rebecca comprit qu'il était trop tard pour réagir : l'homme était déjà pratiquement sur elle. Il ne s'était toujours pas départi de son sourire charmeur lorsqu'un objet claqua dans sa main droite : la lame d'un cran d'arrêt jaillit, luisant d'un éclat meurtrier.

Rebecca ouvrit la bouche en grand, bien décidée à donner l'alerte en hurlant à pleins poumons. Mais son cri se figea sur ses lèvres. Le dénommé Wayne ou Dwayne n'avait pas attendu qu'elle ait trouvé son souffle pour se

186

jeter sur elle. Il lui attrapa le bras et le lui tordit dans le dos tout en la faisant pivoter brutalement. Les effluves envahissants d'une eau de toilette masculine lui assaillirent les narines. Rebecca ne chercha pas à se débattre ; elle se tenait plus immobile que la pierre, au contraire : le cran d'arrêt était levé, la pointe en appui contre son cou. Elle sentait la pression, la piqûre légère. Et la panique, surtout. Un vent de panique incontrôlable.

Wayne Potts. Le nom lui traversa l'esprit comme un boulet de canon. Un boulet qui arrivait trop tard, hélas. Assembler les pièces du puzzle maintenant représentait une gymnastique tristement inutile. Elle aurait dû être plus prudente. Ecouter son intuition et se creuser un peu plus la cervelle pour réveiller ses souvenirs. Elle aurait dû écouter Gabe. Elle aurait dû faire mille choses qu'elle n'avait pas faites.

Et maintenant, il était trop tard. Trop tard pour vivre, trop tard pour aimer, trop tard pour tout...

— Tu en as mis du temps pour arriver, Rebecca Fortune. Cela fait bien vingt minutes que je t'attends. Tu ne te serais pas perdue en route, par hasard ? Avec cette jolie petite Mazda noire, tu aurais dû parcourir la distance en un rien de temps.

Rebecca se risqua à prendre une légère inspiration. Ainsi Wayne Potts souhaitait engager le dialogue ? Elle était plutôt d'humeur à faire une méga-crise de nerfs. Ou à s'évanouir, plutôt. Se liquéfier par terre sous forme d'une modeste petite flaque de terreur pure.

D'un autre côté, tant que Wayne Potts la faisait parler, il ne la faisait pas mourir...

— Comment... comment avez-vous su que vous me trouveriez ici ?

— Oh, ce n'était pas très compliqué. Tracey m'a tout de suite appelé sur son portable pour m'annoncer que votre rencontre s'était merveilleusement bien passée. Elle était ravie, vois-tu. Tu as dû lui jouer efficacement la comédie, car elle était convaincue que tu avais tout gobé en n'y voyant que du feu. Pauvre Tracey... elle pense que tu es la naïveté incarnée. Mais moi, on ne me la fait pas comme ça.

D'un geste sec, il tira sur son bras prisonnier, faisant monter des larmes de douleur à ses yeux. Sous les effluves suffocants de son eau de toilette, elle perçut une montée âcre de sueur. Une sueur d'excitation, comprit Rebecca, les jambes tremblantes. De la terreur qu'il lui inspirait, Wayne Potts tirait une véritable jouissance. Voilà pourquoi il prenait le temps de la faire parler : il prolongeait son plaisir en faisant durer la situation.

Elle tenta de jouer une ultime carte.

— Vous devez faire erreur, balbutia-t-elle. Je ne comprends rien de ce que vous me racontez. Qui est Tracey ? Je ne connais pas de...

Le rire dépourvu d'humour de Wayne résonna tout contre son oreille.

— Tu me prends pour un imbécile ? Je te l'ai déjà dit : inutile d'essayer de jouer au plus fin avec moi. Tu as reconnu Tracey au premier coup d'œil, je parie ? Elle ressemble à ta sœur aînée comme deux gouttes d'eau. Il aurait fallu que tu sois complètement idiote pour ne pas faire le rapport entre Tammy et elle. Je l'ai bien prévenue, Tracey, que c'était stupide de te fixer ce rendez-vous. Mais cause toujours, elle a rien voulu entendre. Elle pensait qu'elle réussirait à te faire parler et que c'était le seul vrai moyen de savoir si tu te doutais de quelque chose ou non. Mais elle était à côté de la plaque, c'est évident. Moi, depuis le début, j'ai senti que ton gars et toi, vous représentiez un danger.

Quelque part, au loin, des pneus crissèrent sur le revêtement lisse du parking. Interrompu dans son monologue, Wayne releva la tête en sursaut. Rebecca, elle, ne put en faire autant. La pointe du couteau venait de s'enfoncer légèrement dans sa peau et elle sentait la chaleur du sang s'écoulant sur la lame. Du coin de l'œil, néanmoins, elle aperçut le toit de la voiture de location blanche de Gabe, lancée à une allure folle sur la rampe d'accès.

Le moteur grondait, rageait comme un fauve en cage. Loin de ralentir, le véhicule accéléra encore, comme pour les faucher, Wayne et elle, de plein fouet. Au dernier moment, cependant, il y eut un crissement de freins strident suivi d'un fracas de tôle froissée : Gabe venait de s'immobiliser brutalement, le capot enfoncé dans l'arrière de la voiture voisine de la Mazda. Les roues et le moteur tournaient encore lorsque la portière s'ouvrit à la volée.

Toute la scène n'avait duré que quelques secondes. Si Wayne avait eu la moindre intelligence, il aurait compris qu'il était en position de force puisqu'il la tenait entièrement à sa merci. Mais tout se passait si vite qu'il réagit à l'instinct. Or l'instinct de Wayne Potts le poussait clairement à la fuite. De nouveau, Rebecca sentit la lame entailler sa chair, mais ce fut juste un bref moment de douleur fulgurante. Puis la pression du couteau se relâcha et il la repoussa de toutes ses forces, la projetant contre le véhicule le plus proche. L'impact la toucha à l'estomac. De plein fouet. Pliée en deux, elle se redressa en titubant. Elle avait le souffle coupé et vacillait sur ses jambes. Mais elle était libre. Libre et vivante...

Sans doute se serait-elle alors effondrée sur le sol en laissant ses nerfs prendre le dessus, si Gabe n'avait, au même instant, traversé son champ de vision. Il courait comme le vent, mâchoires crispées, ses yeux noirs brillant d'un éclat terrifiant.

— Gabe, attention ! Il a un couteau ! hurla-t-elle.

Mais elle aurait pu tout aussi bien s'adresser à un mur. Il n'écoutait rien, ne voyait plus que le but poursuivi. Prenant son élan, il venait d'empoigner Wayne à bras-le-corps et il roulait avec lui sur le ciment. Le cran d'arrêt se détacha de la main de son propriétaire, décrivit un demi-cercle dans les airs et termina sa trajectoire sous quelque châssis.

Déjà, Gabe avait fait pivoter Wayne et le forçait à se relever en lui tirant un bras en arrière. Il lui enfonça un poing dans le diaphragme et le comparse de Tammy se plia en deux en poussant un cri sourd. Mais le combat ne s'arrêta pas là. Prenant alors la tête de Wayne à deux mains, Gabe la frappa à coups répétés contre le mur en ciment.

Rebecca se pétrifia, la main plaquée sur la poitrine, consciente que c'était le moment ou jamais de se rendre utile, mais trop secouée pour se décider sur la politique à suivre. Calmer Gabe ? Récupérer le couteau ? Appeler la police ?

Comme en réponse à son dilemme, une voiture déboucha alors sur le parking. Il s'agissait d'un couple de touristes âgés à l'allure éminemment respectable, découvrit Rebecca avec soulagement. Elle se jeta en avant pour leur barrer le chemin en faisant de grands gestes des bras. Deux paires d'yeux stupéfaits se fixèrent sur elle à travers le pare-brise.

— Laissez votre voiture ici, sur place, n'importe où ! Et appelez la police... S'il vous plaît !

Aucune réaction. L'homme et la femme demeuraient pétrifiés dans leur siège à la regarder comme si elle venait de tomber de la planète Mars.

— Vite ! plaida Rebecca en larmes. C'est urgent ! Entrez vite dans l'hôtel et appelez la police ! Je vous en prie !

190

Cette fois, l'homme et la femme tendirent tous deux la main vers leur portière et dégringolèrent du véhicule en hâte.

— Et vous, mademoiselle, ça va? eut la présence d'esprit de demander le monsieur aux cheveux blancs avant de se précipiter vers la sortie piétons.

— Oui, oui. Je vais bien, leur assura-t-elle.

Ce qui, en l'occurrence, était le mensonge du siècle. Quant à Gabe, il semblait avoir perdu tout contrôle, constata-t-elle dans un sursaut de panique.

Il lui faisait peur. Même si c'était Wayne qui ramassait les coups, Gabe lui paraissait être en danger, à sa manière. Jamais elle ne lui avait vu cette expression terrifiante; jamais il ne lui avait donné l'impression d'être porté sur la violence. D'instinct, elle se mit à crier :

— Je n'ai rien, Gabe, rien du tout. Il ne m'a fait aucun mal.

Il n'y eut pas de réaction immédiate. L'avait-il entendue seulement? Avait-il même conscience de sa présence? La gorge nouée par l'angoisse, Rebecca courut dans leur direction. A mesure qu'elle se rapprochait, elle ne voyait plus que la fureur meurtrière sur les traits de Gabe. Jamais, aussi longtemps qu'elle vivrait, elle n'oublierait l'expression sur son visage.

— Je suis vivante, Gabe. Tout va bien. Il ne m'a rien fait, répéta-t-elle à plusieurs reprises.

Les mots finirent-ils par l'atteindre? Toujours est-il qu'il s'arrêta tout à coup de frapper. La tête entre les mains, Wayne s'affaissa contre la paroi en ciment puis tomba à genoux, le corps secoué de sanglots. Il semblait avoir de la peine à croire que les coups avaient cessé de pleuvoir. Mais même s'il gagnait un répit, son sort était scellé...

Des portes métalliques s'ouvrirent à la volée : vigiles

et gardiens en uniforme de l'hôtel accouraient dans leur direction. Au loin, on entendit mugir des sirènes. Rebecca ferma un instant les yeux et poussa un long soupir.

Lorsqu'elle les rouvrit, au milieu du vacarme, des cris et de la confusion générale, elle ne vit rien d'autre que le regard de Gabe rivé sur elle, comme s'ils étaient, elle et lui, seuls au monde...

10.

Gabe frappa un coup bref à la porte de la salle de bains.

— Toc, toc. C'est le garçon d'étage. Le repas de madame est servi.

Il entendit Rebecca rire doucement.

— Il en prendrait plein les yeux, ton garçon d'étage : je suis encore dans mon bain. Accorde-moi juste une petite minute pour m'extirper de là, Gabe, et je te rejoins.

— Ce serait dommage d'écourter ton bain. Il vaut mieux que tu marines là-dedans le plus longtemps possible. Mais cette petite soupe de légumes risque de refroidir, en revanche. Pourquoi ne pas t'envelopper dans une grande serviette ? Comme ça, tu profiterais et du bain et de la soupe.

Il entendit Rebecca pousser un léger soupir.

— Prendre un repas dans mon bain ? Ça paraît un peu décadent, non ?

— Que faut-il en conclure ? Que c'est non ? Ou que tu t'es déjà drapée dans une serviette et que je peux entrer ?

— Ça veut dire que je me suis entortillée dans une serviette et que je suis impressionnée que tu aies réussi à te faire monter une soupe à pareille heure.

Le plateau en équilibre sur une main, Gabe poussa la porte. Un nuage de vapeur parfumée s'échappa de la salle de bains, emplissant ses narines d'un parfum de jasmin. Une fragrance exotique, sensuelle, enivrante. Du cent pour cent féminin. L'odeur agit instantanément sur ses sens. Courant sur sa peau comme une caresse, elle déclencha une série de réactions hormonales en cascade. Avec une abnégation monacale, cependant, Gabe garda les yeux détournés. Temporairement du moins...

Car il ne s'était pas insinué dans cette salle de bains sans un projet précis en tête. Aussi lubrique que cela puisse paraître, il était fermement décidé à voir Rebecca dévêtue. D'ailleurs, si l'excuse de la soupe n'avait pas fonctionné, il aurait trouvé un autre prétexte pour entrer.

Chaque fois qu'il l'avait cuisinée sur le sujet, Rebecca lui avait assuré que Wayne ne lui avait fait aucun mal et qu'elle se portait comme un charme. Mais connaissant Rebecca, il ne pouvait se fier à de telles assertions : même si Wayne l'avait molestée, elle refuserait mordicus de l'admettre. Or il y avait déjà cette horrible coupure qui lui barrait la gorge. Gabe avait eu du mal à en détacher les yeux tant la vue de la chair meurtrie le mettait en rage. Tout au long de la soirée, une seule question l'avait torturé sans relâche : et si le pantalon et la chemise à manches longues que portait la jeune femme dissimulaient d'autres lésions ?

D'où sa décision de la surprendre nue coûte que coûte. S'il détectait le moindre signe un peu alarmant, il la traînerait à l'hôpital sans hésiter. Elle pourrait protester, crier, hurler tant qu'elle le voudrait. Il resterait inflexible.

En attendant l'heure des révélations, cependant, Gabe poursuivait ses pitreries pour dédramatiser l'atmosphère :

— Madame voudra bien me pardonner mais je débute dans le métier. Non seulement je n'ai ni le style ni la livrée, mais je risque de renverser la moitié de la soupe dans la baignoire. Si cela devait arriver, n'hésitez pas à me priver de pourboire.

Le regard toujours détourné, Gabe posa le plateau sur le lavabo et, du bout du pied, referma la porte. Ce serait un crime de laisser s'enfuir cette voluptueuse chaleur d'étuve si subtilement parfumée.

— Voici, pour commencer, votre cuillère, madame. Et maintenant, votre assiette. Ils ont fourni également une très jolie serviette en lin blanc. Mais personnellement, je ne pense pas que ce serait très esthétique de la nouer autour de votre cou maintenant. Je vais donc simplement vous la laisser à portée de main. Et comme nous sommes entre nous, je ne vous en voudrai pas si vous faites des bruits de bouche en mangeant.

Il réussit à lui arracher quelques pâles sourires mais rien qui ressemblât à l'habituelle exubérance de Rebecca. Continuant à jouer les parfaits gentlemen, il la servit très galamment sans regarder une seule fois en dessous de la ligne de ses épaules. Mais lorsque la jeune femme porta la première cuillère de potage à la bouche, il s'appuya sans façon contre la porte au lieu de se retirer discrètement en respectant son intimité.

Prétextant la chaleur, il se pencha pour se débarrasser de ses chaussures et de ses chaussettes. Mais ce n'était qu'une excuse pour se donner un air occupé. En vérité, il avait les yeux rivés sur Rebecca. Ses cheveux plus flous que jamais dans cette ambiance de serre formaient un halo autour de son visage. Elle avait pudiquement noué la serviette mouillée au-dessus de sa poitrine, afin de dissimuler jusqu'à la naissance de ses seins. Pour une fois, cependant, Gabe se félicita que le linge de bain fourni par les hôtels soit toujours aussi tristement étriqué. Le tissu en éponge couvrait l'essentiel, certes, mais pas les bleus énormes qui s'étaient formés sur ses cuisses et sur ses bras, tranchant sinistrement avec le blanc de neige de sa peau...

C'était comme si cette crapule de Wayne avait voulu la

marquer de son sceau. Gabe serra les poings. Le monstre n'y avait pas été de main morte. Mais cela aurait pu être pire, se répéta-t-il pour se calmer. Tellement, tellement pire... Lorsqu'il rencontra le regard de Rebecca, cependant, il comprit que ses blessures allaient bien au-delà de ce qu'il pouvait en percevoir. Il y avait d'autres plaies, d'autres ecchymoses — invisibles à l'œil nu, celles-là — qui mettraient sans doute longtemps à cicatriser. Les yeux verts de la jeune femme avaient perdu leur pétillement et leur éclat. Et même si elle mangeait avec raisonnablement d'appétit, son regard restait aussi furtif que celui d'une biche prise au piège. Ses yeux ne semblaient pouvoir se fixer nulle part, comme si les images qui la hantaient ne lui laissaient aucun répit.

Il y avait trois heures déjà que la police avait passé les menottes à Wayne Potts pour le mettre sous les verrous. Le récit des événements avait été consigné ; le signalement de Tracey Ducet fourni aux autorités ainsi que son adresse. Face aux questions de la police, Rebecca s'était comportée comme une vraie pro. Elle était restée d'un calme olympien et s'était exprimée sans hésiter ni bafouiller, même lorsqu'il avait fallu revenir sur l'agression de Wayne et relater toute la scène en détail. Sans doute avait-elle pensé que l'incident était clos. Parce qu'elle ignorait certainement qu'après un épisode aussi violent que celui qu'elle venait de vivre, le contrecoup finit inévitablement par survenir...

— Un vrai délice, commenta Rebecca crânement en reposant sa cuillère. Rien ne vaut une bonne vieille soupe des familles ! C'est l'aliment réconfortant par excellence. Comment se fait-il que tu aies pensé à me commander ça ? Aurais-tu des tendances maternantes que tu m'aurais cachées jusqu'à présent ?

Elle s'efforçait de paraître enjouée, mais le cœur n'y était pas, constata Gabe, le cœur serré.

196

— Des tendances maternantes, moi ? Et puis quoi encore ? Disons que je ne savais vraiment pas quoi te proposer d'autre, vu les circonstances. Tu aurais préféré un steak ?

Rebecca frissonna.

— Surtout pas, non. Je ne me sens absolument pas en état de manger de la viande ce soir ! Tu crois que la police a déjà coffré Tracey ?

Toujours la même question. Ils l'avaient déjà abordée une dizaine de fois au moins, mais Gabe n'était pas étonné que ses pensées reviennent se fixer inlassablement sur les événements de cette journée terrifiante.

— A mon avis, si ce n'est pas encore fait, cela ne saurait tarder. Tracey n'avait aucun moyen de savoir ce qui est arrivé à son complice. Alors pourquoi se serait-elle méfiée ? Elle a sûrement dû rentrer tout droit chez elle afin de retrouver Wayne. J'imagine que la police n'a eu qu'à la cueillir.

— Tu ne penses pas que je devrais rappeler maman ?

Là encore, le sujet avait été débattu, commenté et analysé à plusieurs reprises. Gabe sourit patiemment.

— Vous avez déjà discuté un bon moment au téléphone, non ? Et il ne s'est rien passé de nouveau que tu ne lui aies déjà raconté. D'ailleurs, connaissant Kate, elle n'a pas dû chômer depuis ton appel. Je parie qu'elle est pendue au bout du fil et qu'elle houspille les avocats de Jake sans merci. Comme je te l'ai déjà expliqué, ta mère avait fait le lien d'emblée, entre Tracey Ducet et Tammy Diller. Voilà pourquoi j'ai entamé une opération de recherche sur Tracey. Le problème, c'est que cette femme a un réel talent pour changer de nom et brouiller les pistes. Aussi l'enquête ne progressait-elle qu'à petits pas. Certes, nous aurions tôt ou tard fini par découvrir que les deux femmes n'étaient qu'une seule et même personne. Mais ta rencontre avec Tammy a précipité le dénouement. J'imagine que ta mère se démène en ce moment pour que Jake soit libéré le plus rapidement possible.

197

— Cette fois, nous tenons le bon bout, n'est-ce pas ? demanda Rebecca faiblement.

— Et comment !

— Je vais te dire une chose, Gabe : j'espère qu'il ne m'arrivera plus jamais d'avoir à me retrouver face à un type comme Wayne armé d'un couteau. Mais ça valait tout de même le coup d'en passer par là. De cette façon, au moins, il a été pris la main dans le sac : nous avons des charges concrètes contre eux. Sinon, nous n'aurions jamais réussi à arracher la vérité à Tracey. Et comment aurions-nous prouvé qu'elle était liée au meurtre de Monica ? Nous n'avons rien de tangible à faire valoir devant les juges : pas l'ombre d'un témoignage, pas une seule pièce à conviction.

— Mmm...

Gabe dut se faire violence pour garder une attitude évasive. Il n'avait qu'une envie, en fait : la secouer par les épaules en hurlant qu'elle s'était comportée comme la dernière des inconscientes en enfreignant ses ordres et en parlant de Monica à Tracey. Elle avait pris des risques tellement insensés qu'elle méritait qu'on lui fasse très sérieusement la leçon. Mais cette petite mise au point viendrait plus tard. Ce n'était pas le moment de l'incendier parce qu'elle n'avait pas tenu sa promesse.

Vraiment pas le moment.

Les grands yeux égarés de Rebecca se fixèrent sur ses traits. Se rendait-elle compte au moins que son regard reflétait une angoisse sans nom ?

— Je ne comprends toujours pas comment tu as réussi à arriver à temps pour me sauver, Gabe, murmura-t-elle d'une voix blanche.

Patiemment, il réitéra ses explications :

— Comme je te le disais tout à l'heure, j'avais décidé de prendre Tracey/Tammy en filature. De mon poste d'observation sur le rocher, j'avais remarqué ta réaction. Tu t'es raidie en la voyant — comme si tu avais été brièvement tentée de faire demi-tour et de prendre tes jambes à ton cou. J'en ai conclu que, décidément, notre amie Tammy n'avait rien d'un agneau et qu'il serait bon de la rattraper au plus vite afin d'essayer de percer ses intentions à jour. Mais comme je roulais derrière la Cadillac jaune, je l'ai vue sortir son téléphone portable de son sac. J'en ai immédiatement conclu qu'elle devait appeler son complice. Et là, mes priorités ont basculé. Dans la mesure où Wayne était averti, il pouvait être amené à agir. Je craignais — et à juste titre — qu'il ne tente quelque chose contre toi.

Rebecca hocha la tête et finit de manger en silence. Lorsqu'elle eut terminé, il la débarrassa de son assiette et de sa cuillère, et replaça le tout sur le plateau. Tandis qu'il allait et venait, il sentait le regard de Rebecca dans son dos, en train de suivre ses moindres gestes. Il y avait une question dans ses yeux verts — une question non formulée, teintée de doute et d'anxiété.

— Et si tu lâchais le morceau ? proposa-t-il de but en blanc.

— Le morceau ?

— Mais je n'en sais rien, moi ! Nous avons parlé et reparlé de ce qui s'est passé cet après-midi. Mais j'ai l'impression qu'il y a encore quelque chose qui te turlupine et que tu évites de mentionner.

Elle tourna les yeux vers lui, hésita, puis acquiesça d'un signe de tête.

— C'est vrai. J'ai eu peur lorsque tu as frappé Wayne. J'avais l'impression que tu ne te maîtrisais pas, que tu ne pourrais plus t'arrêter.

— Tu as réfléchi à ce qui serait arrivé si je n'étais pas intervenu à temps ?

— Là n'est pas la question, Gabe... Wayne Potts est un faible, un minable. Il ne faisait pas le poids face à toi.

— Ce « poids léger », comme tu dis, avait tout de même une lame de couteau pointée sur ta gorge ! Tu crois qu'il aurait hésité à te tuer ?

Notant la pâleur accrue de Rebecca, Gabe se calma instantanément. Il soupira. A ses yeux, son comportement avec cette ordure de Wayne se passait d'explications. Un homme, d'ailleurs, aurait compris sans poser de questions. Mais, avec Rebecca, inutile de se bercer d'illusions. Jamais elle ne raisonnerait de façon simple, élémentaire et masculine.

— Si tu crois que cela me plaît de cogner la tête d'un type contre un mur, je te rassure tout de suite, Rebecca. Je hais la violence. Du reste, comme tu as pu t'en rendre compte par toi-même, le boulot de détective est généralement plutôt paisible. Rien à voir avec ce qui se passe dans les séries télévisées. Il est rare que j'aie besoin de me servir de mes poings pour régler un problème. Neuf fois sur dix, je trouve une solution pacifique. Mais il reste que je sais me battre en cas de besoin. Et il arrive que je n'aie pas d'autre choix que d'envoyer un type sur le tapis.

Rebecca se mordilla la lèvre.

— Quand tu t'es jeté sur Wayne, tu étais loin d'avoir un air professionnel et détaché. Ton but n'était pas seulement de le maîtriser. J'ai eu l'impression que tu étais parti pour en faire de la chair à pâté.

— J'étais tout ce qu'il y a de plus motivé pour lui flanquer une solide raclée, c'est vrai. Mais contrairement à ce que tu sembles penser, j'avais la situation en main. Ce que je fais là, c'est mon job, Rebecca, et je ne plaisante pas avec le boulot. Ces deux olibrius, il me les fallait vivants et relativement en forme afin que les flics puissent les interroger. Crois-tu que je me serais amusé à compromettre l'avenir de ton frère pour le plaisir de jouer aux osselets avec les restes de cet idiot ?

Un pli se creusa entre les sourcils de Rebecca.

— Et s'il n'y avait pas eu Jake ? Ni de procès à la clé ?

Gabe poussa un soupir plus profond encore que le premier.

— Désolé, bébé, mais je ne peux pas te donner la réponse rassurante que tu souhaiterais entendre. Car ton Wayne Potts, il ne faisait pas semblant, lui. Ta vie était en danger. En réel danger. Et dans ces cas-là, ma belle, il ne suffit pas de donner une petite tape sur les doigts d'un type armé en lui faisant remarquer que c'est vilain de faire joujou avec des objets dangereux. Rien ne nous permet de prédire combien de temps l'ami Wayne restera à l'ombre. Il mériterait qu'on le colle au trou pour une bonne dizaine d'années, mais va savoir... Dans le doute, je voulais être sûr qu'il comprenne sa leçon. Et avec un type comme celui-là, les explications polies, ça rentre par une oreille et ça sort par l'autre. Les Wayne Potts de ce monde, il leur faut des arguments massue — au sens propre du terme. Je lui ai donc fait passer le message que s'il posait de nouveau ses pattes sur toi, il serait amené à le regretter.

Rebecca hocha pensivement la tête et riva sur lui un regard si intense qu'il eut soudain du mal à respirer.

— Je comprends. Mais il reste que ça m'a rendue malade que tu aies été obligé de tabasser quelqu'un à cause de moi, murmura-t-elle d'une petite voix douce et triste.

Brusquement, Gabe ne sut quoi répondre. Pourquoi avait-il fallu que la conversation en arrive là ? Certes, le regard de Rebecca ne se dérobait plus devant le sien, mais si, d'une certaine façon, elle paraissait rassurée, lui-même était en train de prendre peur. Pas d'elle. Mais de ses propres réactions

Une vague de chaleur l'envahit ; sa tension artérielle grimpait en flèche. Incapable de détacher les yeux de Rebecca, Gabe se laissa choir lourdement sur le rebord de la baignoire. Comment ne pas se laisser attendrir ? songea-t-il avec découragement. Elle était épuisée et couverte de bleus, bon sang ! Ses yeux cernés de mauve se détachaient sur la pâleur d'une peau délicate comme la plus fine des porcelaines. Ayant frôlé la mort de près, elle était infiniment fragile et vulnérable. Il n'aurait pu choisir pire moment pour découvrir qu'elle était belle. D'une beauté qui le touchait aux tripes.

Et qui éveillait en lui un désir presque insoutenable...

Résolu à museler sa libido, Gabe analysa froidement la situation. Ce n'était pas très compliqué de comprendre pourquoi il se trouvait dans cet état... particulier. Lorsqu'il avait débouché sur le parking et qu'il avait vu Rebecca à la merci de cette ordure, il avait subi un choc terrible : comme si la terre s'ouvrait à ses pieds et qu'il tombait en chute libre. Il s'en était fallu de peu qu'il ne la perde. De si peu...

Mais tout se terminait bien, par chance. Non seulement Rebecca avait survécu, mais elle ne craignait plus rien, désormais. Elle était là, bien vivante, juste à portée de main. Si seulement il parvenait à s'enfoncer cette évidence dans le crâne, il aurait déjà les idées beaucoup plus claires. Cela calmerait sa fébrilité inhabituelle ainsi que cette envie stupide et immodérée de l'arracher de son bain pour la serrer à l'étouffer dans ses bras.

— Gabe ?

Il tressaillit.

— Oui ?

— Il t'a fallu longtemps pour t'en convaincre mais, cette fois, tu crois vraiment que mon frère est innocent, n'est-ce pas ? demanda-t-elle en le fixant anxieusement.

Ainsi leur débat précédent était clos ? Le fait qu'il se soit battu « pour elle » n'appelait pas d'autre commentaire ? Avec un discret soupir de soulagement, Gabe repartit sur des considérations pratiques :

— Je reconnais que j'étais sceptique. Mais Tracey s'est trahie elle-même et tout laisse désormais penser que c'est elle et Wayne qui ont fait le coup. Cela dit, ce que je crois ou ne crois pas n'a strictement aucune importance. Mes convictions ne changent rien à la façon dont je procède dans mon travail. Quoi qu'il en soit, notre but est largement atteint : nous tenons un vrai suspect. Il est impossible de prédire si Tracey sera condamnée ou non pour ce meurtre. Je pense que cela dépendra en grande partie de ce que les policiers réussiront à lui faire avouer lorsqu'ils l'interrogeront. Mais aucun jury ne serait assez aveugle pour déclarer ton frère coupable à la lumière des nouveaux éléments qui vont lui être présentés.

Rebecca fronça les sourcils.

— Ce que tu crois ou ne crois pas a beaucoup d'importance pour moi. En dehors de ma famille, personne jusqu'à présent n'avait pris fait et cause pour Jake.

Gabe réussit à faire l'effort de sourire.

— Contrairement à toi, je ne me fie pas à mes intuitions. Je suis beaucoup plus terre à terre et il me faut d'abord quelques données concrètes, avant que je puisse me faire une opinion. Désolé.

Se sentant soudain comme un fauve en cage, Gabe abandonna le rebord de la baignoire. La situation devenait périlleuse. Plus il la regardait, plus la tentation de la prendre dans ses bras se faisait violente.

— Tu vas finir par te transformer en homard à force de tremper là-dedans. Je passe à côté, O.K. ? Comme ça, tu pourras enfin t'extirper de cette baignoire. Tu as prévu un peignoir ?

Au moment même où il posait la question, son regard tomba sur une petite chose de soie blanche accrochée à une patère. Il déglutit. Imaginer le corps nu de Rebecca enveloppé dans ce déshabillé ne contribuait guère à lui remettre les idées en place.

Il s'éclaircit la voix.

— Tu sais quoi, bébé? Si tu n'en as pas trop marre de moi, je te tiendrai compagnie jusqu'à ce que tu t'endormes. Tranquille. On va allumer la TV et se mettre un petit programme bien stupide qui nous changera les idées. Si tu as encore faim, je peux toujours téléphoner pour qu'on te monte un kilo de chocolat ou un litre de crème glacée ou Dieu sait quelle cochonnerie également calorique. Tu t'installeras confortablement sur ton lit et tu laisseras le sommeil venir, tout doucement.

Rebecca se mordilla la lèvre.

— Je n'ai rien contre ta compagnie, Gabe, bien au contraire. Mais tu me parles comme si j'étais une grande malade. Je vais parfaitement bien, tu sais.

Il hocha la tête sans répondre. A plusieurs reprises déjà, elle lui avait assuré qu'elle se sentait comme à l'ordinaire, et qu'il n'y avait pas lieu de s'inquiéter. Il aurait aimé pouvoir la croire. Mais il savait hélas à quoi s'en tenir.

Passant dans la chambre contiguë, Gabe s'activa comme une vraie mère poule. Il tira les rideaux restés ouverts, éteignit le plafonnier pour allumer les lampes de chevet, créant ainsi une atmosphère plus apaisante. Une fois le couvre-lit replié, il arrangea les oreillers et s'installa avec la télécommande. Il zappa jusqu'à trouver une chaîne qui passait une série humoristique exigeant un niveau de réflexion plus que minimal.

Tout en procédant à ces préparatifs, il entendait résonner en lui une musique heurtée, dissonante dont les accents fatidiques rappelaient la bande-son d'un film de Hitchcock, juste avant la survenue d'un épisode terrifiant. Ils n'en étaient pourtant plus au stade qui précède l'action violente, se répéta Gabe patiemment. Le danger avait été affronté et surmonté ; les « méchants » étaient hors d'état de nuire et la vie reprenait son cours paisible.

Rebecca était secouée, bien sûr ; on le serait à moins. Dans le meilleur des cas, elle s'effondrerait avant de s'endormir et évacuerait le traumatisme par une bonne crise de larmes. Sinon, il n'était pas exclu qu'elle fasse quelques cauchemars. Mais pour le reste : RAS. Tout allait pour le mieux dans le meilleur des mondes.

Gabe se passa nerveusement la main dans les cheveux et inspecta la chambre d'un regard critique. Il s'installerait dans un coin, décida-t-il. Dans un fauteuil — à distance physique respectable de Rebecca. Inutile de lui préciser qu'il avait l'intention de passer la nuit auprès d'elle. Fière comme elle l'était, elle refuserait d'être « prise en charge ». Non, le plus simple serait de la laisser s'endormir tranquillement et d'attendre. Et si elle se réveillait en hurlant, il serait là pour l'aider à passer un mauvais cap.

De nouveau, il perçut la musique sauvage qui chantait dans ses veines. Le rythme lent, sombre, inquiétant exacerbait la tension de l'attente. Gabe prit une profonde inspiration. Pourquoi ces sensations confuses, cette impression qu'il s'acheminait vers quelque chose d'irréversible ? Ce n'était pas comme si Rebecca lui avait manqué toute sa vie ; ce n'était pas comme s'il avait ressenti une rage démente en la trouvant entre les pattes de Wayne ; ce n'était pas comme s'il avait eu la révélation terrifiante que son existence entière sombrerait dans l'incohérence s'il devait la perdre...

Gabe s'assit dans un fauteuil, puis se releva aussitôt. C'était incroyable d'être nerveux à ce point ! D'habitude sa résistance au stress était excellente. Plus l'action était intense, mieux il se portait, même. Les sensations fortes, il en faisait son miel ! C'était juste le fait de savoir Rebecca angoissée qui lui tapait sur le système. Il se sentirait mieux une fois qu'elle serait endormie, bien en sécurité entre les draps et qu'il pourrait veiller tranquillement sur son sommeil.

Lorsque la jeune femme sortit de la salle de bains, cependant, ce ne fut pas vers le lit qu'elle se dirigea.

Toute blanche dans son kimono de soie légère, elle s'avança droit vers lui et se blottit, en larmes, dans ses bras.

— J'ai eu tellement, tellement peur, Gabe... Tu ne peux pas savoir...

— Si je sais. Tout va bien, maintenant... Ne pleure plus...

Rebecca s'essuya les yeux mais ses larmes, aussitôt, se remirent à couler de plus belle.

— J'étais terrifiée, balbutia-t-elle entre deux sanglots. Je n'imaginais même pas qu'on puisse vivre un cauchemar pareil. Déjà, ça a commencé avec elle, Tracey. C'était son regard, le plus affreux. D'une froideur sans âme, comme s'il n'y avait plus rien d'humain en elle. Tu vas penser que je suis folle, mais j'avais presque encore plus peur avec elle qu'avec Wayne. Quand lui m'a ceinturée pour me coller son couteau sous la gorge, je ne réalisais pas vraiment, Gabe. Que ce soit si facile de tuer un être humain, de le saigner comme un animal, comme ça, de sang-froid ! C'est... c'est tellement atroce !

— Chut, tout va bien. C'est fini, Becca. Fini et bien fini. Plus jamais tu n'auras affaire à des gens comme ces deux-là... Personne ne te fera plus le moindre mal, je te le promets. Tu ne crains plus rien, je suis là.

Rebecca était sortie de la salle de bains sans savoir qu'elle tomberait en larmes dans les bras de Gabe. Elle était arrivée d'un coup, sans crier gare, et cette soudaine montée d'angoisse s'accompagnait d'un besoin éperdu de contact physique, de réconfort, de chaleur. Jamais elle n'aurait imaginé que le choc en retour serait si violent.

Le fait qu'elle ait cherché secours auprès de Gabe ne la surprenait pas, en revanche. Elle avait toujours su qu'il serait là au bon moment, que ses bras lui offriraient un havre sûr où amarrer sa peur et ses incertitudes.

Une chose, pourtant, l'étonna profondément : dans cette étreinte, Gabe ne faisait pas que donner. Il était également demandeur. Les mots qu'il prononçait n'avaient aucune signification particulière ; il se contentait de murmurer des paroles de consolation sans suite. Mais sa voix était rauque et douloureuse comme s'il était lui-même au bord des larmes. Ouvrant les yeux, Rebecca vit son visage contracté dans la pénombre. Se rendait-il compte, au moins, qu'il souffrait ? Son regard était fixe, intense, douloureux. Et les bras qui entouraient sa taille paraissaient de plomb, comme si une angoisse sans nom le tétanisait.

Son étreinte, cependant, se resserrait peu à peu autour d'elle. Sa voix s'était faite murmure, puis mourut bientôt dans le silence. Sa bouche était soudain toute proche de celle de Rebecca. Si proche qu'elle sentait la caresse de son souffle sur sa peau.

En allant se réfugier dans ses bras, elle avait simplement voulu refaire le plein de chaleur humaine. Il n'y avait pas eu d'arrière-pensée de sa part ; pas la moindre attente sensuelle. Ses émotions l'avaient submergée et elle les avait laissées se déverser librement...

Or, Gabe en était manifestement au même point.

Ses lèvres touchaient maintenant les siennes, plus légères qu'un murmure. Elles effleurèrent sa bouche, s'enhardirent. Sa langue l'envahit, à la fois insistante et caressante... Rebecca sentit quelque chose remuer en elle, comme si une porte s'ouvrait en grand pour laisser entrer la lumière. Il était déjà arrivé à Gabe de l'embrasser avec passion ; et l'ardeur sauvage de ses étreintes avait trouvé en elle un écho brûlant. Mais ce qui se passait aujourd'hui était différent. A l'intensité haletante du désir, s'ajoutait une dimension supplémentaire, une joie ineffable, une exultation frémissante qu'elle n'avait jamais connues auparavant...

Gabe s'était emparé de sa bouche avec tendresse. Une tendresse éperdue qui la bouleversa jusqu'au plus secret de son être. Leur premier baiser fut d'une douceur à couper le souffle. Les lèvres de Gabe étaient souples, chaudes, brûlantes — d'une chaleur qu'il semblait puiser en elle, comme si elle était le seul combustible dont il nourrissait sa flamme.

Ses mains puissantes parcouraient son dos, froissaient la soie légère, cherchaient la chaleur de sa peau. Insatiable, Gabe touchait, découvrait, massait; et chaque caresse était comme un message — exprimé par ses mains, inventé par son cœur.

Lorsque, enfin, il releva la tête, la force du désir qu'elle lut dans son regard lui fit l'effet d'un électrochoc. Au moment où il l'avait accueillie dans ses bras, Gabe ignorait encore qu'il allait l'embrasser. Savait-il seulement que cette nuit ils feraient l'amour? Elle-même venait de le comprendre, emplie soudain d'une certitude qui prenait racine en elle avec la force de l'évidence. De nouveau, la bouche de Gabe vint chercher la sienne. Il y eut un baiser, puis un second qui se fondit en un troisième. Impatiente de le toucher, elle s'attaqua aux boutons de sa chemise pendant que les doigts de Gabe se perdaient dans ses cheveux. Il la tenait, la serrait, la berçait.

Peut-être ignorait-il lui-même que c'était de l'amour qu'il exprimait ainsi, mais ses sentiments se communiquaient à Rebecca avec une limpidité proche de la transparence. Ce n'était pas la première fois qu'elle découvrait une ressemblance entre son frère Jake et lui. Gabe non plus n'était pas le genre d'homme à supporter de rester prisonnier toute sa vie. Pendant des années, il s'était suffi à lui-même. Son travail, ses amis avaient rempli sa vie. Mais sa solitude, insidieusement, s'était muée en abîme et, à présent, c'était plus fort que lui : il tendait la main, tâtonnait, cherchait une présence au-delà du gouffre qu'il avait creusé autour de lui.

Nier le désir était une chose. Mais ne finissait-il pas par resurgir tôt ou tard avec une force décuplée ?

Elle défit la ceinture de son jean, puis le bouton à sa taille. De son côté, Gabe ne restait pas inactif. Lentement, centimètre par centimètre, il faisait glisser la soie sur ses épaules, puis le long de ses bras, jusqu'à ce que le kimono chute à terre avec un léger son de pluie.

A la vue de sa nudité, une sombre incandescence s'alluma dans son regard. Son expression se fit grave, presque douloureuse. L'écran muet de la télévision alluma des reflets argentés sur son visage tandis qu'il la soulevait pour l'allonger sur le lit. Avec un soupir de reconnaissance, Rebecca accueillit le contact du matelas. Il était temps. Ses jambes flageolantes ne l'auraient pas soutenue une seconde de plus. Elle sentit le sang se précipiter dans ses veines, un chant sauvage s'élever dans son cœur.

— Rebecca, Rebecca..., chuchota-t-il en se redressant sur ses coudes. Tu me fais faire n'importe quoi. Dis-moi d'arrêter avant qu'il ne soit trop tard.

Mais la voix de Gabe n'exprimait ni hésitation ni regret. Elle était pure caresse. Elle noua les bras autour de son cou et attira son visage contre le sien.

— Ne t'arrête surtout pas. Ne t'arrête jamais...

S'ils poursuivaient à ce rythme, la femme primitive allait finir par se déchaîner en elle, comprit Rebecca tandis que leurs bouches se mêlaient en un baiser passionné. Elle avait d'ores et déjà oublié toute considération de prudence. Elle songea à la violence, à la laideur qui avaient entouré l'enfance de Gabe ; elle songea à la façon dont il s'était rué sur Wayne — mâchoires crispées, le regard fou. Elle avait eu peur, alors. Plus pour lui, en vérité, que pour l'homme qui avait eu l'intention de la tuer. Afin de la protéger, Gabe avait usé d'une violence qui lui faisait pourtant horreur. Une violence qui lui rappelait des souvenirs honnis.

Même si Gabe était tout le contraire d'un lâche, il y avait également de la peur en lui. La peur d'aimer. La peur d'être dépendant et de souffrir. La peur de se laisser émouvoir, de baisser sa garde, de se laisser attendrir.

Mais ces peurs-là, il était temps qu'il les affronte, décidat-elle. Cette nuit, que cela l'effraie ou non, il lâcherait prise et accepterait de vivre ses émotions. Cette nuit, il lui appartiendrait corps et âme.

Attirant son visage contre le sien, elle l'embrassa à pleine bouche. Elle ne retenait rien, ne contenait rien, laissait parler librement ses lèvres et ses mains. Et Gabe lui répondait sur le même mode, maintenant le dialogue avec un égal souci d'ouverture. Ses paumes glissaient le long de ses flancs et de ses hanches, s'attardaient sur les points douloureux de ses cuisses et de ses bras comme s'il avait mémorisé chaque ecchymose, chaque blessure. Ses caresses étaient comme une purification. Partout où elle avait été manipulée avec violence, il l'oignait de tendresse comme d'un baume. Ainsi, chaque fois que ses mains passaient sur son corps, il la rendait à elle-même, effaçant la souffrance et la peur.

Mais la douceur, petit à petit, cédait devant des poussées de fièvre qui les jetaient l'un vers l'autre dans un élan presque désespéré. Rebecca tira sur son pantalon avec des gestes si fébriles qu'un rire rauque monta de la gorge de Gabe. Mais il n'avait encore rien vu ! S'il croyait que les femmes de son milieu étaient des créatures passives et effarées, il se trompait du tout au tout. Le couvre-lit chuta sur le tapis ; les oreillers volèrent. Les couvertures furent arrachées et ramenées au pied du lit. Enlacés, Gabe et elle roulèrent de nouveau sur le matelas. Mais elle avait beau le caresser partout, l'embrasser partout, rien de tout cela ne suffisait. Et sa fièvre devenait torture.

Désirer un autre être comme elle désirait Gabe lui faisait presque peur. Ce qui survenait entre elle et lui était sans rapport avec ce qu'elle avait jamais vécu. Sans rapport même avec tout ce qu'elle avait pu lire dans les livres. C'était comme s'ils inventaient un nouvel alphabet de l'amour ; comme s'ils tissaient des liens jamais tissés ; comme s'il n'y avait plus ni passé ni avenir, juste ce présent glorieux qui n'appartenait qu'à elle et lui. En cet instant, la planète Terre aurait pu imploser et le reste de l'humanité disparaître sans que Rebecca s'en aperçoive. Pour elle, il n'y avait plus que lui, plus que Gabe, et cet embrasement né de la rencontre de leurs corps.

Un embrasement qui devenait souffrance ; souffrance de l'attente exacerbée qui finit par s'exprimer sous la forme d'un gémissement continu qui montait de sa gorge, chantait sur ses lèvres comme la litanie même de l'amour.

— Gabe...

— Attends, chuchota-t-il.

— Non, murmura-t-elle dans un sursaut de panique en se raccrochant de toutes ses forces à son cou.

Mais il ne se détacha que le temps de se débarrasser du reste de ses vêtements. Puis il s'empara de ses lèvres avec une ardeur redoublée comme si cette infime séparation avait encore attisé son désir. Nouant les jambes autour de ses hanches, Rebecca l'immobilisa et tint bon. A jamais, elle voulait le garder ainsi, prisonnier de son corps, arrimé en elle. Ses doigts glissèrent jusqu'à son sexe pour l'amener plus près encore... si près qu'elle sentit leurs deux chaleurs se fondre.

— Maintenant, chuchota-t-elle, haletante et chavirée. S'il te plaît... Maintenant, Gabe.

Il la pénétra d'un seul mouvement, avec un grondement rauque. Une tension presque terrible marquait ses traits. Le cœur de Rebecca cessa un instant de battre lorsqu'elle vit l'expression de son regard. Il y avait dans ses yeux une sollicitude, une passion, une faim d'amour éperdue. Lentement, inexorablement, il la remplit tout entière, puis il se mit à aller et venir en elle. A chaque poussée, Rebecca prenait conscience du vide insoutenable que laissait son absence. A chaque poussée, le lien entre eux se creusait, se dilatait, s'intensifiait à la fois.

Avec Gabe, elle se sentait libre. Libre d'aimer, libre de laisser résonner la musique de son corps, libre d'être elle-même. Et de son côté, ne se donnait-il pas entièrement, lui aussi ? Sa peau moite avait pris une teinte dorée dans la pénombre. Qu'il ait déjà connu le plaisir ne faisait aucun doute. Mais, dans son regard, il y avait comme un étonnement. Un étonnement heureux qui se communiquait à ses baisers, ses murmures, ses caresses, tandis que le rythme de leurs corps s'emballait, comme une chevauchée éperdue vers l'infini.

Mi-chant mi-sanglot, les mots tombèrent alors des lèvres de Rebecca :

— Je t'aime, Gabe ! Oh, je suis désolée, mais je t'aime.

11.

Si son aveu d'amour provoqua un mouvement de recul chez Gabe, il n'en laissa rien paraître. L'espace d'une seconde, il s'immobilisa en elle, au contraire, et un message muet passa dans son regard arrimé au sien. Rebecca sentit aussitôt son cœur s'embraser. Et tandis qu'il s'enfonçait de nouveau en elle pour la faire sienne, elle cambra les reins pour s'ouvrir plus encore. Soulevés par les ailes du désir, ils chevauchèrent de nouveau vers des horizons hallucinés. Mais la danse sauvage de leurs corps n'était pas seulement une course impétueuse vers la satisfaction physique, désormais. L'amour était la force motrice qui animait chaque mouvement, chaque caresse, chaque son qui se formait dans la gorge de Rebecca.

Car il s'agissait bien d'amour, Rebecca n'en doutait plus. Un don si fragile, si précieux qu'elle ne pouvait que le donner en partage. Gabe l'avait touchée au plus secret de son être et elle ressentait un besoin éperdu de le toucher à son tour, afin de lui faire éprouver la même fulgurance, la même générosité absolue.

— Oui... oh, oui... Gabe !

La jouissance l'emporta, culmina dans un appel presque angoissé.

— Viens !

A son tour, il cria son nom, un violent soubresaut le parcourut, et ils partirent ensemble, les doigts entrelacés, leurs corps ne faisant plus qu'un.

Même après la retombée du désir, la sensation d'intimité subsista, bouleversante. Le cœur de Rebecca continuait de cogner à grands coups sourds dans sa poitrine. Et celui de Gabe battait tout aussi fort contre le sien. Jamais elle n'aurait imaginé pouvoir atteindre à une telle plénitude, songea-t-elle, tout en savourant une cotonneuse sensation de bien-être. Gabe roula sur le côté et l'attira dans ses bras. Elle se blottit contre lui, la tête sur son épaule. Gabe... Elle ne se lasserait jamais de le regarder, d'effleurer ses lèvres, de glisser les doigts dans ses cheveux enfin indisciplinés. Et le plus extraordinaire, c'est que Gabe semblait tout aussi insatiable : il répondait à ses caresses, couvrait son visage et son cou de baisers — comme s'il n'en revenait pas, lui non plus, d'avoir partagé ce qu'ils avaient partagé.

Longtemps ils demeurèrent face à face, leurs deux têtes sur un même oreiller, à laisser leurs regards parler. Combien de temps ils communièrent ainsi en silence, Rebecca n'aurait su le dire, mais ce furent des moments enchantés. Le sortilège se brisa pourtant à l'instant même où Gabe se leva pour faire taire la télévision toujours allumée et éteindre la lampe de chevet. Car lorsqu'il revint se glisser à côté d'elle en tirant les couvertures sur eux, Rebecca sentit d'emblée que son état d'esprit avait changé. La chambre était plongée dans l'obscurité, pourtant, et elle ne pouvait discerner son visage, mais le fil qui les liait était rompu. Gabe était si loin, tout à coup... si nerveux, si tendu qu'il semblait n'avoir plus qu'une envie : prendre ses jambes à son cou.

Ce qui ne l'avait pas empêché, apparemment, de revenir s'allonger près d'elle. A vrai dire, il semblait même tout à fait décidé à passer le reste de la nuit en sa compagnie. Mais ça, c'était du Gabriel Devereax tout craché. Avec son sens de l'honneur et du devoir, jamais il ne se serait permis de fausser compagnie à une femme après l'amour. Rebecca, cependant, ne s'y trompait pas. Ce n'était plus en amoureux passionné qu'il l'étreignait à présent. Ses bras n'accueillaient plus, ses muscles étaient tendus, son corps figé dans une immobilité de statue.

Juste avant qu'il ne se lève, Rebecca avait été à deux doigts de se laisser sombrer dans un sommeil voluptueux. Mais le mal-être de Gabe finit par être contagieux : très vite, elle se crispa à son tour. Inquiète, la gorge nouée, elle retenait son souffle, incapable de rompre le silence de plomb qui s'était brusquement immiscé entre eux. Et elle avait beau s'agripper à ses épaules, rien n'y faisait : Gabe continuait à s'éloigner inexorablement... à des années-lumière de distance.

Dans le noir, la main de Gabe se posa sur elle pour esquisser une caresse mais, lorsqu'il se décida enfin à parler, sa voix était plus sombre que la nuit alentour :

— Je suppose qu'au niveau contraception, tu n'avais pas vraiment prévu ce qui vient de nous arriver ?

La contraception, bien sûr. Comment avait-elle pu l'oublier ? Dans le grand tohu-bohu de la passion, la pensée ne lui avait même pas traversé l'esprit. Ou alors de façon fugace, à peine consciente. Elle n'avait songé qu'à donner, à aimer... à laisser se déverser entre elle et lui ce magnifique courant de vie. Que Gabe n'ait pas eu le réflexe préservatif était beaucoup plus étonnant, en revanche. Cela lui ressemblait si peu d'agir ainsi en dépit de toute prudence.

Regrettait-il amèrement son insouciance, à présent ? Le cœur serré, Rebecca secoua la tête.

— Si ta question revient à me demander si je prends la pilule, la réponse est non.

Elle sentit les doigts de Gabe se crisper sur les siens.

— C'était à moi de faire le nécessaire, Rebecca. J'ai perdu la tête comme un gamin de seize ans.

— Tu n'es pas plus responsable que moi, chuchota-t-elle. Nous sommes deux à l'avoir perdue, notre tête. Comme deux gamins de seize ans.

Gabe s'éclaircit la voix.

— Je veux que tu saches une chose, Rebecca. Si jamais il devait y avoir des conséquences, il va de soi que nous les assumerons ensemble. Je compte sur toi pour me prévenir, d'accord ? Ne te mets surtout pas en tête qu'il faut que tu règles le problème toute seule. C'est moi qui suis en faute, en l'occurrence, et je n'ai pas l'habitude de me dérober devant mes responsabilités.

Une douleur sourde contracta le cœur de Rebecca. La responsabilité, le devoir, l'honneur... Ces valeurs faisaient indissociablement partie de Gabe. Mais à aucun prix elle ne voulait qu'il se sente lié à elle par une obligation morale.

— Je connais tes positions sur la paternité, répondit-elle d'une voix blanche. La famille n'est pas ton truc, Gabe.

— Ouais. Voilà pourquoi je me sens doublement en tort.

— En tort ? Nous nous sommes laissé déborder l'un et l'autre, c'est tout. Alors pourquoi parler de « faute », de « tort » ou de « problème » ?

— C'était à moi de te protéger. Je ne sais pas quel vent de folie a soufflé sur moi.

Rebecca ne put s'empêcher de sourire.

— Le vent en question a soufflé sur moi également. Et en tempête, même !

— Toi, c'est différent, bébé. Tu es passée aujourd'hui par une expérience terrifiante. Une peur comme celle que tu as éprouvée cet après-midi induit un stress particulièrement violent. Et tout ce surplus d'adrénaline finit par se répercuter sur le comportement sous une forme ou sous une autre. En l'occurrence, tu ressentais le besoin d'être tenue, réconfortée, rassurée. Ce qui est une réaction parfaitement normale et humaine. Tu n'es pas venue te blottir dans mes bras parce que tu avais envie de faire l'amour.

Au souvenir du déchaînement de passion qu'ils venaient de vivre, Rebecca sourit toute seule dans le noir.

— Mmm... Pas envie de faire l'amour, moi ? Peut-être pas au départ, c'est vrai. Mais tout le monde a le droit de changer d'avis, non ? Au cas où tu ne l'aurais pas remarqué, j'étais entièrement consentante. Et beaucoup plus que cela, même.

— Le moins que l'on puisse dire, c'est que je ne t'ai pas laissé de délai de réflexion. Tu voulais de la chaleur, du réconfort. Et moi, je te saute dessus comme une brute.

— Gabe, par pitié... Continue comme ça et tu vas réussir à te mettre en tête que tu m'as violée !

Rebecca soupira en sentant Gabe se contracter. Inutile de tenter d'instiller une note d'humour dans le débat. Il était manifestement décidé à battre sa coulpe jusqu'au bout. Elle en avait le cœur serré pour lui tellement il se jugeait avec sévérité. Ne se pardonnerait-il donc jamais de n'avoir su sauver son père, sa mère, les gamins de son quartier, l'humanité tout entière ?

— Violée n'est peut-être pas le mot, rétorqua-t-il sombrement. Mais il reste que je n'avais pas le droit de faire l'amour avec toi dans de pareilles conditions. Tu étais particulièrement vulnérable et je le savais. Autrement dit, j'ai abusé de la situation. La peur, le stress, le danger de mort, je connais, Rebecca. Toi, tu ne pouvais pas deviner que tu aurais besoin de décompenser d'une façon ou d'une autre. Que tu aies eu envie de faire l'amour ce soir est une chose. Mais il se peut que tu te réveilles malade de regrets demain matin.

— Je ne regretterai rien ni demain matin ni jamais. Je t'aime, Gabe.

Son aveu réitéré eut un effet immédiat. De nouveau, les muscles de Gabe se contractèrent et ses bras devinrent plus durs que le granit.

— Je ne conteste pas que tu puisses ressentir de l'amour, répliqua-t-il d'une voix d'outre-tombe. Mais j'ai toujours refusé de te mentir et je ne te ferai pas l'insulte de commencer maintenant : je sais ce que le mot « aimer » représente pour toi. Je ne te cache pas que, de mon côté, ce concept appelle surtout des associations négatives.

Rebecca déglutit.

— Devereax ?

— Oui ?

— J'imagine que chacun a sa propre définition du risque. Mon père disait toujours qu'au jeu comme en affaires, on ne devrait se lancer que si on a les moyens de perdre. Moi, je vois la vie autrement. Je me dis qu'on ne devrait jouer que lorsque les enjeux sont si beaux que ça vaut vraiment la peine de tenter sa chance...

Gabe tourna la tête dans sa direction et elle sentit son regard rivé sur elle dans l'obscurité.

— Pour ce qui est de prendre des risques, tu n'y as pas été de main morte, ces derniers jours, bébé. Mais dans ce cas précis, ta philosophie ne s'applique pas. Car l'amour pour toi, n'est pas — et ne sera jamais — un « jeu ».

— Exact. Et je vais d'ailleurs t'avouer une chose que tu n'as aucune envie d'entendre : si les maris et futurs pères s'achetaient sur catalogue, je serais ravie. Je pourrais alors cocher tes références sans hésiter sur mon bon de commande.

Gabe se raidit de plus belle.

— Il faut que tu me connaisses bien mal pour affirmer un truc pareil.

— Je crois que je commence à te connaître mieux que tu ne le penses, répliqua-t-elle d'un ton ferme. Mais ce n'est pas pour ça que j'ai mis ce sujet sur le tapis. Je voulais que tu saches que je n'ai jamais eu l'intention de te tendre un piège. Je ne le ferais avec aucun homme et avec toi moins encore que quiconque. Tu sais à quel point je désire un enfant; tu sais aussi que je rêve d'une famille. Mais si j'ai fait l'amour avec toi sans me soucier de contraception, ce n'était pas une manœuvre de ma part. Loin de là. Je n'étais simplement pas en état d'agir de façon pondérée et rationnelle.

Le regard de Gabe trouva le sien dans le noir.

— Je te crois sans peine, Rebecca. Tu es une des personnes les plus fondamentalement honnêtes que je connaisse. Et ce que tu viens de me dire me conforte dans ce que je savais déjà : tu n'avais pas conscience de tes actes. Ma responsabilité étant totale, je veux donc que tu me fasses une promesse à haute et intelligible voix : si jamais tu découvres que tu es enceinte, tu m'avertis immédiatement, O.K ? Jure-moi que tu ne garderas pas cette information pour toi.

— A priori, il y a de grandes chances pour que notre petite folie de ce soir reste sans conséquence, déclarat-elle d'une voix rassurante.

Cette réponse dilatoire ne constituait en rien une promesse. Mais elle répugnait à lui faire un serment qu'elle n'était pas certaine de vouloir tenir. Elle avait besoin d'un délai de réflexion avant de prendre un tel engagement.

— J'ai encore autre chose à te dire, Gabe.

— Je t'écoute.

Rebecca prit une profonde inspiration.

— Ce n'est pas parce que je t'aime que j'attends quoi que ce soit de toi, vu ? Loin de moi l'idée de vouloir te passer la corde au cou. Je te dis simplement les choses telles que je les sens. Tu sais que c'est une manie chez moi.

Seul le silence lui répondit. C'en était fatigant de le sentir crispé comme un bout de bois mort à son côté ! Rebecca résolut de passer à la méthode active.

— Oh, et puis merde ! Si j'ai envie de t'aimer, je t'aimerai, Devereax !

Roulant sur lui, elle pesa de tout son poids sur sa poitrine et lui immobilisa les épaules pour lui infliger un baiser à sa façon. Elle l'embrassa lentement, scrupuleusement, avec un rien de maladresse, mais non sans conviction. Gabe endura stoïquement sa punition. Il fit preuve de tolérance, de patience et de courage. Il réagit également par une érection immédiate, mais cette fois, après tout, il n'y était pour rien.

— Tu ne penses pas que ça a son charme, d'être aimé, gueule d'amour ?

Il soupira bruyamment.

— Tu veux que je te dise, bébé ? Tu es un paquet d'emmerdements à toi toute seule. Je l'ai su dès le premier jour où je t'ai rencon...

Elle le musela d'un baiser rapide.

— Dis-moi, Gabe, nous avons peut-être oublié certaines précautions la première fois, mais il n'est pas trop tard pour essayer de bien faire. Tu n'as pas ce qu'il faut dans la poche de ton blouson ?

— Cette information-là, ma chère, ne concerne que moi.

Avec un léger sourire, elle laissa courir ses lèvres sur la fine toison de son torse.

— Puisque tu refuses de collaborer, il ne me reste plus

220

qu'à user de persuasion. Mais pour que je mette un pro-
jet-séduction en œuvre, j'aurais besoin de tes conseils
éclairés. Mes connaissances de la vie, vois-tu, sont essentiellement livresques et, pour l'instant, j'ai cantonné mes
recherches à l'énigme et au meurtre. Je n'ai pas encore eu
l'occasion d'écrire un traité de l'art amoureux mais
j'apprends vite, rassure-toi. Fournis-moi quelques lignes
directrices, mon chou, et, avec un minimum de coopération de ta part, tu seras impressionné par mes capacités
d'assimilation.

Gabe soupira de plus belle.

— C'est une manie chez toi de chercher les ennuis à
toute heure du jour et de la nuit ?

Rebecca fit claquer sa langue doucement, comme pour
apaiser un enfant inquiet.

— Allons, allons, ce sont de bons ennuis, non ? Etre
aimé ne fait pas mal ; et ce n'est pas angoissant non plus.
Détends-toi et tu verras... Il ne va rien t'arriver d'horrible
ou de désagréable. Depuis quand n'as-tu laissé personne
prendre soin de toi ?

— Je suis un grand garçon, bébé. Il y a longtemps que
je n'ai plus besoin que l'on s'occupe de moi.

Rebecca se pencha pour mordiller le ventre de son
amant.

— C'est là que tu te trompes, gueule d'amour. Même
les grands garçons très autonomes ont besoin d'être chou-
choutés de temps à autre. Alors, sois gentil, ferme les
yeux et laisse-moi me livrer à quelques travaux pratiques.
Considère qu'il s'agit d'une leçon intitulée « Comment se
laisser aimer sans paniquer ».

Le son qui monta de la gorge de Gabe ressemblait à
tout sauf à une protestation.

— Mmm... Becca..., murmura-t-il encore.

Mais estimant qu'il avait bénéficié d'un temps de

221

parole suffisant, Rebecca s'arrangea pour le réduire à un silence prolongé.

A l'aéroport de Las Vegas, les touristes en partance se pressaient en rangs serrés. Rebecca vérifia une dernière fois l'heure de son vol sur le panneau, puis se tourna vers Gabe. Elle aurait pu prendre un taxi mais il avait insisté pour l'accompagner. A croire qu'il voulait s'assurer qu'elle monterait bien dans son avion !

L'ambiance de l'aéroport était exactement la même qu'à son arrivée. Même soleil de plomb brillant dans un ciel sans nuage. Même excitation parmi les passagers fraîchement débarqués. Mêmes affiches aux murs vantant les mérites des divers casinos. Même cliquetis nerveux des machines à sous. Pour Rebecca, cependant, rien n'était plus tout à fait comme avant. Tant de pages de sa vie venaient d'être tournées d'un seul coup ! La situation de Jake n'était pas encore tout à fait réglée car la Justice, comme chacun sait, a ses lenteurs. Mais la solution était en vue et le non-lieu devait être prononcé d'un jour à l'autre.

Une fois Jake sorti de la maison d'arrêt, la mission de Gabe serait accomplie. D'autres enquêtes mobiliseraient son attention et elle et lui n'auraient plus aucune raison officielle de se revoir.

Le cœur de Rebecca se serra douloureusement à cette idée.

Pourtant, il ne tenait qu'à eux pour qu'il en soit autrement, songea-t-elle aussitôt. Leur séparation n'était pas inéluctable, bon sang ! Rien ne les empêchait de se rencontrer régulièrement si Gabe en manifestait l'envie. S'il acceptait d'ouvrir les yeux et de voir que le désir qui les avait poussés l'un vers l'autre n'était pas simplement une

222

pulsion passagère ; s'il comprenait qu'il ne pouvait pas finir ses jours frileusement replié sur lui-même — en gros si M. Gabriel Devereax balayait d'un grand revers de la main ses peurs passées, ses préjugés, ses vieilles cicatrices et qu'il ouvrait enfin les bras pour accueillir le présent, l'amour, la vie.

Une voix impersonnelle résonna dans le hall, appelant les passagers pour Minneapolis à se rendre dans la salle d'embarquement. Gabe se mit à jouer nerveusement avec les pièces de monnaie dans sa poche. Bien entendu, sa chemise était impeccablement repassée, ses cheveux noirs parfaitement lissés, son allure soignée jusque dans les moindres détails. Mais Rebecca savait désormais que derrière cette attitude compassée se cachait un autre Gabe. Il lui avait découvert d'autres aspects de lui-même — y compris son côté vulnérable. Des aspects qu'il n'avait osé lui montrer que lorsqu'il s'était senti libre et heureux avec elle, entre les draps.

L'état de grâce n'avait pas duré, cependant. Au réveil, il avait même retrouvé l'attitude distante qu'il observait ordinairement à son égard. Et la tristesse sourde que ressentait Rebecca n'était pas loin de se muer en désespoir. Le vrai Gabe, elle le connaissait désormais. Il était humain, aimant, généreux. Mais elle l'avait perdu aussitôt après l'avoir trouvé ! Où le rejoindre désormais ?

— Tu as de l'argent sur toi, bébé ?

Elle se força à sourire.

— De l'argent liquide, non. Mais une vingtaine de cartes de crédit, au moins.

— Ta mère sera là pour t'accueillir à l'aéroport ?

— J'ai ma voiture au parking. Je peux me débrouiller comme une grande. Je verrai maman une fois que je serai rentrée.

Gabe fronça les sourcils.

— Il fera nuit lorsque tu arriveras. J'aurais préféré que quelqu'un vienne te chercher.

— Du calme, Devereax ! Je sais que c'est difficile pour toi de renoncer d'un coup à ton attitude de macho archi-protecteur, mais tu aurais sérieusement besoin d'un stage de reconversion intensif. Pense à t'inscrire à l'occasion.

Elle aurait aussi bien pu s'adresser à un mur. La critique glissa sur lui comme la pluie sur les plumes d'un canard.

— Ne sous-estime ni ta fatigue ni ta tension émotionnelle. Ce n'est pas anodin, ce que tu as vécu tous ces derniers jours, Rebecca.

— C'est vrai. Mais tu es passé plus ou moins par les mêmes épreuves, non ?

Elle se baissa pour prendre son sac de voyage. Lorsqu'elle se redressa, Gabe l'agrippa par les épaules. Elle eut à peine le temps de lire le message muet dans son regard qu'il se penchait déjà pour l'embrasser.

Le baiser fut torride. Un baiser signé Devereax. Brûlant, échevelé — tout, sauf respectable. Une invitation à laisser sa pudeur au placard et à s'abandonner sans retenue sur la même lancée. Mais lorsque Gabe se détacha d'elle, le message dans ses yeux n'avait toujours pas changé.

Et ce message disait : adieu.

Rebecca accusa le coup. Perdre Gabe faisait plus mal encore que le couteau de Wayne Potts pointé sur sa chair. Elle dut déglutir à deux reprises avant de parvenir à prononcer un mot.

— Et toi, Gabe ? Quand prévois-tu de rentrer à Minneapolis ?

— Pas avant deux ou trois jours. Pour le moment, j'ai encore amplement de quoi m'occuper par ici. Je pense aller faire un tour au bureau de police pour commencer. Je suis curieux de savoir ce qu'ils auront réussi à arracher à Tracey. Avec un peu de chance, Wayne et elle auront tout avoué.

— Et une fois que tu auras tout réglé ici ?

— Je n'aurai plus qu'à m'enfermer dans mon bureau pour essayer de rattraper le retard accumulé durant mon absence. Je vois d'ici la pile de dossiers qui m'attendra au retour. Quant à toi, Rebecca, tu vas retrouver ta maison, ton livre en cours, tes habitudes. Ta vie. Ton monde.

Du bout des doigts, il traça le contour de sa joue. Il y avait de la tristesse dans ses yeux. Et de l'amour aussi, même s'il se gardait bien de lui en faire l'aveu. Il avait mal de la voir partir et pourtant il ne proposa pas de la revoir à son retour. Reculant d'un pas, il cessa de lui caresser la joue et laissa retomber ses bras contre ses flancs.

— S'il y a un problème, tu me tiens au courant, O.K ?

Son éventuelle grossesse, bien sûr... Elle aurait dû se douter qu'il reviendrait sur la question. Fidèle à lui-même, Gabe ne perdait jamais de vue les réalités concrètes. Ni le sens du devoir, apparemment — l'honneur, la responsabilité, la protection de la veuve et de l'orphelin... Il était même prêt à se sacrifier pour cela.

Mais s'il les considérait vraiment — elle et le bébé potentiel — comme un « problème », elle n'avait plus grand-chose à lui dire.

Son frère Jake était bien la dernière personne que Rebecca s'attendait à voir sur le pas de sa porte lorsqu'on sonna chez elle à l'improviste ce matin-là. Plus d'un mois s'était écoulé depuis que Gabe et elle s'étaient quittés dans le triste anonymat d'un aéroport grouillant de touristes. Jake, certes, avait recouvré sa liberté depuis maintenant trois semaines. Mais de sa vie son frère n'avait déboulé ainsi chez elle sans prévenir.

Avec un grand rire de joie, Rebecca se jeta dans ses bras.

— Hé ! Bienvenue à toi, frérot ! Qu'est-ce qui t'amène par ici ? Entre vite. Je t'offre un café ? Un thé ?

— Un café ne serait pas de refus. Mais si je te dérange à un moment crucial, n'hésite pas à me chasser. A en juger par ton apparence, l'inspiration a l'air de frapper fort. Donc si l'action se corse et que ton héros est en danger de mort, ce n'est peut-être pas le moment de l'abandonner.

Avec une grimace amusée, Rebecca se tourna vers le miroir de l'entrée. Elle avait commencé la journée dans une tenue relativement correcte pourtant : fin pull noir à col roulé et ample jupe en flanelle gris perle. Mais elle avait perdu ses chaussures en route, sa jupe était devant derrière et ses cheveux se dressaient sur sa tête comme les serpents de la Méduse.

Elle sourit joyeusement à son frère.

— Tu vois que c'est sportif, l'écriture, contrairement à ce qu'on peut penser ! Je suis sûre que je fais plus d'exercice devant mon ordinateur qu'un athlète s'entraînant pour les jeux Olympiques. Cela dit, je suis archi-mûre pour une pause. Essaye de te trouver une place et installe-toi confortablement. J'en ai pour une seconde ; le café est déjà fait.

Quelques minutes plus tard, plateau en main, elle retrouvait Jake déambulant avec curiosité dans la pièce qui lui servait de bureau.

— Je ne voudrais pas te vexer, mais tu restes un désastre domestique absolu, Rebecca. Tu n'arriveras jamais à me faire croire que tu t'y retrouves dans ce capharnaüm. Comment parviens-tu à te tailler un chemin au milieu de ce fourbi ? A coups de machette ?

Sourcils levés, elle feignit un étonnement indigné.

— Tu trouves vraiment que c'est le bazar ici ? Il faudrait que tu voies à quoi ça ressemble les jours où je ne fais pas le ménage.

— Le ménage ? Parce qu'il t'est arrivé de le faire, au cours de la décennie écoulée ?

Rebecca posa son plateau et bourra gentiment son frère de coups de poing. Lorsque Jake feignit la douleur, elle en eut presque les larmes aux yeux. C'était un tel soulagement de ne plus le voir sombre, aigri et taciturne comme aux temps de la prison. En l'espace de trois semaines, il avait réappris à rire et à plaisanter. Elle sourit avec tendresse. Jake revenait de loin, mais il était clairement réconcilié avec la vie.

Arrêtés par son allure sévère, la plupart des gens craignaient d'approcher son frère aîné. Jake passait pour être froid et inaccessible. Il fallait toute l'insouciance d'une petite sœur pour se risquer à taquiner cet homme d'affaires de cinquante-quatre ans, toujours tiré à quatre épingles, dont les adversaires craignaient tout particulièrement la froideur tranchante et le verbe hautain. C'était peut-être parce que Jake abandonnait son habituelle réserve en sa présence qu'elle avait été la seule à comprendre quel pouvoir destructeur la prison aurait sur lui.

Né plus de vingt ans avant elle, Jake aurait pu être son père. Mais malgré la différence d'âge, ils avaient toujours été unis par une grande complicité. Gabe était incontestablement plus athlétique, plus carré que Jake. Mais de par sa haute taille, son frère en imposait également à sa façon. Restait que les mois passés en prison l'avaient visiblement amaigri. Même la coupe très étudiée de son costume bleu marine ne parvenait à dissimuler sa perte de poids. Et encore moins les cheveux blancs qui prenaient désormais le pas sur le brun d'origine.

N'importe. Il était libre, songea Rebecca avec reconnaissance. Le cauchemar était derrière lui.

— C'est uniquement pour encenser mes talents domestiques que tu es venu me voir, Jake ? demanda-t-elle avec une moue boudeuse en se pelotonnant dans son fauteuil de bureau.

— Pas seulement, tu as raison.

Manifestement à la recherche d'un endroit pour s'asseoir, Jake regarda autour de lui d'un air perplexe. Il finit par dégager toute une pile de romans d'un fauteuil et s'octroya une place.

— Cela fait déjà un moment que je voulais te voir, Becky. J'espérais trouver un moment pour te parler à l'occasion de la fête organisée pour mon retour, mais avec tout ce monde autour, nous aurions été dérangés sans arrêt. Or je tiens à t'exprimer ma reconnaissance en tête à tête. Sans toi, je serais peut-être encore en train de tourner en rond dans ma cage, en suffoquant d'une colère impuissante à laquelle je ne trouvais d'autre exutoire que de la retourner contre moi.

Rebecca secoua la tête.

— Ce n'est pas envers moi qu'il faut être reconnaissant. Gabe a fait tout le travail, Jake.

Il n'y avait plus trace d'amusement dans le regard que son frère darda soudain sur elle.

— J'ai vu Devereax, bien sûr. Et je l'ai remercié, ainsi que le reste de la famille. Je n'en reviens pas que tous — y compris notre frère Nate, à sa manière — se soient montrés aussi solidaires pendant cette épreuve. Je n'oublierai pas de sitôt la façon dont la famille a resserré les rangs pour me soutenir. Quant à toi, on peut dire que tu as fait le maximum. Tu as été formidable, comme toujours, même si je ne suis pas d'accord avec le fait que ma petite sœur ait couru de tels risques. Devereax m'a raconté ta folle épopée. Cela m'a fait froid dans le dos.

Devereax aurait mieux fait de se taire ! songea Rebecca. D'ailleurs c'était lui qui avait pris toutes les mesures pratiques pour que Jake soit libéré. Il s'était passé tant de choses ces dernières semaines, qu'elle en avait encore le vertige !

Après l'avoir mise dans l'avion pour Minneapolis, Gabe avait pris le taureau par les cornes et s'était mêlé de très près à l'interrogatoire de Wayne et de Tracey. Le couple maudit avait fait du mensonge son gagne-pain et ils avaient acquis un réel talent pour biaiser et maquiller la vérité. Mais la police les avait fait parler séparément, et ils avaient été si soucieux de sauver leur peau l'un et l'autre qu'ils avaient fini par s'embrouiller dans leurs récits respectifs. C'était Gabe qui en analysant patiemment la retranscription de leurs interrogatoires avait souligné les contradictions entre leurs deux témoignages. Confrontés à leurs propres incohérences, Wayne et Tracey avaient fini par passer à des aveux complets. Le couple avait été inculpé pour association de malfaiteurs et Tracey pour homicide volontaire.

Non seulement Jake avait recouvré la liberté, mais son nom était lavé, son innocence établie ! Or Rebecca savait depuis le début qu'un simple acquittement au bénéfice du doute n'aurait pas suffi à lui rendre sa sérénité. Etre libre était une chose ; mais aurait-il supporté qu'une ombre continue à planer sur sa réputation ? Comment aurait-il réagi si les gens avaient chuchoté dans son dos, se perdant en conjectures sur le rôle qu'il avait joué dans la mort de Monica ? Gabe ne l'avait pas simplement fait libérer, il l'avait délivré du poids terrible du soupçon. Et Rebecca lui en serait éternellement reconnaissante.

— Finalement c'est une histoire assez édifiante, observa-t-elle. Tu ne trouves pas que Tracey et Monica se ressemblaient étrangement ? Elles étaient aussi dépourvues de sens moral l'une que l'autre. La manipulation était leur arme favorite ; l'appât du gain, le seul moteur de leurs actes. Pour elles, les autres n'existaient pas en tant que tels. Ce n'étaient que des instruments à utiliser ; des obstacles à écarter de leur route. Je ne dis pas que Monica méritait de mourir dans des conditions aussi affreuses. Mais est-ce vraiment surprenant si la rencontre entre ces deux monstres d'égoïsme s'est soldée par un meurtre ?

L'ombre d'un sourire joua sur les traits de Jake.

— Le combat du mal contre le mal se terminant par une annihilation réciproque, c'est ça ?

— Oui, comme deux mauvaises sorcières qui se croisent et s'affrontent dans la nuit.

— C'est à peu près ça. Si j'ai bien compris, tout commence lorsque Monica apprend que Tracey tente de se faire passer pour la jumelle de Lindsay. Fidèle à elle-même, Monica décide illico de la faire chanter, mais Tracey n'est pas du genre à se laisser faire. Elle mène sa petite enquête de son côté et riposte aussi sec : si Monica ne lui verse pas immédiatement une somme d'argent conséquente, elle dévoilera au monde entier que Monica Malone est non seulement l'ex-maîtresse de Ben Fortune, mais aussi une voleuse d'enfant. C'est ainsi que Monica se retrouve dans la position de l'arroseur arrosé. Il faut reconnaître que Tracey est fine mouche, dans son genre. Elle s'est penchée sur le passé de l'actrice et s'est étonnée d'une coïncidence : le fait que Monica ait adopté Brandon à peu près au même moment où un rejeton des Fortune disparaissait de la maternité. Il fallait sans doute un esprit pervers tel que celui de Tracey pour percer à jour Monica. Toujours est-il que Tracey ne s'est pas trompée.

Monica, toutefois, refuse de céder au chantage. Le ton monte entre les deux femmes. Aucune des deux n'accepte de s'incliner, et l'affaire se termine comme l'on sait...

Jake se tut un instant et passa une main lasse sur son visage.

— On pourrait parler des heures durant des turpitudes des Monica et des Tracey de ce monde. Mais il reste que nous, les Fortune, avons été, au moins partiellement, l'instrument de notre propre malheur. Bien des drames auraient pu être évités si la famille n'avait pas tenté de garder aussi jalousement ses vilains petits secrets.

— Comme celui qui entourait ta naissance, par exemple ? demanda Rebecca avec douceur. Il est vrai que les cadavres dans les placards se tiennent généralement tranquilles, pendant des années, au point de se faire oublier. Mais ce qui est enfoui finit immanquablement par resurgir... Comment ta famille a-t-elle réagi, Jake ? Je sais que tes filles t'ont toujours soutenu, mais avec Adam, ça n'a pas été trop difficile ?

Rebecca n'avait jamais été intime avec Erica, la femme de Jake. Mais Adam, le fils aîné de Jake et d'Erica, était presque du même âge qu'elle. Ils avaient plus ou moins grandi ensemble et s'étaient toujours entendus comme larrons en foire. Entre Jake et Adam, en revanche, la relation avait longtemps été heurtée et conflictuelle.

Jake parut se détendre et un sourire joua sur ses traits.

— Je t'avoue que je n'aurais jamais pensé que les choses s'arrangeraient aussi bien. Avec Adam, nous étions déjà en bien meilleurs termes grâce à sa femme qui a beaucoup contribué à nous rapprocher. Mais je dois dire qu'il a été d'un grand soutien pendant tout le temps où je suis resté incarcéré. En fait, ils ont tous été formidables. Surtout quand on pense que je leur ai vraiment mené la vie dure, à l'époque où Monica me faisait chanter. J'ai paniqué, commis des erreurs en série, commencé à boire... Je n'ai pas su exactement comment Monica avait découvert que je n'étais pas le fils biologique de Benjamin Fortune. Mais lorsqu'elle m'a annoncé qu'elle était au courant, j'ai cru que la terre s'ouvrait sous mes pieds. C'était comme si tout à coup je n'avais plus droit à rien : mon épouse, mon métier, mes amis. Je me sentais, malgré moi, complice d'une imposture. Ce n'était pas seulement une question d'argent, Rebecca, contrairement à ce que la plupart des gens ont pu penser. J'étais terrifié à l'idée de perdre tout ce qui m'était cher, tout ce qui donnait un sens à mon existence. Mère n'était plus. A part toi, tout le monde la croyait morte. Je ne me suis jamais senti aussi seul.

Jake se leva d'un bond et se mit à arpenter la pièce.

— Je n'aurais jamais dû me taire. C'était faire le jeu de Monica, et c'est bien ce qui a manqué me perdre, car les policiers avaient là un mobile tout trouvé. Le problème, c'est que j'ai réalisé un peu tard que le seul moyen de déjouer le chantage de Monica était de révéler moi-même mes origines. Je m'y étais pourtant résolu avant mon entrevue avec Monica. C'est du reste ce qui a rendu cette inculpation de meurtre si pénible pour moi. Car personne ne pouvait savoir que ce fameux « mobile » avec lequel juges et policiers m'ont rebattu les oreilles, je ne l'avais déjà plus lorsque je me suis rendu chez Monica ce fameux soir. Je suis bien conscient que les apparences jouaient contre moi, mais j'avais beaucoup réfléchi avant ma rencontre avec la vieille harpie. Après avoir passé bien des heures difficiles à broyer du noir, j'étais enfin parvenu à une décision : le mensonge n'avait que trop duré. Je ne pouvais plus vivre de cette façon. Mais lorsque j'ai expliqué ça aux flics qui sont venus m'arrêter, ils m'ont évidemment ri au nez.

— Face à un tribunal, être sincère ne suffit pas toujours, murmura Rebecca en songeant à Gabe. Ce sont des preuves concrètes qu'il leur faut. Les faits et rien que les faits.

Son cœur se serra au souvenir de leurs éternels débats sur les mérites comparés de l'intuition et du raisonnement. Cela lui faisait mal, tellement mal de repenser à tout ça... Chassant ces évocations douloureuses, elle se concentra de nouveau sur son frère. Ce n'était pas le moment de ruminer son propre chagrin.

— Jake, tu ne m'as toujours pas dit comment ta femme et ton fils ont réagi en apprenant ta véritable filiation.

— Bien. Très bien... Adam se fiche comme d'une guigne de savoir qui m'a engendré. C'est davantage la distance que mon mensonge n'allait pas manquer de recréer entre nous qui aurait pu nous éloigner définitivement l'un de l'autre. Le reste, pour lui, importe peu. Le prestige et la richesse des Fortune ne l'ont jamais impressionné, d'ailleurs. Il a des valeurs tellement plus saines que moi !

— Adam est quelqu'un de bien, en effet. Mais il a de qui tenir ! déclara Rebecca avec force. C'est en commettant des erreurs que l'on apprend, non ? Il arrive à tout le monde de paniquer, de prendre de mauvaises décisions, de traverser des phases où l'on a « tout faux », comme on dit. Moi, je t'ai toujours considéré comme quelqu'un de formidable, Jake. Et je maintiens mon opinion.

— Formidable, pas vraiment. Mais chanceux, oui. Plus même, sans doute, que je ne le mérite. Car Erica a accepté de reprendre la vie commune avec moi, Rebecca. Malgré tout ce que je lui ai fait subir. Et le plus extraordinaire, c'est qu'après trente et quelques années de mariage, nous commençons enfin à nous découvrir mutuellement. Imagine-toi que ma femme m'aime !

— Et c'est là un fait extraordinaire, d'après toi? le taquina gentiment Rebecca.

— Un peu. J'ai toujours cru que c'était sur l'héritier des Fortune qu'Erica avait jeté son dévolu. Non qu'elle fût cupide — Erica n'est pas comme ça —, mais j'ai toujours pensé qu'elle n'avait pas été insensible à la position sociale, au prestige associé au nom des Fortune. Si bien que, pendant des années, je me suis scrupuleusement appliqué, pour lui plaire, à être l'homme que je pensais qu'elle voulait que je sois. C'est ahurissant, non? Nous aurions pu continuer longtemps ainsi, à vivre côte à côte en restant des étrangers l'un pour l'autre. Quand je pense au temps que nous avons perdu par manque de confiance, par manque d'honnêteté, par absence de communication...

La sonnerie du téléphone-répondeur interrompit Jake dans ses confidences. L'appareil devait être enfoui quelque part sous une pile d'oreillers, de livres ou de dossiers. Une question de pure forme, au demeurant, car à supposer même qu'il parvienne à repérer l'emplacement exact d'où s'élevait ce « dring dring » assourdi, Jake ne se serait jamais permis de décrocher le téléphone chez sa sœur. Toutefois, lorsqu'il comprit qu'elle n'avait aucune intention de répondre, il lui jeta un regard surpris.

Rebecca s'était figée dès la première sonnerie et attendait, le cœur battant, que le répondeur se déclenche. Après son bref message personnel, elle ne fut pas étonnée d'entendre la voix de Gabe — profonde, troublante, sensuelle.

— Je commence à désespérer de te trouver un jour chez toi, bébé. Passe-moi un coup de fil ou laisse-moi au moins un message pour me dire quand je peux te joindre. C'est important, Rebecca. J'ai un certain nombre de choses à te dire.

Le message ne tomba pas dans l'oreille d'un sourd. Jake qui n'avait pu faire autrement que d'entendre observait sa jeune sœur avec une attention soutenue.

— Tu savais qui allait appeler, n'est-ce pas ? Pourquoi n'as-tu pas décroché ?

— Bah... Il faut bien que les répondeurs servent à quelque chose, non ? Pour une fois que j'ai une visite de mon grand frère, je ne vais pas perdre un temps précieux à papoter au téléphone. Rien ne m'empêche de rappeler lorsque tu seras reparti.

— Tu vas encore m'accuser d'avoir l'esprit critique, mais tu mens vraiment très mal, sœurette. Qu'est-ce qui se passe entre ce type et toi ? C'était Gabe, non ? Le son n'était pas très clair avec tout le bazar accumulé au-dessus de ton téléphone, mais il m'a bien semblé reconnaître sa voix. En tout cas, ce monsieur avait l'air fort impatient de te parler. N'y aurait-il pas une histoire d'amour dans l'air ?

Rebecca se força à sourire avec désinvolture.

— Je ne te savais pas si imaginatif. Te voilà déjà en train de bâtir tout un roman autour d'un simple message téléphonique ! Ce n'est pas parce que tu es en pleine lune de miel avec Erica qu'il faut voir des petits Cupidon partout, grand frère ! Tu me disais qu'entre Erica et toi, c'était le bonheur parfait, donc ? Et tes filles, comment vont-elles ?

Jake ne se fit pas prier pour donner des nouvelles de Caroline, ainsi que de Natalie et des jumelles, et Rebecca se félicita d'avoir réussi à détourner son attention. Mais lorsque son frère se leva pour partir, il lui saisit le menton sur le pas de la porte pour lui faire gentiment la leçon.

— Si jamais tu as besoin d'aide, Becky, — sur quelque plan que ce soit — pense à moi. Tu me blesserais profondément en ne faisant pas appel à moi. Toute la famille m'a soutenu mais toi, sœurette, tu as déplacé des montagnes pour me sortir de ce mauvais pas. A vrai dire, je ne sais pas trop ce qui serait advenu sans toi. Alors si tu as des ennuis, appelle-moi : je serai là, quoi qu'il arrive. De jour comme de nuit.

— Tu es un amour, Jake, déclara-t-elle en lui nouant les bras autour du cou pour lui faire claquer deux baisers sonores sur les joues. Je te promets qu'à la prochaine araignée géante qui s'aventure dans ma salle de bains, tu as droit à un coup de fil en urgence. Et je compte sur toi pour intervenir, cape déployée, Superman. Sans bombe insecticide, cela va de soi !

Il lui jeta un regard pénétrant.

— Je suis sérieux, Rebecca.

— Oui, je sais, et je te remercie. Mais, pour le moment, il n'y a rien que tu puisses faire pour moi, répondit-elle avec une gravité qui faisait écho à la sienne.

Lorsque son frère fut reparti, Rebecca pressa machinalement la main sur son ventre. Le problème qui l'occupait en cet instant n'était pas du ressort de Superman. Même avec la meilleure volonté du monde, son frère ne pourrait le résoudre pour elle. A pas lents, elle regagna son bureau. Le test de grossesse était placé sur une étagère de la salle de bains. Et il y avait déjà trois jours qu'elle connaissait le résultat. Prenant place devant son ordinateur, elle relut le début de chapitre qu'elle avait rédigé avant l'arrivée de Jake. Le travail était son seul refuge depuis que Gabe avait disparu de son existence. Ecrire, en temps de crise, lui permettait de faire abstraction d'elle-même, de se réfugier dans un monde de fiction. Mais aujourd'hui, rien à faire : son héros avait beau être en situation précaire, pas moyen de s'intéresser à son sort. Les doigts de Rebecca demeuraient inertes sur les touches ; le curseur clignait comme pour lui faire signe mais pas la moindre idée ne lui venait à l'esprit. C'était pire qu'une panne d'inspiration : le noir total.

A côté de l'ordinateur, trônait son vieux nounours de toujours, une bête douce et râpée avec un regard triste de chien battu. Depuis des années qu'elle écrivait, Abe l'Ours avait toujours été le compagnon des journées difficiles. Mais elle eut beau le prendre dans ses bras, rien n'y fit. Même regarder à son bras le bracelet-talisman qui avait appartenu à sa mère ne lui était d'aucun réconfort. Pour une fois, ces objets fétiches restaient désespérément inopérants, l'abandonnant seule face à elle-même...

La tête posée sur ses genoux repliés, Rebecca ferma les yeux. Au cours de la semaine écoulée, Gabe avait essayé à de nombreuses reprises de reprendre contact avec elle. Se servir du répondeur pour lui échapper était à la fois lâche et infantile. Ça ne lui ressemblait pas de fuir plutôt que d'aborder les problèmes de fond.

Mais c'était plus fort qu'elle. Parler à Gabe exigerait un courage qui lui faisait momentanément défaut. Si seulement il avait appelé plus tôt, dans les jours qui avaient suivi son retour de Las Vegas ! Mais le temps avait passé sans qu'il daigne lui faire signe. Connaissant Gabe, Rebecca ne devinait que trop bien, hélas, pourquoi il se manifestait maintenant après cette longue phase de silence. Il avait dû faire ses petits calculs. Et déduire, avec sa logique habituelle, qu'elle avait désormais tous les éléments en main pour répondre à la question qu'il se posait depuis qu'ils avaient fait l'amour sans contraception, cinq semaines plus tôt...

Mais sa décision, Rebecca l'avait prise avant même de quitter l'aéroport de Las Vegas : si, d'aventure, elle portait un enfant de lui, Gabe n'en saurait rien. Il ne lui avait jamais caché que pour lui la paternité représentait un fardeau. La notion même de famille donnait la chair de poule à Gabriel Devereax. Mais vieux jeu comme il l'était, il n'hésiterait pas à lui passer d'autorité la bague au doigt s'il apprenait qu'elle était enceinte de lui. Assurément il se montrerait prêt à réparer sa « faute » et à « payer » le prix de ses erreurs. Rebecca ne voulait pas de ça. Un tel mariage tournerait irrévocablement au désastre. L'amour était imposssible si l'un des partenaires se sentait enchaîné et, en voulant se sacrifier, Gabe ne réussirait sans doute qu'à les détruire l'un et l'autre.

Luttant contre les larmes, Rebecca frotta ses yeux brûlants. Si Gabe avait repris contact plus tôt, les choses auraient peut-être évolué différemment. Ils se seraient revus ; ils auraient parlé. Elle aurait tenté d'apprivoiser tout doucement les craintes de Gabe. Et qui sait s'il n'aurait pas découvert petit à petit que l'amour n'est pas nécessairement un leurre ? Mais, à présent, il était trop tard. Tout simplement trop tard.

Car il fallait se rendre à l'évidence : après ce long délai de cinq semaines, seul son sens du devoir le poussait encore à se manifester. S'il avait ressenti le désir de la revoir, il aurait appelé bien avant.

Voilà pourquoi elle le fuyait aussi obstinément : pour leur éviter à l'un comme à l'autre de commettre une grave erreur. Accepter de rencontrer Gabe, en effet, c'était s'exposer au risque de retomber dans ses bras, de refaire l'amour avec lui, d'accepter toute forme de relation qu'il lui proposerait. Car ce n'était pas sa fierté qui l'avait empêchée de prendre son téléphone et de le relancer elle-même.

Pas sa fierté, non. Mais son amour pour lui.

Ouvrant les yeux, Rebecca fixa un regard aveugle sur les bourgeons printaniers qui éclataient dehors, derrière les vitres closes. Elle n'avait jamais rencontré d'homme aussi assoiffé d'amour que Gabe. Et néanmoins, il ne

238

concevait d'autres relations humaines que celles fondées sur le devoir. Un jour, sans doute, il rencontrerait quelqu'un qui saurait lui ouvrir les yeux. Une femme qui le libérerait enfin de la chape de contraintes qu'il s'était forgée lui-même ; qui accéderait enfin à l'immense tendresse qu'il abritait en lui. Avec cette femme-là, il découvrirait que l'amour vrai n'est pas une cage ; qu'aimer ne signifie nullement s'entourer de barreaux mais s'ouvrir au contraire à une tout autre liberté.

Des larmes montèrent aux yeux de Rebecca. Elle aurait aimé être cette femme-là mais il fallait se rendre à l'évidence : Gabe l'avait désirée, certes, mais il n'y avait pas eu pour lui, contrairement à elle, de grande révélation. Pas de révélation. Ni déclic. Ni prise de conscience. Il était resté le même, fermé à l'amour comme avant.

Rebecca s'essuya les joues et refoula ses larmes. Pleurer ne servirait à rien en l'occurrence. Gabe l'avait taquinée sans répit sur son irréalisme foncier mais, aujourd'hui, elle était bien obligée de s'incliner devant la froide évidence. Elle avait essayé mais n'avait pas réussi à délivrer Gabe de sa prison. L'amour — ou plus exactement, son amour à elle — n'avait pas suffi à le libérer.

Restait maintenant à s'en consoler. Cela ne serait pas facile. Dans le passé, elle avait déjà connu la tristesse, et la solitude était une compagne depuis longtemps familière. Elle avait traversé des épreuves et même perdu des êtres chers. Mais rien dans sa vie n'avait jamais été aussi douloureux que d'avoir à faire le deuil de Gabriel Devereax...

12.

La secrétaire personnelle de Kate frappa deux coups brefs avant de pousser la porte du laboratoire.

— Pardonnez-moi de vous déranger, madame, mais vous avez un visiteur en bas qui demande si vous auriez quelques minutes à lui consacrer.

La doyenne des Fortune sourit joyeusement à son assistante.

— Vous arrivez au bon moment, nous venons juste de terminer. Je suis à vous dans une seconde, Martha.

Kate jubilait. C'était une réunion au sommet qu'elle venait de tenir avec deux de ses chimistes. Et la victoire se profilait désormais sur un horizon proche : la nouvelle formule anti-âge qu'ils élaboraient en secret depuis des années était fin prête et n'attendait plus qu'une autorisation de mise sur le marché. Un triomphe personnel remporté non sans mal après une interminable course d'obstacles. Délais et contretemps s'étaient multipliés sous les formes les plus diverses — sabotage, incendie et même une tentative de meurtre sur sa personne. Monica Malone avait mis toute sa diabolique imagination en œuvre pour essayer de faire capoter le projet. Mais l'actrice était morte sans parvenir à ses fins. Non seulement elle, Kate, était encore en vie, mais tous les tests réalisés sur la formule anti-âge avaient donné des résultats spectaculaires.

— Vous dites que j'ai un visiteur ? s'enquit-elle en emboîtant le pas à sa secrétaire.

— Il vous attend en bas. C'est M. Devereax, le détective.

Kate accueillit la nouvelle avec plaisir. Une pause lui ferait le plus grand bien. Et elle avait toujours apprécié la compagnie de Gabe. En sortant de l'ascenseur, elle s'avança vers lui, les deux mains tendues.

— Gabe ! Quelle bonne surprise ! Comment se fait-il que vous ne soyez pas monté directement ? Vous savez bien que vous avez vos entrées ici.

— Parce que mes privilèges ont encore cours ? Comme je ne travaille plus pour vous, je me suis demandé si je bénéficiais encore de mes anciens passe-droits. Dans le doute, j'ai préféré respecter la voie hiérarchique.

— Au diable, la voie hiérarchique. Vous m'avez manqué, Gabe.

L'ombre d'un sourire détendit les traits du détective.

— Vous êtes une femme étonnante, Kate. Ma vue devrait vous faire frémir, au contraire. Normalement, quand je déboule ici, c'est qu'une catastrophe vient d'arriver — sabotage, enlèvement, meurtre... rien de bien réjouissant !

Le ton de Gabe était plein d'humour et il arborait son habituel petit sourire ironique. Mais quelque chose en lui avait changé, nota Kate aussitôt. Tant au niveau du regard, de l'allure générale que de la façon de se comporter. Intriguée, elle lui fit signe de le suivre dans son ascenseur privé et tenta de le mettre à l'aise en poursuivant la conversation sur un ton enjoué :

— Malheureusement, on ne dirige pas un empire

financier sans traverser quelques turbulences — voire même parfois de grosses tempêtes. Cela dit, ces dernières années, les Fortune en ont subi plus que leur part, et j'avoue que je ne serais pas fâchée d'entrer enfin dans une longue phase de calme plat ! Enfin, quoi qu'il en soit, j'ai toujours eu plaisir à m'entretenir avec vous, Gabe. Et pas seulement à cause de vos compétences professionnelles. Nous avons beaucoup d'affection pour vous, Sterling et moi.

Une nuance de tendresse passa dans la voix de Kate comme chaque fois qu'elle prononçait le nom de l'avoué. Tôt ou tard, il lui faudrait annoncer à ses enfants et petits-enfants que ses sentiments pour Sterling avaient évolué au fil des mois. Qui eût cru qu'à son âge, elle aurait le bonheur de connaître encore une fois l'amour ? De façon moins fulgurante, certes, mais peut-être beaucoup plus profonde que lorsqu'elle s'était éprise de Ben, il y avait de cela plus d'un demi-siècle.

Mais elle méditerait sur ces questions plus tard. Pour l'instant, elle avait un visiteur passablement nerveux qui méritait qu'elle lui accorde toute son attention.

— Alors, Gabe, qu'est-ce qui me vaut le plaisir de cette visite ? Tel que je vous connais, vous n'êtes pas venu ici pour bavarder un moment. Les mondanités n'ont jamais été votre fort. *A priori*, vous n'êtes pas là non plus pour affaires puisque le dossier Malone est désormais réglé et qu'aucun nouveau drame, à ce que je sache, ne se profile à l'horizon. Par ailleurs, je crois pouvoir affirmer avec certitude que le chèque que je vous ai versé n'était pas sans provision.

Elle réussit à arracher un sourire à Gabe, mais ses traits ne s'éclairèrent qu'une fraction de seconde. Il semblait de plus en plus tendu et mal à l'aise.

— Non. Je dois dire qu'il n'y a eu aucun problème de

ce côté, admit-il, pince-sans-rire. Et je vous remercie encore pour la prime généreuse que vous m'avez versée.

— Oh, ce n'était pas généreux du tout. Je suis une femme très terre à terre, mon cher, et je ne donne jamais d'argent sans raison. Votre travail valait largement la rémunération que vous avez touchée.

Le compliment glissa sur Gabe sans qu'il ne paraisse l'entendre. Ils étaient arrivés à l'étage, et elle lui fit signe d'entrer dans son bureau.

— Asseyez-vous, Gabriel.

Il secoua la tête et demeura debout, les mains profondément enfoncées dans les poches de son jean.

— Je suis venu vous voir pour des raisons personnelles, Kate. Il s'agit de votre fille, en fait.

— Mmm... Quelque chose me dit que ce n'est pas de Lindsay que vous voulez me parler.

De plus en plus intriguée, Kate se dirigea vers le plateau en argent sur lequel était disposé son service à thé.

— Je vous offre quelque chose à boire, Gabe? Un thé? Un café? Ou un alcool, plutôt?

— Laissez-moi d'abord vous préciser le but exact de ma visite, répliqua-t-il d'une voix sombre. Ensuite, vous verrez laquelle de ces boissons vous aurez envie de m'envoyer à la figure.

Kate haussa les sourcils.

— Vous m'effrayez, Gabe.

« Tu commences à m'intéresser sérieusement, mon ami », rectifia-t-elle *in petto*. La dernière fois que Gabe était passé lui faire un rapport, juste avant son départ pour Las Vegas, elle avait senti que quelque chose couvait entre Rebecca et lui. Naturellement, elle avait eu envie d'en savoir plus. Mais elle avait eu beau sonder sa fille, pas moyen de lui arracher l'ombre d'une confidence. Depuis deux mois environ qu'elle était rentrée de Las

Vegas, Rebecca avait changé, elle aussi. Elle parlait peu, écrivait beaucoup et se dérobait chaque fois qu'on lui posait une question un tant soit peu personnelle.

Mais si Rebecca se taisait, l'apparence de Gabe, elle, en disait long sur la crise qu'il traversait. Kate avait fini par mettre le doigt sur ce qui avait changé en lui. Depuis le temps qu'il travaillait pour eux, Gabe était devenu plus ou moins un habitué de la maison. On pouvait l'appeler à une heure impossible, au beau milieu de la nuit et le voir arriver dans les dix minutes, l'œil frais, le cheveu lisse, la mise impeccable, arborant cette expression indéchiffrable propre au parfait professionnel. Gabe faisait partie de ces gens qui semblaient imperméables au stress. Jamais elle ne l'avait vu perdre son sang-froid même dans les situations les plus terrifiantes. Il avait des nerfs en acier.

Or, pour l'heure, les nerfs en question paraissaient rudement éprouvés et la tenue irréprochable accusait quelques failles. Ses cheveux trop longs flirtaient avec le col de sa chemise ; ses chaussures étaient poussiéreuses, son visage amaigri, presque hâve. Il avait l'air irrité, sur le qui-vive et d'humeur susceptible. Gare à l'imprudent qui se risquerait à provoquer sa colère !

Direct comme toujours, il exposa la situation :

— Cela fait trois semaines maintenant que j'essaye de reprendre contact avec votre fille. En vain. Lorsque j'appelle, je tombe sur son répondeur. Lorsque je me présente à sa porte, rien ne bouge. Soit elle est absente en permanence, soit elle refuse tout simplement de m'ouvrir.

De plus en plus intéressant !

— Mmm..., murmura Kate prudemment. Ce comportement n'est pas inusuel chez elle. Rebecca a tendance à vivre en ermite lorsqu'elle écrit. Si vous êtes venu demander mon aide pour que je vous ménage une rencontre, je dois vous dire que...

245

— Certainement pas, non. Je n'ai pas l'habitude de passer par des intermédiaires pour résoudre mes problèmes personnels.

Gabe se passa nerveusement les mains sur le visage avant d'enchaîner d'une voix marquée par la tension :

— Kate, je tiens à vous prévenir tout de suite que mon projet risque de vous choquer profondément. Quand je vous aurai fait part de mes intentions, j'ai bien peur que vous ne m'envoyiez valser d'ici en Alaska avec un grand coup de pied au derrière. Croyez-moi, j'aurais préféré me taire, mais je me sens moralement tenu de vous exposer mon plan avant de le mettre à exécution. Si je décidais d'agir en silence, vous penseriez nécessairement au pire, et vous vivriez un cauchemar. Or je ne peux pas me résoudre à vous faire ça. Nous avons collaboré étroitement, vous et moi, ces derniers mois, et j'ai de l'estime pour vous. Je n'ai pas envie de vous savoir encore une fois morte d'angoisse au sujet de l'un de vos enfants. Il y a déjà eu suffisamment de drames comme cela, chez les Fortune.

— De plus en plus fascinant, murmura Kate, sans que sa réflexion ne suscite la moindre réaction chez Gabe.

Il était trop tendu pour écouter ; trop tendu pour s'asseoir, même. Une aura d'énergie électrique semblait vibrer autour de lui.

— Vous savez, Gabe, je suis tentée de vous servir un doigt de sherry, même s'il n'est que 4 heures de l'après-midi. Il me semble que...

— Je vais kidnapper votre fille, Kate.

— Ce n'est peut-être pas une mauvaise idée...

— Puisqu'elle me fuit comme si j'avais la peste noire, je doute qu'elle accepte de venir de son plein gré. Or je dois lui parler coûte que coûte. Voilà pourquoi je vais sans doute me résoudre à l'enlever.

— Mmm...

Gabe planta son regard dans le sien. Sur la défensive, il serrait les dents, prêt à affronter les coups. Visiblement, il s'attendait à en prendre. Peut-être parce qu'il devinait que Kate n'hésiterait pas à contre-attaquer si elle le jugeait nécessaire. Malgré ses soixante et onze ans, le conflit ne lui faisait pas peur. Il lui arrivait encore régulièrement d'envoyer ses adversaires sur le tapis — au sens figuré, du moins.

Mais si Gabe s'attendait à une passe d'armes en règle, il allait être amèrement déçu.

— Vous avez déjà fixé un lieu pour ce... euh... kidnapping ?

— Non. Je n'ai pas encore mis tous les détails au point. Mais ce sera sans doute une île déserte, sans téléphone et sans possibilité de retour sur la terre ferme. Ne vous méprenez pas : je n'attends pas de vous que vous me donniez le feu vert, Kate. Je me rends bien compte que vous devez être furieuse contre moi. La seule raison pour laquelle je vous informe de ce projet, c'est que je ne voudrais pas que vous vous mettiez des scénarios-catastrophes en tête lorsque vous apprendrez que Rebecca a mystérieusement disparu. Vous saurez qu'elle n'est ni morte ni blessée mais que je l'aurai emmenée avec moi.

— Vraiment, c'est un choc pour une mère d'entendre des choses pareilles. Sachez que je suis horrifiée, maugréa Kate pour la forme. Cela dit, je mets volontiers mon yacht à votre disposition si vous voulez cingler jusqu'à votre île déserte. Comme ça, au moins, vous serez sûr d'être tranquille.

— Je... euh... Pardon ?

— Je viens de vous proposer mon yacht. Mais si vous préférez un avion, il y a moyen de s'arranger.

Gabe ne répondit pas. Il n'aurait pas eu l'air plus abasourdi si la reine d'Angleterre elle-même venait de pénétrer en grande pompe dans le bureau. Kate réprima un sourire. C'était bien ce qu'elle pensait : il n'avait pas entendu un seul mot de ce qu'elle lui avait dit jusqu'à présent ! L'idée que la mère de la « victime » puisse adhérer à son projet ne lui avait même pas traversé l'esprit, de toute évidence.

Kate versa résolument une double dose de sherry dans le verre de son visiteur. C'était une boisson bien trop féminine pour un gaillard aussi viril que Gabriel Devereax mais, en matière de remontant, elle n'avait pas grand-chose de mieux à lui proposer. Et comme il avait l'air en état de choc, il fallait bien qu'il reprenne ses esprits d'une manière ou d'une autre.

Autre argument — plus décisif encore — en faveur du sherry : s'il buvait un peu, il se détendrait. Et s'il se détendait, il finirait par parler. Or Kate n'avait pas l'intention de le laisser repartir avant d'avoir glané quelques précisions sur ce qui s'était passé à Las Vegas, entre Rebecca et lui...

Gabe nota que les érables étaient de nouveau en feuille dans le quartier où vivait Rebecca. Les jardins sortaient en triomphe du grand sommeil de l'hiver : jonquilles, jacinthes et tulipes déployaient leurs couleurs de fête dans les parterres. Et les pelouses formaient de soyeux tapis d'un vert fragile et lumineux comme on n'en voit qu'aux premiers printemps.

Le printemps ? C'était la saison de l'amour, certes. Mais, pour l'heure, le ciel très bas n'augurait rien de bon. D'énormes nuages noirs bouchaient la ligne d'horizon, laissant filtrer une lumière jaunâtre qui avait tout du sombre présage. Du reste, il n'y avait pas une âme en vue lorsque Gabe se gara devant chez Rebecca. Pas d'enfant sillonnant le quartier en vélo ou en train de jouer à la balançoire dans quelque jardin ; pas le moindre promeneur ou mère de famille revenant de faire ses courses. Un éclair zébra le ciel, aussitôt suivi d'un violent coup de tonnerre.

Gabe poussa la portière de sa Morgan et, en s'aidant des deux mains, souleva sa jambe gauche pour la sortir de la voiture. Son plâtre, fixé au-dessus de l'articulation du genou, descendait jusqu'à la cheville et lui interdisait toute flexion. Avec, par ailleurs, le bras droit en écharpe, s'extirper d'un siège de voiture relevait bel et bien de l'exploit sportif. Après avoir réussi tant bien que mal à s'extraire de l'habitacle, il se pencha maladroitement pour sortir la béquille posée sur la banquette arrière. Comme il la calait sous une aisselle, il vit le rideau devant la fenêtre de Rebecca s'écarter un instant puis retomber.

Gabe fit une grimace de douleur et s'immobilisa pour se frotter la tempe — celle qui était ornée d'un magnifique pansement en croix.

Une première goutte de pluie s'écrasa sur le sol, bientôt suivie de sa sœur jumelle. Dans quelques secondes, il pleuvrait des cordes, comprit-il en levant les yeux vers le ciel d'un noir d'encre. Naturellement, il n'avait pas prévu d'imperméable. Et harnaché comme il l'était, il lui faudrait une éternité avant d'atteindre la maison. Floc. Floc. Floc. Un véritable déluge se préparait. Et la pluie était glaciale. C'était bien sa chance d'être obligé de se traîner à la vitesse de l'escargot pour arriver jusqu'à sa porte. Au vu et au su de tout le quartier, en plus. Jamais il ne s'était senti aussi ridicule.

Quoi qu'il en soit, cela lui laissait le temps de méditer sur le discours qu'il tiendrait à Rebecca. Quels arguments trouver pour la convaincre ? Des bribes de sa récente conversation avec Kate Fortune lui revinrent à l'esprit.

Vu le milieu dont il était issu, vu son absence d'éducation, vu qu'aucun costume Armani ne figurait — ni ne figurerait jamais — dans sa garde-robe, il ne comprenait toujours pas comment Kate avait pu accepter aussi sereinement qu'il s'intéressât à sa fille. N'importe quelle mère de son milieu aurait fait un scandale. Eh bien, non : Kate avait été adorable. Et elle ne lui avait même pas demandé s'il comptait l'épouser. C'est dire !

Au lieu de lui frotter les oreilles, donc, elle l'avait forcé à boire deux verres de son horrible sherry sucré, et s'était mise à lui parler de sa famille et des crises successives qui avaient affecté les Fortune.

— Tous mes enfants et petits-enfants sont passés par des moments difficiles : l'un après l'autre, sans exception. Nous avons également eu de gros déboires financiers dus aux attaques répétées dont l'entreprise a été l'objet — mais cela, vous le savez aussi bien que moi, Gabe. Quoi qu'il en soit, la série noire est terminée et la famille recouvre son équilibre. Non seulement les crises existentielles sont surmontées, mais chacun a trouvé sa chacune — et vice versa. A une exception près, cependant.

— Rebecca...

— Oui, Rebecca.

Kate s'était également servi un sherry, mais elle était trop prise par leur conversation pour songer à porter le verre à ses lèvres.

— Voyez-vous, Gabe, les autres, je les ai vus errer, chercher, se rendre malheureux parfois, à force d'hésiter sur la voie à suivre. Alors pour certains d'entre eux, je me suis permis de donner un petit coup de pouce au destin en les aiguillant à ma façon... Mais avec Rebecca, pas

250

moyen. On prétend souvent, autour de nous, que nous sommes de natures opposées, elle et moi, parce que Rebecca n'a pas hérité de mon sens des affaires. C'est faux. Contrairement aux apparences, nous sommes très proches l'une de l'autre. Depuis qu'elle est toute petite, je me reconnais en elle. Je la regarde et j'ai l'impression de me retrouver au même âge. Elle est entreprenante, inventive, passionnée; il n'y a jamais rien eu de passif ni de moutonnier chez elle. Les conventions, les règles ne l'intéressent pas. Lorsqu'elle s'est fixé un but, rien ne peut la faire dévier de ses objectifs. Je veux voir Rebecca heureuse, Gabe. Avec une famille, une grande maison, et les enfants qu'elle désire tant. Et je dois dire que de tous les hommes qu'elle a fréquentés, vous êtes le seul à l'avoir déstabilisée.

Le seul à l'avoir déstabilisée...

Gabe avança laborieusement d'un pas en s'aidant de ses béquilles et songea que l'idée n'avait cessé de lui trotter dans la tête depuis qu'il avait quitté le bureau de Kate quelques jours plus tôt. Qu'avait-elle voulu dire par là, bon sang? Qu'il avait ses chances? Ou, au contraire, qu'il exerçait une action négative sur elle? Qu'elle fuirait à toutes jambes en le voyant s'avancer à cloche-pied jusqu'à sa porte?

Une chose était certaine, en tout cas : il n'en pouvait plus d'attendre. Qu'il soit devenu pour Rebecca objet d'amour ou objet de haine, il voulait en avoir le cœur net. Même au risque de se heurter à cet écueil redoutable : l'indifférence...

Quelques semaines plus tôt, lorsque Jake Fortune avait été libéré, Gabe avait poussé un grand ouf. Enfin, cette affaire compliquée se terminait. Enfin, il allait pouvoir se consacrer au travail en retard qui s'accumulait.

Et oublier Rebecca dans la foulée.

Il avait eu plaisir à retrouver ses propres rythmes, son propre espace et même son appartement de célibataire. Sa solitude et sa liberté lui avaient procuré la même satisfaction qu'à l'ordinaire.

Les premiers symptômes s'étaient manifestés moins de deux jours plus tard — assez discrets dans un premier temps. D'abord, il y avait eu comme un flottement, une insidieuse sensation de vide. Puis, petit à petit, sa vie s'était mise à peser comme du plomb. Tristesse et nostalgie étaient venues se rajouter à ce tableau clinique, accompagnées d'une insomnie tenace et d'une perte totale d'appétit.

D'abord désorienté, il avait fini par poser son diagnostic : le syndrome dont il souffrait avait pour nom Rebecca et rien ne semblait devoir venir à bout de cette maladie invalidante.

Au mal qui le rongeait, Gabe avait opposé une farouche résistance, pourtant. Luttant contre la tentation de composer son numéro de téléphone, il s'était forcé à ressusciter un à un les drames de sa propre enfance : les disputes entre ses parents, les réflexions mordantes, les rancœurs perpétuelles. Comment oublier les insultes rageuses qui, du matin au soir, avaient plu au-dessus de sa tête ? Comment oublier que le compagnon de vie, choisi au départ par « amour », pouvait devenir au fil des ans l'ennemi à abattre ?

Des couples amoureux, Gabe en avait vu se faire et se défaire par dizaines. Au début, c'était toujours l'idylle. Puis les désillusions survenaient, les espoirs s'effondraient. Et l'être naguère tant aimé se voyait affublé soudain de tous les vices : d'abord porté aux nues, l'ex-idole se muait en bouc-émissaire.

Gabe ne se considérait pas comme quelqu'un de cynique. Mais il se flattait d'avoir été doté dès son plus jeune âge d'un solide réalisme. Que l'amour existât, il n'en doutait pas une seconde. Le seul ennui, c'est qu'il s'agissait apparemment d'un phénomène éphémère auquel les gens s'obstinaient à vouloir prêter un caractère d'éternité. En avoir conscience, c'était faire l'économie de bien des souffrances. Non seulement on évitait de se leurrer soi-même, mais on s'abstenait également de faire du mal à autrui.

Tandis qu'il se débattait au milieu de son « syndrome Rebecca », cependant, Gabe avait fait un constat. Un constat tout bête et qui néanmoins avait suffi à bouleverser radicalement ses conceptions : seule l'horreur que lui inspiraient les disputes avait fait de lui un célibataire endurci. Or, avec Rebecca, ils s'étaient disputés avant même de tomber dans les bras l'un de l'autre ! Et il avait toujours pris le plus grand plaisir à se quereller avec elle. Au point qu'il ne se sentait pas loin de briguer le privilège de continuer à se chamailler avec elle jusqu'à l'âge de cent dix ans...

D'autant que venait s'ajouter à cela un facteur décisif : Gabe n'avait pas l'esprit tranquille lorsqu'il savait Rebecca livrée à elle-même. Il ne la connaissait que trop bien, cette tête de mule ! C'était de l'inconscience pure de la laisser seule. Certes, elle avait de la famille à revendre. Et tous l'adoraient. Mais de là à ce qu'ils aient le moindre ascendant sur elle... Non, inutile de se leurrer : on ne pouvait pas compter sur les Fortune pour veiller sur Rebecca.

Or, pour tourner rond, la Terre avait besoin de rêveurs passionnés comme elle, prêts à prendre les risques les plus insensés pour prouver que le bien triomphait toujours sur le mal et que l'on ne craignait rien tant qu'on avait sa conscience pour soi. Oui, il fallait bien qu'une personne au moins sur cette triste planète continue à croire à la beauté de l'existence.

Bien sûr, Rebecca n'était peut-être pas la seule inconsciente sur terre. Mais il ne pouvait pas s'occuper de tout le monde à la fois. Et cette femme à elle seule exigeait une présence à temps plein. Il n'épouserait donc qu'une seule cause et cette cause s'appelait Rebecca.

Pour qu'elle puisse continuer à être elle-même en toute confiance, quelqu'un devait se charger de la protéger — avec subtilité et discrétion, il va de soi. Quelqu'un qui puisse comprendre à quel point elle était fragile, unique, merveilleuse. Quelqu'un avec une force de caractère suffisante pour la contrecarrer de temps à autre. Quelqu'un qui saurait ménager son besoin de liberté tout en se tenant fermement à son côté dans les moments difficiles.

Gabe avait longuement réfléchi à la question, mais il avait fini par admettre l'inconcevable ; pour jouer ce rôle auprès d'elle, il ne voyait qu'une personne : lui-même.

Car il l'aimait. Si fort qu'il en souffrait comme un possédé.

Une nuit, il s'était réveillé en sursaut d'un cauchemar où Rebecca attendait un enfant. Un enfant de lui. Cette vision lui avait fait l'effet d'un coup de poing en pleine poitrine. Il avait été sidéré de ressentir pareil désir d'être père — père, non pas comme l'avait été le sien, mais père comme il avait envie de l'être, lui. Selon ses propres règles et ses propres envies. Car il était libre d'être lui-même, avait-il compris soudain. Libre de fonder une famille qui serait tout sauf la copie conforme de sa famille d'origine. Libre de laisser le passé derrière lui et de redessiner la carte de l'avenir à sa manière...

Si le rêve-de-Rebecca-enceinte avait pris l'allure d'un cauchemar, c'est qu'il lui avait ouvert les yeux sur une certitude terrifiante : même si elle attendait un enfant de lui, elle ne donnerait pas signe de vie pour autant. Connaissant Rebecca, il aurait dû réaliser plus tôt qu'elle

254

choisirait de couper les ponts. Elle avait toujours formulé très clairement ses positions : en matière d'amour, c'était tout ou rien. L'enjeu pour elle n'était pas de se promener avec une alliance au doigt ou se faire appeler « madame ». Sa revendication était plus simple et plus profonde : elle voulait un authentique mariage d'amour, sinon rien. Et comme il n'avait cessé de lui répéter qu'il était célibataire dans l'âme, il était inutile qu'il compte sur un appel de sa part. Enceinte ou pas enceinte, il n'entendrait plus parler d'elle.

De nouveau, Gabe vit un rideau bouger derrière la fenêtre. Cette fois, le tissu s'écarta de quelques bons centimètres.

Un faux mouvement lui fit faire la grimace. Serrant les dents, il continua à se traîner jusqu'au perron en faisant héroïquement abstraction de la pluie qui lui dégoulinait dans la nuque. Et tout à coup, miracle : la porte d'entrée s'ouvrit en grand.

— Gabe ! Je t'avais aperçu de loin mais je ne t'avais pas reconnu sous cette pluie battante ! Qu'est-ce qui t'est arrivé, mon Dieu ?

— Une mauvaise rencontre, admit-il avec un léger haussement de son épaule encore valide.

L'espace d'une seconde, il en oublia d'être pitoyable. La regarder, inspirer l'air qu'elle expirait, c'était déjà le nirvana.

Il scruta ses traits dans l'espoir de détecter ces fameux signes de fragilité dont lui avait parlé Kate. *A priori*, Rebecca n'en montrait aucun, mais il creuserait cette question-là plus tard. Chaque chose en son temps.

Il nota qu'elle portait un sweat-shirt blanc élimé avec une tache de confiture, qu'elle était pieds nus, que ses cheveux formaient une masse rebelle. Et merveille des merveilles : une authentique inquiétude assombrissait ses yeux verts.

— Une mauvaise rencontre ! Mais, Gabe...

— J'ai besoin d'aide, bébé. C'est bête à dire, mais c'est ainsi.

Ayant atteint l'abri du porche, il prit appui de tout son poids sur sa béquille.

— J'ai décidé de tout laisser en plan et d'aller me mettre au vert une semaine. J'ai trouvé l'endroit idéal où je pourrais me requinquer et refaire le plein d'énergie. Mais ça a déjà été la croix et la bannière pour conduire jusque chez toi et je ne me vois pas rouler comme ça deux heures d'affilée. Et puis il faut que quelqu'un me donne un coup de main pour transporter les provisions. Une fois installé, je m'en sortirai très bien tout seul, mais si tu avais un après-midi à perdre... J'ai besoin de toi, Rebecca.

C'était la première fois, en trente-huit ans d'existence, qu'il admettait avoir besoin de qui que ce fût. Voilà sans doute pourquoi sa voix rendait un son aussi étranglé. Mort d'angoisse, il attendit. Et si elle le jetait dehors en le traitant de menteur et d'imposteur ? Son petit speech, il est vrai, comportait quelques inexactitudes. Mais lorsqu'il avait affirmé avoir besoin d'elle, il n'avait fait qu'exprimer la vérité la plus vraie.

Elle le dévisagea un instant d'un air dubitatif. Mais lorsque leurs regards se croisèrent, elle hocha gravement la tête.

— J'arrive, Gabe. Juste le temps d'éteindre mon ordinateur et de prendre mon sac à main.

— Et éventuellement une paire de chaussures ?

Rebecca eut un geste éloquent du bras, indiquant qu'elle avait mieux à faire dans la vie que de s'occuper de ces détails. Mais lorsqu'elle ressortit en trombe quelques minutes plus tard, elle avait quand même pris la peine d'enfiler des tennis. Maternante en diable, elle le soutint, le guida, le fit asseoir avec mille précautions sur le siège passager de la Morgan.

— Et maintenant? demanda-t-elle, installée derrière le volant comme si elle avait conduit sa voiture depuis toujours.

— Oh, c'est simple comme bonjour, bébé. Tu m'emmènes là-bas, tu m'aides à stocker quelques boîtes dans les rayons, puis tu repars avec ma voiture. Il faudra simplement penser à revenir me chercher dans une semaine.

Rebecca hocha la tête et parut satisfaite de ces explications. Le projet était totalement irrationnel, pourtant. Mais elle n'essaya ni de le faire changer d'avis ni de le conduire d'autorité dans la maison de repos la plus proche.

Si seulement elle pouvait continuer à se montrer aussi accommodante! Car il avait quantité d'autres projets auxquels il souhaitait de tout cœur qu'elle adhère sans protester...

Il lui fournit des indications. Une heure plus tard, ils laissaient l'autoroute derrière eux pour emprunter une petite route qui s'enfonçait en rase campagne. Mais Rebecca ne s'intéressait ni à l'itinéraire ni au paysage. Elle n'avait d'yeux que pour ses blessures.

Lorsqu'ils s'arrêtèrent devant une épicerie de village pour faire les courses, elle se mua en véritable sergent-chef. Il fut autorisé à pénétrer dans le magasin, mais n'eut pas pour autant voix au chapitre. Elle tenait à choisir elle-même les provisions dont il aurait besoin pour vivre en reclus pendant une semaine. Il était hors de question, naturellement, qu'il porte quoi que ce soit, et elle fit trois fois l'aller et retour sous la pluie, pour remplir le coffre. Comme il la laissait faire à sa guise sans émettre l'ombre d'une protestation, Rebecca fronça les sourcils et se pencha pour lui poser la main sur le front.

— Tu es sûr que tu n'as pas de fièvre ?

— Pourquoi aurais-je de la fièvre ?

— C'est la première fois que tu m'obéis, gueule d'amour. Avoue qu'il y a de quoi se faire du souci. Mais ce sont peut-être tes médicaments pour la douleur qui endorment ta vigilance ?

— Mmm... Tu prendras à gauche au prochain croisement. Puis tu iras tout droit sur un kilomètre, et il faudra guetter ensuite un embranchement sur la droite.

Gabe avait quantité d'instructions compliquées à lui donner. Ils quittèrent la route goudronnée pour emprunter une piste, laquelle serpentait à travers une succession de petits bois et de prairies typiques de la campagne du Minnesota. Il lui fit emprunter tant de croisements et de chemins détournés qu'il aurait réussi à faire perdre le nord à un géographe muni d'une boussole.

Une demi-heure plus tard, après avoir cahoté sur un chemin herbeux, ils atteignirent enfin leur destination. Rebecca descendit de voiture la première, les poings sur les hanches, et inspecta les lieux d'un œil critique. Bâti à flanc de colline, le chalet de bois de cèdre situé juste à l'orée des bois épousait le relief sur deux étages. De grandes baies vitrées en façade donnaient sur une terrasse en teck avec vue sur la petite rivière aux eaux argentées qui courait dans le vallon.

— Le coin est magnifique, Gabe. C'est une location ?

— Oui. Pour une semaine.

— C'est l'endroit idéal pour se reposer, bien sûr. Mais l'isolement ne te fait pas peur ? Il n'y a pas d'autres maisons à des kilomètres à la ronde.

Il haussa les épaules.

— J'aurai la paix comme ça.

— Mmm... Pour le moment, ne bouge pas d'ici. Je vais rentrer les provisions et voir ce que ça donne à l'intérieur.

S'extirpant tant bien que mal de la voiture, il attendit, immobile, le ventre noué par la peur. Il savait ce qu'elle allait trouver en visitant le chalet : des sols de bois naturel et une grande cheminée en pierre. Une cuisine rustique avec une vieille table en pin noueux. Il n'y avait qu'une seule chambre à coucher tout inondée de lumière avec la vue sur la rivière, et un lit immense de bois, avec des tiroirs intégrés. Tout était sobre, élémentaire. Sauf peut-être le sauna intégré dans la salle de bains.

Lorsque Rebecca revint, ses poings étaient de nouveau sur ses hanches.

— La maison est parfaite, Gabe. Tu ne pouvais pas mieux tomber. Mais je n'ai pas trouvé le téléphone.

— Il n'y en a pas.

— Pas de téléphone. Pas de voisins. Et si tu tombes ? Sans parler de tous ces escaliers qui ne vont pas te faciliter l'existence.

— Ça va aller. Ne t'inquiète pas.

Rebecca eut une moue pensive.

— Je ne sais pas si c'est raisonnable de te laisser ici tout seul.

— Je me suis débrouillé seul toute ma vie, bébé.

— Sans doute. Mais tu n'as jamais été aussi empêtré auparavant.

— Exact, concéda-t-il. Empêtré est bien le mot, en effet... Rebecca ?

Il attendit qu'elle tourne la tête vers lui pour lui montrer les clés de voiture qui reposaient dans sa paume. Pendant qu'elle regardait, il les prit et les jeta au loin de toutes ses forces. Non sans une certaine fascination, il vit le trousseau atterrir avec un petit « plouf » dans la rivière.

La bouche de Rebecca s'arrondit en une expression stupéfaite.

— Gabe ! As-tu perdu la tête ? Nous allons nous retrouver coincés ici tous les deux, maintenant.

Sans répondre, il jeta sa béquille dans l'herbe. Puis il arracha le pansement en croix sur sa tempe. Après s'être débarrassé de l'écharpe qui retenait son bras, il se pencha pour défaire les Velcro qui maintenaient le plâtre autour de sa jambe. Il lui fallut bien trois minutes avant d'être en état de se redresser. Trois minutes pour mettre son cœur à nu et le jeter à ses pieds. Lui qui, dans le domaine du cœur, n'avait jamais pris un seul risque, en avait des sueurs froides. Même dans ses pires cauchemars, il n'avait jamais tremblé d'anxiété à ce point.

Rebecca n'avait pas bougé d'un millimètre. Pas changé d'attitude ni détourné les yeux de son visage. Son silence s'éternisait comme s'il devait durer toujours.

Autant se faire une raison, comprit Gabe. Elle allait l'étrangler à mains nues et jeter ses restes dans la rivière, à côté du trousseau de clés perdu...

13.

Les bras croisés sur la poitrine, Rebecca examina Gabe des pieds à la tête. Lui, si hâlé d'ordinaire, avait le teint un peu pâle. Mais, pour le reste, il paraissait en parfaite santé. Pas une lésion décelable, pas même l'ombre d'une ecchymose en vue. Lorsqu'il fut enfin débarrassé de tout son harnachement ridicule, elle vit même apparaître un mollet en excellent état de marche. Ses superbes épaules de lutteur étaient crispées, certes, mais, à vue de nez, il n'y avait ni luxation, ni foulure. Sa peau ne présentait aucune égratignure — pas même une coupure de rasoir.

Satisfaite de son examen, Rebecca hocha la tête. Sans doute était-elle terriblement partiale mais, à ses yeux, Gabriel Devereax méritait de figurer dans le livre des Records, au chapitre des anatomies masculines idéales.

Plus elle l'observait, cependant, plus Gabe paraissait aux abois. Les poings sur les hanches, elle se mit à tourner lentement autour de lui.

— Ainsi tu n'es pas blessé ?

— Non.

— Il n'y a pas eu de « mauvaise rencontre » ? Ta vie n'a jamais été menacée ?

Il sourit piteusement.

— Note quand même que je me suis fait piquer par un

261

moustique pas plus tard qu'hier soir en rentrant le barbecue. Mais la dernière fois que j'ai couru un risque réel, c'était à Las Vegas avec toi... Rebecca?

— Oui? dit-elle aimablement.

— Tu n'as pas l'air plus surprise que ça.

— Naturellement que je ne suis pas surprise, Devereax! Je te connais, nom de nom! Si je te savais seul dans une impasse obscure en compagnie de six loubards armés, je me ferais du souci pour tes adversaires, pas pour toi! Tu croyais vraiment que j'étais tombée dans le panneau? Que je me serais précipitée pour t'emmener dans ce trou perdu avec tes plâtres et tes bandages, sans poser la moindre petite question sur le pourquoi du comment d'une telle déconfiture? Je suis écrivain, moi, monsieur! Les coups montés, les scénarios fabriqués de toutes pièces, je les flaire de très loin!

Gabe s'éclaircit la voix. Ses yeux étaient rivés sur le visage de Rebecca et son regard ne lâchait plus le sien.

— Mais tu es venue quand même...

— Evidemment que je suis venue quand même! Je me faisais un souci d'encre à ton sujet, Gabriel Devereax. Et je ne sais pas pourquoi je m'exprime au passé, d'ailleurs. Je suis toujours malade d'inquiétude. Cela ne te ressemble pas de monter un pareil canular. Si tu as pris la peine de me faire tout ce cinéma, c'est que quelque chose ne tourne pas rond.

Gabe se frotta le crâne. Il avait l'air de trouver la situation terriblement inconfortable.

— J'étais à bout de ressources, figure-toi. Tu refusais de me voir, de me parler. Il a bien fallu que je trouve une combine pour attirer ton attention.

— Ah, pour attirer l'attention, on peut dire que tu as attiré l'attention! Si le temps n'avait pas été à l'orage, tu aurais provoqué un véritable attroupement.

Il ne répondit pas et le silence entre eux se mit à vibrer, vibrer, vibrer... Le cœur battant, Rebecca attendait. Elle avait fui Gabe, jusqu'à présent, parce qu'elle avait peur de ses questions. Pendant le long trajet jusqu'au chalet, il aurait eu amplement l'occasion de l'interroger sur une éventuelle grossesse. Or il n'avait pas mentionné le sujet une seule fois. Pour cette raison — et peut-être à tort — elle reprenait timidement espoir. Et si Gabe avait d'autres priorités en tête que de réparer stoïquement sa « faute » ?

Elle riva son regard au sien.

— Ainsi, tu désirais me parler ?

— C'était le but de la manœuvre, oui. Mais chaque chose en son temps. Tout d'abord, il faut que je procède à une petite vérification.

De plus en plus tendue, Rebecca retenait son souffle. Gabe fit un pas en avant pour la prendre dans ses bras. Lui emprisonnant les poignets d'une main ferme, il les souleva pour les placer derrière son cou et, tandis qu'il se plaquait étroitement contre elle, Rebecca sentit le cœur de Gabe cogner à toute allure contre le sien... Bouleversée, elle eut un tressaillement de tout le corps. Et arriva alors ce qu'elle redoutait — et attendait, en même temps, désespérément : posant d'autorité ses lèvres sur les siennes, il se mit à l'embrasser sans retenue.

Toutes ses bonnes résolutions de prudence envolées, Rebecca renonça à lutter. C'était d'ailleurs bien là que résidait le danger, songea-t-elle : cette faiblesse effrayante qu'elle ressentait au contact de Gabe, cette incapacité totale de lui résister. N'était-ce pas pour éviter d'en arriver là qu'elle le fuyait depuis des semaines ? L'attirance physique entre eux était si forte qu'elle balayait en elle toute volonté.

Gabe resserra son étreinte et Rebecca ferma les yeux. Oui, elle ne savait plus du tout ce qu'elle faisait lorsque

Gabe la prenait ainsi dans ses bras. Se serrer contre lui, c'était comme entrer au paradis. Pouvait-on, dans ces conditions, prendre des décisions raisonnables ?

Comment réfléchir, en effet, quand on était sous l'emprise d'un tel baiser ? Un baiser plus redoutable, plus tentateur que tous ceux qu'elle avait jamais reçus. Un baiser auquel aucune femme ne résiste. La bouche de Gabe jouait avec la sienne, à la fois légère et pressante, mutine et passionnée. Tour à tour l'effleurant à peine, telle une goutte de rosée sur le clair velours d'un pétale, puis aspirant goulûment ses lèvres, une à une, pour en savourer la texture. Avec une infinie lenteur, il s'était mis à frotter ses lèvres humides contre sa bouche, l'invitant à s'ouvrir, puis sa langue trouva la sienne et il l'embrassa comme on goûte un nectar divin, comme si la vie loin d'elle n'avait été qu'un désert aride dont il sortait exsangue, assoiffé, à bout.

Un souffle de vent printanier fit soupirer les feuilles des arbres. La pluie avait cessé de tomber et la rivière chantait au loin. Tous ses sens aiguisés, Rebecca sentait l'herbe mouillée lui chatouiller les mollets, l'odeur pure des pins qui emplissait ses poumons.

La bouche de Gabe était plus douce qu'un rayon de lune ; ses bras plus chauds qu'un soleil d'été. Elle soupira de délice. Cette bouche, ces bras étaient réels — aussi réels que le vent, les arbres, la rivière. Si l'amour qui battait entre eux au rythme précipité de leurs deux cœurs trouvait à s'épanouir, il deviendrait plus fort que les montagnes. Et néanmoins, elle ne s'était jamais sentie aussi vulnérable, aussi terrifiée.

— Gabe..., murmura-t-elle faiblement.

— Je sais... Il faut qu'on parle, tous les deux. J'y compte bien moi aussi, bébé. Mais, dans l'immédiat, je veux d'abord savoir si tu te sens vraiment déstabilisée.

264

Déstabilisée?

— Parce que je suis censée être déstabilisée?

— Apparemment, ce serait le critère. Pour l'instant, tu ne présentes encore aucun signe, mais je vais voir ce que je peux faire...

Il la souleva comme un fétu de paille et elle noua les jambes autour de sa taille. De cette manière ils se faisaient face, et Gabe pouvait s'arrêter tous les deux pas pour l'embrasser. Il s'immobilisa une nouvelle fois en gravissant les marches du perron.

— Il faut vraiment que j'en aie le cœur net, bébé. Avant de pouvoir entamer une vraie discussion, j'ai besoin de savoir à quoi m'en tenir.

— Sur mon équilibre mental, tu veux dire?

Il hocha la tête.

— Oui. A ce propos, je te signale que nous nous dirigeons tout droit vers la chambre à coucher. Cette perspective induit-elle une certaine tension nerveuse chez toi?

— Euh... une tension, peut-être. Mais nerveuse? Non, pourquoi?

La porte moustiquaire se referma sur eux avec un claquement sec. Mais déjà Gabe leur ménageait une nouvelle halte. Il semblait ne plus pouvoir cesser de la regarder, de la porter, de couvrir ses cheveux, son visage et son cou de baisers.

— Ceci est un rapt, Rebecca Fortune. Si je te transporte jusque dans cette chambre, ce n'est pas pour admirer le paysage, précisa-t-il sur un ton d'avertissement.

Elle ne put s'empêcher de sourire.

— Bizarrement, je m'en doutais un peu, Gabriel Devereax.

Il fit quelques pas dans le couloir et, à deux reprises, se cogna l'épaule contre les lambris de bois sombre. S'il continuait à avancer ainsi à l'aveuglette, il allait finir par se blesser pour de bon, songea-t-elle, effarée.

— Rebecca... Tu réalises ce qui se passe, au moins ? Je t'ai entraînée ici sous de faux prétextes et maintenant je te porte jusque dans mon lit. Et ce n'est pas simplement sexuel, je te préviens ! La vérité, c'est que je ne peux pas me passer de toi. Parce que chaque journée vécue loin de toi est une journée noire. Parce que je croyais être libre avant de te connaître et que je me suis aperçu que ma solitude était en réalité une vraie prison. Que je n'étais libre et heureux qu'avec toi.

Gabe s'interrompit et plongea son regard dans le sien.

— Bon. Ça, ça devrait te déstabiliser, non ?

— Non, Gabe, murmura-t-elle. Ça ne me déstabilise pas du tout.

— Je t'aime. Je t'aime, bébé. Comme je n'ai jamais aimé personne. Comme je ne croyais pas que l'on puisse aimer.

Il s'interrompit pour sonder anxieusement ses traits.

— Là, j'avoue que je commence à y perdre mon latin. Si même ça ne t'affole pas, je ne sais plus ce qu'il faut faire.

— Devine ! lui chuchota-t-elle à l'oreille.

Le visage de Gabe s'éclaira et il se mit à marcher plus vite encore. Lorsqu'ils touchèrent au but, cependant, il resta un moment figé sur le seuil de la chambre, comme s'il hésitait à la lâcher, incapable à la fois de détacher ses lèvres des siennes et de franchir les quelques pas qui les séparaient encore du lit.

— Tu sais, Gabe, je ne partirai pas en courant si tu me poses.

— Ah, non, maintenant que je te tiens, je ne te lâche plus.

Sur cette déclaration sans appel, il desserra malgré tout son étreinte et les pieds de Rebecca finirent par toucher le sol. Elle lui ôta son sweat-shirt, l'embrassa ; défit le bouton de son jean et l'embrassa encore. Mais elle eut beau se comporter avec toute l'audace conquérante d'une séductrice patentée, Gabe paraissait plus tendu que jamais. Du coup, elle risqua le tout pour le tout et, glissant les deux mains à l'intérieur de son jean, d'un geste à la fois ferme et possessif, elle captura ses fesses dans ses paumes. Ses doigts tremblants démentaient sans doute son assurance de superwoman, mais l'angoisse qui marquait les traits de Gabe finit enfin par s'atténuer et disparaître.

L'habituelle lueur amusée dansait de nouveau dans ses yeux lorsqu'il haussa un sourcil réprobateur.

— Finalement, je ne te trouve pas déstabilisée du tout !

— Certainement pas, non. Mais toi, tu aurais toutes les raisons de trembler, beau gosse. Car tu es en équilibre précaire, au cas où tu ne l'aurais pas remarqué.

Elle n'eut pas à pousser très fort pour que Gabe tombe à la renverse sur le grand lit. Très femme fatale, elle se débarrassa de ses vêtements un à un avant de se couler dans ses bras. Epaisse, et légèrement rugueuse, la couverture de laine, sous leurs corps nus, offrait avec la peau de Gabe un contraste idéalement sensuel, songea-t-elle. Une peau qui à chaque caresse devenait plus vivante sous ses doigts. Gabe était un dur à cuire mais un seul baiser de femme suffisait à faire de lui un agneau. Il se soumit sans une protestation lorsqu'elle parcourut son torse et son ventre de ses lèvres entrouvertes. La tendresse faisait craquer Gabe à tous les coups.

Il l'aimait : il le lui avait dit ! Les mots d'amour qu'il avait formulés, jamais Rebecca n'aurait cru les entendre de sa bouche. Elle avait inhalé, savouré chacune de ses paroles. Et, à présent, c'était du langage de ses gestes qu'elle tirait son ivresse. L'amour de Gabe, elle le lisait dans son regard, le sentait prendre corps dans ses baisers, dans ses caresses. Au fond de ses yeux, cependant, subsistait une chanson triste. Cette chanson parlait d'un petit garçon qui s'était juré de devenir un dur et d'un homme désormais adulte qui essayait de faire l'apprentissage inverse, de retrouver les sensations, les émotions perdues depuis toujours...

Guidée par son amour, Rebecca entreprit de dépouiller Gabe de ses peurs, de tous les résidus d'angoisse, de toutes les anciennes terreurs. Il y avait encore des non-dits entre eux, mais s'aimer ainsi de leurs mains, de leurs langues, de leurs sexes était déjà en soi une promesse. Et, en cet instant, elle se sentait totalement sienne, partie de lui. La peur qu'elle avait eue de le perdre glissait au fil de leurs baisers, s'en allait avec chaque caresse. Elle lui confia qu'elle avait vécu, elle aussi, trop de jours vides, trop de cauchemars, trop de nuits sombres loin de lui. Elle lui murmura qu'elle l'aimait, le désirait à en mourir. Car il n'était plus temps de se taire ni de garder pour elle son amour. Gabe était l'homme de sa vie, son égal, son amant, l'homme de tous les partages.

Au-dessus de leurs têtes, le ciel d'un bleu délavé qui se découpait dans le rectangle de la lucarne s'effilocha en longues traînées roses avant de s'argenter d'un poudroiement gris perle. Peu à peu, la lumière déclina, n'éclairant plus que faiblement le grand lit où Rebecca et Gabe faisaient l'amour. Ils s'aimèrent toute la nuit, échangeant baisers échevelés et caresses languides. Ils s'aimèrent, somnolèrent, s'aimèrent encore et se donnèrent sans réserve l'un à l'autre jusqu'à gémir, haleter, hurler de plaisir. Chaque fois, la jouissance les portait plus haut, sur le chemin de l'amour ; chaque fois, ils en repoussaient les limites, plongeaient plus profondément pour s'élever vers de nouvelles apothéoses. Dans l'ultime extase, ce fut comme si leurs deux âmes fusionnaient, scellant d'un lien sacré leur union charnelle. Jamais Rebecca ne s'était sentie aussi libre ; jamais elle ne s'était sentie aussi femme et, en même temps, aussi parfaitement elle-même. Elle était follement, passionnément et définitivement amoureuse de Gabriel Devereax.

Plus tard, en ouvrant les yeux, elle ne sut si elle avait dormi quelques minutes ou quelques heures. Dehors, il faisait nuit noire. Et la couverture rugueuse avait disparu. Gabe avait tiré le drap sur elle et allumé la lampe de chevet. Allongé sur le côté, les yeux grands ouverts, il la regardait.

Un pli pensif barrait son front. Abîmé dans ses réflexions, il attendait. Et il y avait une question dans ses yeux qu'elle ne pouvait plus, désormais, laisser sans réponse.

D'un geste presque timide, elle lui caressa le front. Elle avait peur de parler, mais se taire l'oppressait plus encore. L'heure était venue de lui faire confiance puisqu'elle lui demandait de prendre le même risque de son côté.

— J'attends un enfant de toi, Gabe.

Elle s'attendait à une réaction mitigée, voire méfiante. A son grand étonnement, elle vit son visage s'illuminer.

— Ouf ! Me voilà donc rassuré. Avec une maison remplie de Devereax miniatures, je pense que tu seras trop occupée pour songer à t'introduire dans des propriétés privées en pleine nuit, frayer avec des loulous balafrés et donner rendez-vous à des assassins notoires dans des coins perdus. Le seul type pas clair avec qui tu prendras des risques, à l'avenir, ce sera moi.

Sous le choc, Rebecca se dressa sur un coude. Elle n'était pas dupe de sa tentative d'humour.

— Je rêve ou il s'agit d'une demande en mariage, Devereax ? La dernière fois que nous avons abordé la question, tu avais encore la famille en horreur. Tu conspuais le mariage et l'idée d'être père te plaçait au bord du suicide.

— J'ai révisé mon jugement. Je me croyais lucide alors que je n'avais, au fond, qu'une vision tronquée des choses. En réalité, je n'ai jamais été contre le mariage et l'amour ; ce qui m'effrayait c'est l'idée de souffrir ; et de faire des choix que je risquais de regretter un jour. A ce propos, je tiens à jouer franc jeu avec toi, bébé : tu ne fais pas un pari très sûr avec moi. Pour ce qui est de l'amour et de la confiance, j'ai encore tout à apprendre. Alors que toi, tu es un vieux routier de l'affectif.

Rebecca noua les bras autour de Gabe et l'embrassa avec effusion.

— Tu sais quoi ? Je te considère comme le meilleur pari sur l'avenir que je puisse faire. Je commence à te connaître, Gabe. Je sais déjà que tu n'es pas de ceux qui tournent bride à la première difficulté pour se sauver à toutes jambes.

— C'est vrai.

— Je sais également que nous allons connaître pas mal de petits conflits, toi et moi.

Il hocha gravement la tête.

— Tu vas me donner du fil à retordre, c'est vrai, mais même l'idée de me disputer avec la femme que j'aime ne me fait plus peur maintenant. Parce que cette femme, ce sera toi ! Pendant des années, j'ai assimilé à tort conflits et souffrance. Je pensais qu'on ne pouvait pas se chamailler sans faire du mal à l'autre. Mais toi et moi, nous avons eu des prises de bec depuis le début. Et le plus étonnant, c'est que ça me paraît tout naturel. Je ne peux pas te promettre que nous serons toujours d'accord sur tout, Rebecca. Mais sache que mon intention ne sera jamais de te rabaisser ou de te faire du mal. Car je ne veux pas que tu changes. J'aime que tu sois forte et volontaire, au contraire, et que tu t'affirmes telle que tu es.

Se penchant sur son visage, il saupoudra de baisers ses joues, ses lèvres, ses cheveux, son cou. Et chaque baiser était une promesse, toute remplie de cette douceur nouvelle qui transformait le regard de Gabe.

— Alors? Acceptes-tu de tenter la grande aventure du mariage avec moi? Je te préviens que je continuerai comme ça tant que tu ne m'auras pas répondu par un oui ferme et définitif, Rebecca Fortune.

Elle rit doucement.

— Dans ce cas, tu vas souffrir longtemps. Ce n'est pas moi qui te fournirai une excuse pour arrêter de m'embrasser.

— Et voilà. Ça commence! Tu as l'intention de te montrer aussi contrariante une fois que nous serons mariés?

— J'ai la ferme intention de te donner la réplique tout au long du prochain demi-siècle. Car ne crois pas que tu vas aisément te débarrasser de moi, Gabe, ou me mettre de nouveau dans quelque avion. Tu me fais confiance, n'est-ce pas?

— Entièrement, mon amour.

Elle le sentait, le lisait dans ses yeux. Brusquement, la coupe de son cœur se remplit et déborda. Une larme d'émotion roula sur sa joue.

— Ton oui ferme et définitif, je te le donne, Gabe. Mes rêves d'amour étaient des rêves exigeants — tellement exigeants que j'étais persuadée qu'ils ne se réaliseraient pas. Jusqu'au moment où je t'ai rencontré. Tu n'étais pas un rêve, mais une véritable révélation.

Gabe prit ses deux mains dans les siennes et ils restèrent un instant les yeux dans les yeux.

— Et maintenant qu'allons-nous faire? demanda-t-elle doucement.

Il haussa un sourcil.

— Ce que nous allons faire? Mmm... L'amour, bien sûr. Puis dormir, un peu...

— Excellent programme. Mais ensuite? Comment as-tu prévu de rentrer à la maison alors que tu as jeté les clés de voiture?

— Il existe un autre jeu de clés de cette voiture.

— C'est vrai, j'aurais dû y penser, murmura-t-elle en lui appuyant l'index sur le bout du nez. Tu es un homme raisonnable. Rationnel. Prévoyant.

— J'*étais* un homme raisonnable. Dernièrement, cependant, j'ai rencontré une femme étonnante qui m'a appris les vertus de l'instinct et de la passion. Ce qui ne va pas, quelquefois, sans poser quelques petits problèmes...

— Ah bon? Lesquels?

— Eh bien, quand on se comporte de façon impulsive, il faut savoir en assumer les conséquences. Le double de clés dont je te parle n'est pas sur moi.

Surprise, Rebecca se dressa sur un coude.

— Dois-je comprendre que tu n'as pas d'autre jeu de clés que celui qui gît au fond de la rivière?

— Disons que ce double existe. Mais il se trouve chez moi, à Minneapolis.

Elle fronça les sourcils.

— Autrement dit nous sommes coincés ici? Seuls, tous les deux?

— Exact, admit-il d'un air contrit.

— Coincés pour de bon, Gabe? Personne ne sait où nous sommes?

— Personne.

— Génial, murmura-t-elle en se laissant rouler sur lui.

Épilogue

Il en fallait beaucoup pour stresser Kate Fortune. Elle en avait tellement vu dans la vie qu'elle ne perdait que rarement son calme. N'avait-elle pas survécu à un accident d'avion, à un tueur payé pour l'éliminer, à des ennemis dévorés par la jalousie qui n'avaient jamais pu lui pardonner ni sa fortune ni sa réussite? Elle avait traversé et surmonté tant d'épreuves qu'elle accueillait désormais les tempêtes de la vie avec sérénité.

Les tempêtes, oui... mais un mariage était une tout autre histoire! Avoir les reins solides n'empêchait pas d'avoir gardé le cœur sensible.

Debout sur le balcon de sa chambre, Kate scrutait d'un œil fébrile l'alignement des tables, le long des immenses parterres, en contrebas. Sa luxueuse propriété au bord du lac symbolisait tout le chemin qu'elle avait parcouru depuis le triste orphelinat où elle avait été élevée, des années plus tôt. La vaste demeure et ses abords étaient magnifiques. Mais en une journée comme celle-ci, il semblait à Kate que rien ne pouvait être assez beau, assez parfait, assez accompli.

D'un œil d'aigle, elle examina le décor pour s'assurer une dernière fois qu'elle n'avait négligé aucun détail. Des camélias rouges en pot bordaient le tapis blanc que foulerait la mariée. Une légère brise estivale froissait les eaux du lac, chuchotait dans les feuilles des arbres et portait jusqu'à ses narines comme un camaïeu de senteurs florales. Déjà, les invités commençaient à se rassembler pour la cérémonie. Les robes des femmes formaient des taches claires sur le fond de verdure et on entendait le son joyeux des rires. Le bonheur qui résonnait dans les voix, Kate le lisait aussi sur les visages. Nick et Caroline, Kyle et Samantha, Rafe et Ali, Mike et Julia... Pendant quelques secondes, elle chercha des yeux Luke et Rocky. Puis elle repéra le jeune couple déambulant main dans la main près du lac.

Kristina et Max. Adam et Laura, Rick et Natalie, Grant et Meredith... Et puis aussi, la génération des aînés : Jake et Erica, bras dessus bras dessous comme de jeunes amoureux, Nate et Barbara, Lindsay et Frank. Ce n'était pas une foule indifférente que Kate voyait rassemblée à ses pieds. Chacun de ces êtres avait une histoire, une place à part dans son cœur. Ses enfants et aussi ses petits-enfants — dont certains, même, étaient devenus parents à leur tour — représentaient pour elle l'espoir, la transmission, une promesse d'avenir. Il y avait eu tant de mariages au cours des deux années écoulées que la tête lui en tournait encore.

Mais celui qui devait avoir lieu aujourd'hui resterait marqué d'une pierre blanche dans son calendrier intime.

Car c'était sa propre fille qu'elle mariait aujourd'hui. Rebecca, la petite dernière. Celle dont la personnalité était si entière que Kate avait longtemps désespéré de la voir trouver un jour le bonheur.

D'où sans doute sa joie profonde, son émotion. De tout son cœur, Kate désirait que cette journée ne laisse que des souvenirs heureux à Rebecca. Aux dieux capricieux du temps, elle avait commandé une journée ensoleillée.

274

Et ils lui avaient donné pleine et entière satisfaction. Elle avait harcelé les traiteurs, supervisé les arrangements floraux, revu par trois fois la décoration des tables. Rassemblant ensuite les petites demoiselles d'honneur, elle s'était occupée des coiffures, des rubans à nouer dans les cheveux et autour des tailles fragiles.

Puis il y avait eu cet instant solennel entre tous où elle avait aidé sa fille à revêtir sa robe de mariée. Mais au moment de poser le voile en dentelle de Bruges sur les boucles opulentes de Rebecca, ses mains s'étaient mises à trembler. Murmurant une excuse, elle s'était esquivée pour s'accorder une brève retraite dans sa chambre. Même si les larmes de bonheur avaient leur place à l'occasion d'un mariage d'amour, elle avait besoin de quelques minutes de tranquillité pour se ressaisir.

Les portes-fenêtres qui donnaient sur le balcon s'ouvrirent dans son dos. Sans même avoir à se retourner, Kate sut que c'était Sterling. Lorsqu'il glissa les bras autour de sa taille, le calme se fit instantanément en elle. Les yeux clos, elle s'abandonna un moment contre lui. Il y avait si longtemps qu'elle n'avait pu s'appuyer sur une épaule solide ; si longtemps qu'elle n'avait plus connu l'asile de bras familiers qui vous enserrent et vous soutiennent.

Le mariage de Rebecca ne serait pas le dernier de la série : Sterling et elle avaient décidé d'unir leurs existences. A soixante et onze ans, Kate était consciente que l'amour physique sous sa forme la plus débridée appartenait désormais pour elle à un passé révolu. Mais les flammes de la passion n'étaient pas mortes pour autant. Ils se débrouilleraient à leur façon pour faire de leur nuit de noces une occasion mémorable. Sterling et elle s'aimaient. D'un amour profond et confiant. La vie lui avait fait là un cadeau si extraordinaire qu'elle en éprouvait une reconnaissance éperdue.

— J'ai l'impression que tu es sur des charbons ardents, Kate ?

Sterling n'avait pas son pareil pour deviner ses états d'âme. Elle secoua néanmoins la tête en souriant.

— Sur des charbons ardents, moi ? Jamais de la vie, tu me connais. Je suis juste un peu remontée contre le marié. Ce Gabe est vraiment impossible ! Comme si je n'avais pas le droit d'offrir un cadeau de mariage à ma propre fille. C'est tout de même un comble !

— Ainsi Gabe a bel et bien déchiré ton chèque ? demanda Sterling avec une nuance d'amusement dans la voix.

— Je lui ai proposé mon yacht, mon avion. Il n'a rien voulu savoir. Cet olibrius n'a même pas daigné me révéler où il l'emmenait en voyage de noces !

— Mmm... Si tu veux mon avis, il est possessif en diable, ce garçon.

— Je ne te le fais pas dire. Il affirme qu'il n'a besoin de personne pour s'occuper de Rebecca. Un de ces jours, je le prendrai à part et je lui dirai ma façon de penser, à cette tête de mule.

Sterling rit doucement.

— Tu veux que je te dise ? Je crois que ta Rebecca et lui sont parfaitement assortis.

— Ça, c'est un fait. Mais je n'ai pas gagné tout cet argent pour m'asseoir dessus, à la fin ! J'espérais donc qu'il aurait l'amabilité de me laisser apporter une discrète contribution.

— Tu te rattraperas en gâtant scandaleusement tes petits-enfants, mon ange. Car quelque chose me dit qu'il y a déjà un petit Devereax en route.

— Oh, Sterling... Tu crois ?

Instantanément radoucie, Kate observa le marié qui attendait, au bout de l'allée. En smoking blanc, Gabe n'avait pas cet air gauche, emprunté et inquiet qui caractérisait si souvent les hommes en ces occasions solennelles. Jamais marié n'avait paru aussi maître de la situation, au contraire. Et il arborait un tel sourire de bonheur que le cœur de mère de Kate en fondit aussitôt.

Elle songea à la conversation qu'elle avait eue avec Gabe dans son bureau, peu avant sa disparition-surprise en compagnie de Rebecca. Il était dans un tel état d'agitation, ce jour-là! Tellement torturé, même, qu'elle avait su alors, avec la certitude du cœur, que la plus jeune de ses deux filles venait de trouver le compagnon idéal...

Elle s'en était réjouie, car elle avait toujours eu un faible pour Gabriel. Elle lui pardonnait presque d'être aussi têtu sur les questions d'argent.

Sterling lui effleura la joue.

— Tu as réussi à garder ton secret, alors?

Elle hocha la tête.

— Ça n'a pas été facile. Mais cette journée appartient à Rebecca. Alors je continue à tenir ma langue jusqu'à demain.

Toute la famille avait été informée que la Formule anti-âge secrète avait été testée avec succès. Mais Sterling et elle étaient seuls à savoir qu'ils avaient obtenu haut la main l'autorisation de mise sur le marché accordée par la FDA.

Kate rayonnait de fierté lorsqu'elle songeait à sa nouvelle création. C'était une magnifique réussite qui fortifierait pour longtemps l'entreprise. Le cœur rempli d'une joie profonde, elle effleura le bracelet porte-bonheur à son poignet. La plupart des breloques avaient été distribuées, deux ans plus tôt, à chacun de ses héritiers, et il n'en restait plus que quelques-unes. Mais elle se réjouissait de les savoir portées par ses petites-filles — et même quelques-uns de ses petits-fils. Ces bijoux en or ciselé étaient désormais un signe distinctif de la famille.

Le bracelet avait toujours eu pour elle une forte valeur symbolique. C'était Rebecca qui en avait « hérité » pendant tout le temps où elle s'était fait passer pour morte. Consciente du rôle que le bijou en était venu à jouer pour sa fille, Kate le lui avait laissé dans un premier temps.

Mais, ce matin, jour de son mariage, elle l'avait repris... pour offrir à la place à Rebecca un bracelet flambant neuf. La jeune femme, désormais, n'aurait plus besoin de reliques. Elle devait créer ses propres symboles...

Sterling lui effleura le bras.

— Regarde, ils sont tous là. Il ne faudrait peut-être pas les faire attendre. Tu es prête à donner ta fille en mariage, ma chérie ?

— Fin prête.

Elle prit la main de Sterling et, tête haute, se dirigea vers la porte. Il ne manquerait plus que la mère de la mariée arrive en retard !

En descendant l'escalier au bras de l'homme qu'elle aimait, Kate médita sur les changements survenus au cours de son existence. Il y avait eu un temps où pouvoir et argent avaient joué pour elle un rôle primordial. Mais, avec le passage des années, elle avait peu à peu découvert un autre sens au mot « fortune ».

Ses enfants avaient trouvé le bonheur. Sa famille était unie. C'était cela la vraie fortune. Tout le reste était accessoire...

Chère lectrice,

Vous nous êtes fidèle depuis longtemps?
Vous venez de faire notre connaissance?

C'est pour votre plaisir que nous avons
imaginé un rendez-vous chaque mois
avec vos auteurs préférés, vos
AUTEURS VEDETTE dans les
collections Azur et Horizon.

Les AUTEURS VEDETTE vous
donneront rendez-vous pour de
nouveaux livres vedette.

Pour les reconnaître, cherchez
l'étoile... Elle vous guidera!

Éditions Harlequin

HARLEQUIN

LE FORUM DES LECTEURS ET LECTRICES

CHERS(ES) LECTEURS ET LECTRICES,

VOUS NOUS ETES FIDÈLES DEPUIS LONGTEMPS?

VOUS VENEZ DE FAIRE NOTRE CONNAISSANCE?

SI VOUS AVEZ DES COMMENTAIRES, DES CRITIQUES À
FORMULER, DES SUGGESTIONS À OFFRIR, N'HÉSITEZ
PAS… ÉCRIVEZ-NOUS À:
    LES ENTERPRISES HARLEQUIN LTÉE.
    498 RUE ODILE
    FABREVILLE, LAVAL, QUÉBEC.
    H7R 5X1

C'EST AVEC VOS PRÉCIEUX COMMENTAIRES QUE NOUS
ALLONS POUVOIR MIEUX VOUS SERVIR.

DE PLUS, SI VOUS DÉSIREZ RECEVOIR UNE OU
PLUSIEURS DE VOS SÉRIES HARLEQUIN PRÉFÉRÉE(S)
À VOTRE DOMICILE, NE TARDEZ PAS À CONTACTER LE
SERVICE D'ABONNEMENT; EN APPELANT AU
(514) 875-4444 (RÉGION DE MONTRÉAL) OU 1-800-667-4444
(EXTÉRIEUR DE MONTRÉAL) OU TÉLÉCOPIEUR
(514) 523-4444 OU COURRIER ELECTRONIQUE:
AQCOURRIER@ABONNEMENT.QC.CA OU EN ÉCRIVANT À:
    ABONNEMENT QUÉBEC
    525 RUE LOUIS-PASTEUR
    BOUCHERVILLE, QUÉBEC
    J4B 8E7

MERCI, À L'AVANCE, DE VOTRE COOPÉRATION.

BONNE LECTURE.

HARLEQUIN.

VOTRE PASSEPORT POUR LE MONDE DE L'AMOUR.

ROUGE PASSION

De fiévreuses histoires d'amour sensuelles!

De provocantes histoires d'amour passionnées et romantiques qu'on lit d'une seule traite. Aventureuses, parfois humoristiques, et sensuelles, elles mettent en vedette des hommes et des femmes d'aujourd'hui.

ROUGE PASSION...quatre nouveaux titres chaque mois.

COLLECTION
HORIZON

Des histoires d'amour romantiques qui vous mènent au bout du monde!

Découvrez la passion et les vives émotions qu'apportent à la Collection Horizon des auteurs de renommée internationale!

Captivantes, voire irrésistibles, ces histoires d'amour vous iront assurément droit au coeur.

Surveillez nos quatre nouveaux titres chaque mois!

La COLLECTION AZUR

Offre une lecture rapide et

- stimulante
- poignante
- exotique
- contemporaine
- romantique
- passionnée
- sensationnelle!

COLLECTION AZUR... des histoires
d'amour traditionnelles qui vous
mènent au bout du monde!
Six nouveaux titres chaque mois.

GEN-AZ

HARLEQUIN

En août, on vous tente avec un livre SUPER PASSION de la série Rouge Passion.

Les livres SUPER PASSION sont un peu plus sensuels et excitants, mais toujours l'amour triomphe des contraintes, de dilemmes et vient réchauffer votre coeur comme une caresse.

Une histoire SUPER PASSION chaque mois, disponible là où les romans Harlequin sont en vente !

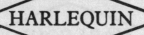

HARLEQUIN

COLLECTION
ROUGE PASSION

- Des héroïnes émancipées.
- Des héros qui savent aimer.
- Des situations modernes et réalistes.
- Des histoires d'amour sensuelles et provocantes.

**LAISSEZ-VOUS TENTER
par 4 titres irrésistibles
chaque mois.**

RP-1

Composé sur le serveur d'Euronumérique, à Montrouge
PAR LES ÉDITIONS HARLEQUIN
Achevé d'imprimer en janvier 2001
sur les presses de l'Imprimerie Bussière
à Saint-Amand-Montrond (Cher)
Dépôt légal : février 2001
N° d'imprimeur · 2728 — N° d'éditeur · 8656

Imprimé en France